有爱的青春陪伴者

想见你

青凪 / 著

天津出版传媒集团
天津人民出版社

图书在版编目（CIP）数据

想见你 / 青凩著. -- 天津：天津人民出版社，2024.7
　ISBN 978-7-201-20467-3

　Ⅰ.①想… Ⅱ.①青… Ⅲ.①长篇小说—中国—当代 Ⅳ.①I247.5

中国国家版本馆CIP数据核字(2024)第092149号

想见你
XIANG JIAN NI
青凩 著

出　　版	天津人民出版社
出 版 人	刘锦泉
地　　址	天津市和平区西康路35号康岳大厦
邮政编码	300051
邮购电话	022-23332459
电子信箱	reader@tjrmcbs.com
责任编辑	玮丽斯
特约编辑	娄　薇
装帧设计	刘　艳　唐卉婷
封面绘制	苏　桓
制版印刷	长沙鸿发印务实业有限公司
经　　销	新华书店
开　　本	880毫米×1230毫米 1/32
印　　张	9
字　　数	259千字
版次印次	2024年7月第1版 2024年7月第1次印刷
定　　价	42.80元

版权所有 侵权必究
图书如出现印装质量问题，请致电联系调换（022-23332459）

目 / 录

第一章 他身边的女生 　　　　　　　　　　　　　 / 001

第二章 我想画你 　　　　　　　　　　　　　　　 / 033

第三章 她喜欢的男孩啊，也遗憾，也值得 　　　　 / 070

第四章 再见前任 　　　　　　　　　　　　　　　 / 113

第五章 记忆中熟悉的味道 　　　　　　　　　　　 / 129

第六章 千方百计正中你心 　　　　　　　　　　　 / 151

第七章 解脱不是谁犯了错 　　　　　　　　　　　 / 181

目 / 录

第八章　落日余晖　　　　　　　　　　/ 197

第九章　是我非你不可　　　　　　　　/ 215

第十章　梦未扬　　　　　　　　　　　/ 238

第十一章　回到那年盛夏　　　　　　　/ 257

番外一　成为太阳　　　　　　　　　　/ 265

番外二　比你爱我更爱你　　　　　　　/ 271

番外三　初初欲安　　　　　　　　　　/ 277

第一章 他身边的女生

2013年8月下旬，正值盛夏时节，蝉鸣和蛙叫还没有停歇。

骄阳炙烤着大地，散发着灼人的热气，连云都懒得向它靠近。

孟轻依扶着刚刚做完放疗的父亲孟志东走在医院的花园里。

她今天穿了一条白色的吊带连衣裙，冷茶色的头发被绾成丸子抵在脖颈处，额前的碎发被她掖在耳后，干净的额头上有一层薄汗。

孟志东有些体力不支，拍了拍孟轻依的手背，表示想休息一会儿。

父女俩便坐在了阴凉处的长椅上。

孟轻依握着父亲干瘦的手臂，眼眶一酸。为了不让他察觉，她将头侧到一旁，不断地咽着口水，似乎是想把悲伤的情绪吞咽下去。

孟志东是去年五月单位体检时查出身体异常，后来经过检查和专家会诊后确诊为肺癌晚期，且癌细胞的位置不太好，长在肺门上，无法进行手术，只能靠靶向药治疗。

药物吃了一年，他身体开始产生抗药性，今年六月初发现癌细胞已经转移到了脑部。

不得已改为现在的放疗后，他的身体和心理都承受着很大的痛苦。他不光在和病魔做斗争，同时还有心魔。

有人说：所谓父母与子女，不过是一场渐行渐远的修行。

孟轻依未等远行，却不知为何早早见到了父亲的侧影。

泪水在她浑圆的眼睛里打转，马上就要夺眶而出，亏得拿着大包小包从住院部走出来的孟未扬的突然出现让她平复了情绪。

在孟志东看不到的地方，孟轻依背过身子擦了擦眼角，然后起身接过孟未扬手里的东西放在自己刚刚坐的位置上，蹲下身柔声问道："康康怎么不等姐姐回去接你，自己就出来了？"

"康康"是孟未扬的小名，而孟轻依的小名叫"安安"，姐弟俩出生于同一天，只是相差了十二年。

孟未扬用小手擦了擦姐姐额头的汗水，糯糯地回答道："妈妈让我下来找你，要我们直接回家，她一会儿下来陪爸爸。"

孟志东这个疗程的放疗今天结束了，但明天还要做个检查，所以今晚还需要住在医院里。

孟未扬稚气的话音刚落，母亲何莉拿着一本书和孟志东的水杯走了过来，面带笑意。

"回去吧，让我和你爸爸过过二人世界。"

孟轻依打趣道："何莉女士，秀恩爱啊？那要不要考虑过两个二人世界啊？"

何莉拿起手中的书，轻轻地敲着孟轻依的小脑袋，脸上还是笑意满满。

孟志东体力恢复了一些，将椅子上的东西交到孟轻依的手里，特意叮嘱道："安安啊，带康康回家吧。明天过来的时候记得把画册带来，周一就要开学了吧？爸爸明天陪你画会儿画。"

孟轻依站起身，点了点头，一手提着包裹，一手牵着孟未扬，向医院外的公交车站走去。

姐弟俩走了几步，几乎同时回过头看向坐在长椅上的父母。

何莉坐在孟志东身边，让他的头靠到自己的肩膀上，把书本摊开放在她的腿上，嘴唇小幅度地一开一合。

孟轻依的父母是一对很恩爱的夫妻，孟志东是西港当地一所中学的美术老师，平日里除了在学校里上课，还会在课余时间去福利机构教小朋友画画。

作为儿童绘本出版编辑的何莉也经常做社工。

自很多年前的一见钟情，即使是过了这么多年，他们的感情依旧很好。

过去是孟志东撑着这个家，现在是何莉在撑着他，不知不觉也相守到了白头。

公交车上，孟未扬靠在孟轻依身上，一大一小两只脑袋都看着窗外。

这一年多以来，他们一家四口都习惯了这样的生活，医院和家两点一线。

为了给孟志东治疗，何莉把车和房子都卖了，现在他们住在孟轻依爷爷奶奶生前住的小两居里。

生活的担子落在了何莉和还没完全长大的孟轻依身上。

母女俩的性格很像，温润又刚强。

虽然生活中的磨难无论怎么装饰都还是磨难，做不到既来之则安之，那就尽人事听天命吧。

换句话叫作苦中作乐。

又或许是迫不得已。

公交车在平坦的马路上行驶着，偶有颠簸。

孟未扬收回视线，小心又谨慎地问着自己的姐姐："姐姐，爸爸会死吗？"

孟轻依低头看了看他，说道："会啊，爸爸当然会死。我们每个人都会死，只不过爸爸可能比我们死得早一些。他会先去一个新地方，慢慢安顿好一切，等以后我们就可以直接去找他了呀。"

她的声音柔得要命，如同最舒缓的丝乐、最轻的音、最缓的曲。

对于生死，孟轻依觉得没有必要隐瞒孟未扬，他总要在长大的过程中学会接受这一切。

而且他们的父亲确实会离开这个世界，只是早晚的问题。成年人的世界谎话太多，孩子的世界也做不到完全真诚，不过是真假参半吧。

孟未扬想了半天也弄不懂姐姐口中的"新地方"是哪里。

孟轻依又转过头向着车窗外,看到一朵薄云试探般地靠近太阳。

"在云端吧,接近光,好让地上活着的人看得见。"她回答道。

云端是接近天空的地方,可以接触太阳,可以近距离看到星星月亮。哪有人会拒绝光呢?

人仰望天空的原因,不全是为了欣赏风景,更多的时候是在需要时寻求一丝光亮。

听了姐姐的回答,孟未扬皱着眉头,侧身扶着她的手臂,一脸严肃地问道:"那姐姐你以后要是去云端了,太阳怎么办?"

孟轻依被他的模样逗笑。

熟知孟轻依的人都知道,她并不是长相多么出众的女孩,但身上带着恬静的气质,性格是喜人的"小太阳"。

"姐姐到时候就该休息了,太阳就让太阳当吧。"

孟未扬小朋友很满意她的答案,那本就极漂亮的脸蛋上顿时因笑有了孩童该有的盎然。

次日,又是一个艳阳天。

清晨,孟轻依把早饭准备好,去房间叫醒了孟未扬。

整顿好一切后,时间已经不早了。

孟志东今天只有一个常规检查,中午前就会出结果。孟轻依怕父母久等,便有些手忙脚乱起来,好不容易走到门口穿好鞋,孟未扬又不知道跑哪儿去了。

"康康啊,别玩了,我们该走了。"孟轻依穿鞋穿到一半,踮脚冲房间喊着。

孟未扬却托着一个帆布包从她的房间里走了出来,说:"姐姐,你的画册。"

孟轻依无奈地笑了笑,接过包,俯下身子看着孟未扬。今天她特意给他穿了一套橘黄色的套装,衬得他的皮肤更加白皙,神采奕奕。

"我们家康康真好看,姐姐今天就画你吧。"

孟未扬听到她的话无比兴奋，在原地转起了圈圈。

孟轻依从小学画画，不是父母所逼，而是真的喜欢。她觉得绘画就是无声的表达，诗情画意是真浪漫。

但她很少画人，她始终觉得画人累心，所以大多是画景。

姐弟俩欢欢喜喜地从家赶去医院。

本来就出门晚了，谁知孟未扬出门后非要吵着吃冰激凌，孟轻依还是应了他的要求。结果他就把自己吃得如小花猫一样，站到在医院花园里等着的父母面前。

"康康，你看看你，把自己弄得脏死了！快过来，妈妈带你去洗洗。"何莉拉着孟未扬往住院部的大楼里走。

小孩子比她还着急，几乎是小跑着的，边跑边说："妈妈快点，姐姐说今天要画我的，等久了爸爸就会让她画别的了。"

母子俩离开后，父女俩将画具拿出来摆好。

医院门口，一辆SUV慢慢停下，后座的车门先打开，下来的人精神矍铄，腰背挺直，如果不是头上的银丝多了些，他实在不像是一位老人。

而江择言从副驾驶座下来的时候，孟轻依只能看到他的侧脸。

修长的身材，完美的头肩比例，线条感十足的脸部轮廓，干净利落的短发，简简单单的白衬衫搭配牛仔裤，露出的手臂线条感十足，肤色健康。

他站在车头处等着老者。

还没等他们进入医院，几位中年医生连忙跑出来迎接，一一向老者问好。

随后不知是谁将目光落在了江择言的身上。

"江老，我可是听说择言的成绩越来越好了，他马上高三了，明年这个时候就要上大学了吧？"

江老回答了什么，孟轻依没有听清，她的耳边传来了孟志东一声重重的叹息。

他转过头，语气失落地说道："唉，如果家里没有这些事的话，现在你也该准备去上大学了。"

孟轻依是今年六月参加的高考,但她没考上自己理想大学的心仪专业。

"哎呀,爸爸,复读一年也许就能考上了呢?再说了,我本来就早上学一年,算是补回来了吧。"

孟志东知道女儿是在宽慰自己,可是他还是觉得可惜地说:"人家的孩子都是顺顺利利的,你明明那么优秀,更应该如此。"

孟轻依没有否定孟志东的说法,却反问道:"那你怎么知道人家不优秀呢?"

"你认识那个男孩?"

孟轻依摇了摇头,眼睛微微下瞟,随后低着头削着铅笔,铅屑飘在白色的帆布鞋上,落成斑斑点点。

实际上她是认识江择言的,西港市江家的长孙,他们学校倍受瞩目的男生。

但是他们并无交集,他顶多算是她的学弟。只是在她无数次经过篮球场时,听到过他的朋友无数次说起同样的话题——

"言哥,我刚才看到一个身材倍好的女孩,你要不要看?"

江择言的回答每次都是轻佻里带着漫不经心:"哦?有多好?"

江择言喜欢身材好的女生是人人默认的事实,但每当女生真的靠近,他又是一脸不感兴趣的样子。

很多女生都乐在其中。

或许是江择言这样的男生很难不招人喜欢。

江择言今天是陪爷爷做常规的身体检查,老爷子身子骨看着硬朗,但怎么说也是七十多岁的人了,不能掉以轻心。

虽说江择言的确如传言中的那么不靠谱,但他是个孝顺的人。这并不是他长孙的身份使然,而是他在这个世界上的亲人确实也不多了。

老爷子的检查项目从头到尾都有专人陪着,江择言没有必要寸步不离,便自顾自地在医院里找了个地方躲清闲。

与此同时,刚当了不到五分钟模特的孟未扬小朋友有些坐不住了,主要是妈妈何莉念书的声音有点催眠,他都快睡着了。

小孩的脸上露出痛苦又恳求的表情，孟轻依没办法忽视，只能放过他，让他活动一会儿。

征得姐姐的允许，孟未扬开心地从椅子上跳下来，转过身子，抻了抻小小的身板。

不远处的江择言正好落入他小小的眼睛里，他怔怔地看着江择言，有些出神。

小小年纪的他形容不出一个大哥哥出神时的姿态，但他能体会到大哥哥是不开心的。

良久后，他又转过身子，弱弱地叫了一声："姐姐。"

孟轻依将食指放在唇前"嘘"了一声。

她自然也看到了江择言。

灿烂的阳光透过枝叶缝隙落在他身上形成点点斑晕，让他看起来很是恣意。

孟轻依只是用余光不经意地瞥了他几眼，目光没有过多留恋，因为她知道他们很快会再次见面。

两天后，八月末的最后一个周一，是启航中学高三开学的日子。

孟轻依早早起床收拾好一切后，坐在餐桌前吃饭。

孟志东坐在她的对面，手中拿着报纸，和她有一搭没一搭地聊着时事政治。

今天孟未扬小朋友也要回到幼儿园继续上学了。小朋友坐在餐桌前听大人们说新闻，不停地打着瞌睡。

难得一家四口可以在清晨围坐在餐桌前一起吃早饭。

何莉看着孟轻依，问道："安安啊，要不要我们陪你一起去啊？"

孟轻依失笑，差点把口中的牛奶喷出来。她边咳边说道："妈妈，我闭着眼睛都能走去学校。你快去上班吧，我听说现在流行'中年失业危机'，你可得保住铁饭碗啊。"

何莉笑着丢给女儿一个白眼。她现在还在出版社工作，只是因为家里情况特殊，单位出于情面给她放了长假。

孟志东做完了这个疗程的放疗整个人好了许多，人也有了精气神,一个人在家里没有什么问题,所以何莉今天也可以回到单位上班。

尽管孟轻依拒绝了母亲的好意,但吃过早饭,她还是没有拗过热情的何莉和爱凑热闹的孟未扬,在全家人的陪同下去了学校。

老房子离启航中学更近一些,四个人手牵手走在路上。

天气依旧晴朗,阳光灿烂,但还不算刺眼,树上的鸟儿与地上的鸟儿扯着嗓子聊着八卦,安静的清晨里,自然比世俗更快地传播着消息。

启航中学的高三是在单独划出来的一个校区里,离主校区不远,相对僻静,安静了近三个月的校区终于迎来了新一届高三学子。

孟轻依因为是复读生,所以她需要先去主校区的教务处报到,然后在主任的带领下再去新的班级。

于是她要在校门口与送行的亲友团分别。

"三位亲人就送到这儿吧,我会好好完成学业,早日荣归故里的。"

父母当然知道孟轻依是在调侃说笑,可年幼的孟未扬真的以为姐姐要好久才能回家,抱着她的大腿吵闹道:"姐姐,你要去好久吗?那什么时候才能回家啊?"

周围的大人都被他突然上演的离别大戏逗笑。

孟轻依粲然一笑,俯下身看着孟未扬,严肃地说道:"为姐的确要晚些才能回家。"

"多晚?"

"今晚九点。"

孟未扬这才明白姐姐在耍他,气得直跺脚,说再也不理她,但在她进校门前,他还是抱着她说道:"姐姐记得早点回家哟。"

高三教师办公室里,教导主任离开后,只剩下孟轻依和她的新班主任萧雨,两人一个坐着,一个站着。

孟轻依抬手蹭了蹭发痒的鼻尖。

坐在椅子上的萧雨问道:"孟轻依?以后我叫你轻依就可以了

吧？"

孟轻依愣了一秒，随后便乖巧地点了点头。

萧雨微微一笑，便起身拉着她出了办公室，向班级走去。

孟轻依不自然地和自己的班主任手牵手走在走廊里。

她觉得萧雨与她之前见过的所有老师都不一样，年轻，打扮精致，做事雷厉风行，但为人又不失亲和。

所以当她像被长辈带去某个联谊会一样地走进理科十班的教室时，收获了意料之中的惊喜。

教室里的学生并不喧闹，但也并不是刻意装出的严阵以待，他们表现得松弛且自然。

"好了，坐好吧。你们心心念念的学霸新同学来了，大家欢迎一下吧。"萧雨说。

面对新班级，孟轻依有种既陌生又熟悉的感觉。在掌声中，她有些茫然地看向萧雨。

"你来之前我和他们简单说了一下你的成绩，但是名字还得你自己介绍一下。"萧雨看着她和蔼地说道。

孟轻依莞尔一笑，面对全班同学落落大方地说："大家好，我叫孟轻依，孟子的孟，轻柔的轻，依靠的依。"

教室里的掌声更加热烈。

郎昆坐在座位上，边鼓掌边转过头对身后的人说道："啧啧，这小学霸长得还行，身材一般，但这气质真的是绝佳啊！"

郎昆后座的人眉峰轻挑，看着讲台上站着的孟轻依——头发低低地绾成丸子头，巴掌大的脸，殷红的薄唇，高挺小巧的鼻子，漆黑浑圆的眼睛。

说不上不好看，只是不出众罢了，白色的短袖配蓝色的长裤，宽松的校服套在身上，根本看不出身材的好坏。

后座的人觉得郎昆口中她绝佳的气质不过是恬静的假象，因为她的那双眼睛太过于灵动。

后座的人没有将自己的想法说出来，郎昆的同桌何婷倒是急了，说："你们把那些龌龊的想法都给我收起来，别打她的主意。"

"怎么，你认识啊？"郎昆问道。

何婷还没来得及回答，讲台上的萧雨就打断了他们的对话。

她正指着班级最后一排角落里靠窗的位置对孟轻依说道："你的位置在那儿。你同桌是班长，有事尽管找他。如果看不见黑板上的字就告诉我，我再给你调整。"

孟轻依看了一眼自己的新座位，嘴角勾起笑意，和萧雨点头示意后，在同学的注视下，向教室的最后一排走去。

她的同座已经提前让出了位置，男生双手揣在裤子口袋里，靠在教室后方的窗台上，长腿交叠，懒懒散散、漫不经心。

孟轻依坐到位置上后，低声道了一句"谢谢"，旁边的人闻声又慢慢地坐下。

何婷迅速转过身子，一脸欣喜地看着孟轻依说道："安安，新同学怎么会是你啊？"

孟轻依从书包拿出课本，看着何婷也露出了笑容，说："婷婷，好久不见啊。"

"你真的认识她？"郎昆凑近问道。

何婷拉着孟轻依的手，兴奋地说："给你们隆重介绍一下，我发小，孟轻依。"

"发小？"

"嗯，我俩可是一起玩耍了十多年呢，但后来她家就突然搬走了。"何婷说着说着就松开了孟轻依的手，责怪起来，"说到这儿，孟安安，你当初搬家怎么连个招呼都不打啊？"她的脸上露出了不悦。

孟轻依扯了扯嘴角，讪讪一笑："没来得及。"

何婷"哼"了一声，似乎是真的生气了。

孟轻依只能拉回何婷的手，尽力地哄着："好了，婷婷，我为我当初的不辞而别道歉，但咱们能先享受一下此刻久别重逢的喜悦吗？"

一旁的郎昆贱兮兮地凑近，连忙应和："对啊，对啊。"说着他向孟轻依伸出一只手，用自我介绍岔开话题，"你好，我是婷婷未来的男朋友,我叫郎昆,情郎的郎,昆明的昆。这位是……"

没等郎昆介绍,孟轻依旁边的人悠悠开口说道:"江择言,江择言的江择言。"他的声音低沉,语调慵懒,清冷语气里带着惯有的漫不经心。

郎昆觉得江择言的自我介绍多少有些装,怕孟轻依误会就替他解释了一番。

孟轻依却淡然地说道:"没关系,我知道是哪几个字。"

何婷和郎昆都是一愣。

何婷问道:"你认识他?"

孟轻依摇了摇头,双眼下瞟,看到江择言书桌上的课本封面,随后轻轻指了指,说:"这里写了。"

两个人释然。

郎昆对着江择言调侃道:"叫你装,还江择言的江择言,真是替你尴尬。"

江择言深邃的眼睛瞥了一眼旁边的孟轻依,随后白了郎昆一眼。

郎昆直接忽略不计,继续和孟轻依套近乎:"你不是叫孟轻依吗?她咋叫你'安安'呢?"

"小名。"

他还打算继续和孟轻依聊天,何婷突然觉得他话太多,扭着他的耳朵,咬牙切齿地说:"郎昆,没完没了了是吧。"

郎昆连忙拍打着何婷的手背,大叫道:"疼疼疼,错了,我知道错了。"

何婷剜了他一眼,使劲扭了一下才放开他的耳朵,然后看似不情愿地对孟轻依说道:"这次原谅你了,但下不为例。"

孟轻依连忙乖巧地点头保证,两个人相视一笑。

她们小时候就是这样。

何婷的性格直来直去的,脾气来得快去得也快,孟轻依性格开朗又有亲和力,只要孟轻依一哄她,两个人就会和好如初。

儿时的友情就像孩子哭了要吃糖一样,简单而又纯粹。

教室的氛围依旧很和谐,有人在安安静静地看书自习,有人在窃窃私语，有人想走动会和江择言示意，得到他的允许才会离开座位，每个人都尽量做到不打扰他人。

孟轻依抬头时，看到黑板上方有一行字是班主任寄语：【在你这个年龄做你该做的事。】

孟轻依看着手里的笔记，偶尔手痒会在桌面上用手指画几笔——学过画画的人的怪癖。

江择言的手臂支撑着下颌，余光将孟轻依的一举一动尽收眼底。

他长臂伸了过来，指节分明的手半握着拳头放在了她的桌面上。他把手中握着的东西放下，声音懒懒地说了两个字："校牌。"

孟轻依拾起校牌，低头看着，班级的位置工工整整地写着：【高三（10）班。】

她将校牌拆开后，将里面的纸片拿出来，在姓名的位置洋洋洒洒地写上：【孟轻依。】

将校牌别在胸前后，孟轻依鼓了鼓脸颊，轻声对旁边的人说："谢谢。"

江择言侧过头看了看她，无意间，他们的视线撞在了一起，他那深邃的眼神像是能看透她的灵魂，让她的世界在那一秒中静止下来。

然后他清冷又不夹杂任何情绪的语气响起："我是不是在哪儿见过你？"

孟轻依的眼睛先是瞪圆，频频闪烁过后又变成笑眯眯的模样，说："可能吧，毕竟我是你学姐。"

听了她的回答，江择言挑了下眉，没想到看着恬静的她会是这样的性格。他勾了勾嘴角，随意地说道："搞笑。"

孟轻依皱了皱眉头。她承认自己想和江择言开玩笑，倒也不至于让对方用"搞笑"两个字来形容她，她无奈地耸了耸肩。

教室里老旧的风扇安装在天花板上，吱嘎吱嘎地响，时转时停，会在某个特定的瞬间将风送到教室的角落里。

温热的风夹着槐花的香味，以及江择言身上的皂香味。

坐在江择言旁边的感觉和孟轻依想象的并不一样。

她知道他学习成绩优异,但是有传言说他根本不学习。

孟轻依通过两节课的观察,也没能证实传言的真假。

江择言既不睡觉,也没有认真听讲,如果不被点名起来回答问题,他连集体朗读都懒得出声。

他挺直的腰背偶有松懈,始终都是左手撑着脑袋右手转笔的倦怠姿态,完全是贵公子上私教课的做派。

相比之下,孟轻依一个"高四"的学霸都无法表现得如他这般放松惬意。

上午的课程过半,到了课间操时段,为了全面贯彻所谓的劳逸结合,所有人都要下楼积极参与"运动"。

因为有了何婷,孟轻依在新的班级有了亲近的朋友。

两个人站在操场上,何婷正给孟轻依介绍班上的同学,每介绍一个都会连带对方的一件糗事,孟轻依被逗得咯咯直笑。

"反正在这个班级里呢,除了蒋诗萌和蒋诗萌的朋友,其余的都是我的朋友。"

"蒋诗萌是?"

何婷不情愿地抬了抬下巴,指着不远处某个女孩子说:"就那个,江择言的追随者,她天天没脸没皮地跟在江择言屁股后面。"

孟轻依淡然一笑,没有说话。

何婷看了看她,不假思索地问:"你喜欢他吗?喜欢的话我帮你。"

"为啥要帮我?"孟轻依低头踢着脚边的石子,问道。

"因为咱俩是发小啊。尽管你当初不辞而别,但我大度,原谅你这个不靠谱的朋友了。"

何婷的话让孟轻依的笑眼先是微微下垂,随后又弯成了月牙形状,殷红的薄唇嵌着笑意。

她看着何婷的眼睛,回应道:"好的,朋友,如果有需要我会找你帮忙的!"

在车棚隐蔽处乘凉的郎昆和江择言看着远处气质和性格完全不

符但相谈胜欢的两个人，一时间无法理解女生之间的友情。

郎昆闲聊打趣道："言哥，你有没有兴趣把孟轻依收了啊？我也好歇歇是不是？"

江择言斜叼着一根棒棒糖，他本就长得英气十足，极短的头发又让他不失桀骜，幽暗的眸子扫了郎昆一眼，说："你可不可以别说得这么恶心？"

其实在昨天孟轻依来学校报到时，江择言和萧雨在楼上办公室里一起看着她走进校园。

乖巧的模样，清纯甜美的长相，不论身材，单说那双眼睛，就足以令人印象深刻。

"这就是你的同桌，她的情况你大致也了解了，多帮助点她，可别影响人家，听到没？"萧雨说完，拍着江择言的肩警告。

江择言勾着嘴角说道："我没兴趣。"他说完就被萧雨赶出了办公室。

集合铃声响起，江择言先迈着长腿走出了车棚。

郎昆看他走了出去，连忙小跑着跟上。

郎昆本想跃到江择言的背上，却在靠近对方的前一秒刹住了车，他可不想在大庭广众之下体验被过肩摔。

最后他屁颠颠地跟上江择言，然后搭着江择言的肩膀，踩着广播体操的音乐回到班级的队伍里，开始做着"康复训练"。

孟轻依已经习惯了高三的学习生活，在一群学弟学妹面前她倒是如鱼得水，唯独除了生物课的四十分钟。

现在是第一轮复习阶段，没有新课要学，靠着习题查缺补漏。无论哪种形式，生物对孟轻依来说就是难，难于上青天的难。

十班的生物老师叫冯诗，人送外号"冯师太"，南方人，个子矮小，年过五十，但精力十足，此时正声音尖细、语调有趣地讲着一道孟轻依最听不懂的遗传变异题。

江择言扫了一眼她面前的课本，除了红笔修改的痕迹，空白处还有不少涂鸦。

"你是小学生吗？非要往书上画画。"

孟轻依正在画白云的笔突然停顿，被他低沉的声音吓了一跳。

"不是，忍不住而已。"她用余光可以看到江择言脸上疑惑的表情，于是接着解释道，"我从小就学画画，看到空白的地方手就痒痒。"

江择言眉头轻扬，微微一笑，说："画画和生物一样，不怎么样。"

孟轻依眉头皱起，她明白江择言话里的意思，看着她面前的习题册上满篇红笔改正的痕迹，就知道她的确是个生物白痴。

高考成绩满分七百五十，她除了生物，其余五门一共可以考六百多分，加上生物还是六百多分。

在江择言看不到的地方，她的眼神很是哀怨。

孟轻依也想学好生物，刚刚过去的这个暑假，她都快把书翻烂了也没见有什么起色。

道理都懂，奈何怎么都还是不会用。

一节生物课以后，孟轻依被虐得奄奄一息，好不容易熬到了午休时间。

启航中学的高中部，每天中午都会安排学生午睡。

孟轻依在心里回想起江择言说她画画和生物都不怎么样的话。

——这才是江择言啊。

孟轻依试着将听到过的所有关于他的传言整合在一起，想在脑海里完美地把他拼凑起来。

优越的家世，周正的长相，贪玩的性格，清冷的气质，不趾高气扬，不放荡形骸，更不恪守成规。

江择言似乎是矛盾的个体，如同夏末秋初时节里让人捉摸不透的天气一般，白天还是艳阳高照，到了晚自习时却突然变成了满天乌云。

夜幕笼罩，云团聚集，月色氤氲，似乎快要被藏在云里。

清凉的风如同被困了很久的恶劣小子，肆意地调戏着枝叶，甚至想冲破窗户的阻挡闯入室内。

教室临街，两面是窗，因此孟轻依和江择言身后和身旁都是玻璃。

虽说外面还没到狂风卷集着乌云的地步，但风与窗户的胶条摩擦产生的"讥笑"声让孟轻依听了觉得毛骨悚然。尽管不喜欢闷热时肌肤被布料束缚的感觉，她还是穿上了校服外套。

教室里依旧是平静的气氛，孟轻依伸了伸发酸的手臂，将头转向右边。

白炽灯照亮着室内，同时为玻璃打上了光影，孟轻依可以看到江择言此刻倚靠在椅背上，双臂环绕在胸前，和她一样看向窗外。

玻璃上映出他的样貌，标准中国式好看男生的三庭五眼，姿貌端华，眉目如画。

"怎么会下雨呢？"孟轻依自言自语着。

她旁边的男生似乎听见了她的声音，微微瞥了她一眼。

"连天气预报都说不准的事，不过都在看天表演。"他声音不高不低，带着磁性，却还是回答了她的问题。

窗玻璃上渐渐有了雾气，倒影中江择言的双眸像是浸入了海底。

突然传来的沉闷雷声预示老天爷突如其来的坏脾气。

孟轻依不禁身子一抖，姿势有些僵硬。

江择言抬手帮她把窗帘拉了过去，然后转过了身子，垂下头，重新将桌面上的书拾起。

玻璃窗上照不出两个人的影子了，孟轻依也只能重新趴伏在书桌上学习。

这是一场蓄谋已久的雨，直到放学铃声响起，它还在造着声势。

放学后，教室里开始喧闹起来，大多数人打开了关闭一整天的手机。

孟轻依将手机开机便收到了何莉的短信：【妈妈在学校门口等你。】

她低下头回复了一个"好"字。

大家陆陆续续地走出教室，何婷和郎昆回头跟后座的两人说了再见后也结伴离开。他们住一个小区，通常都是一起上下学。

孟轻依加快了收拾书包的速度。

见旁边的人倒是收拾得有条不紊，她也跟着慢了下来，目光时不时地偷瞄他的进度。却不料，看着看着就陷了进去。

江择言这个人，即使他有时候慵懒恣意，但你很难用"痞"来形容他，他身上有着恰到好处的涵养，也有着恰到好处的清冷感。

这时他的手机铃声响起，是一首孟轻依没听过的粤语歌。

江择言看了一眼手机屏幕，背上书包，边走边接通了电话，脚步加快了许多。

孟轻依迅速回神，抱起书包走在他的身后。

校门口，她看着他坐上那辆在医院见到过的SUV，里面已经坐了一个和他们年龄相仿的女孩子。

那女孩孟轻依认识，是与她同届的曲琳琳，江择言的发小。

车子缓缓离开后，孟轻依才注意到不远处伸着脖子向校内张望的何莉。她小跑到何莉的身旁，琥珀般的眼睛带着笑意。

天越来越阴沉，母女俩往家的方向快速走去。

车上，江择言看着旁边坐没坐相的女子，皱着眉说："大姐，你能不能像个女的？"

曲琳琳丢给他一个白眼，爸爸在前面开车都没说她，反而旁边的人话多："怎么，现在坐你旁边都得像个女的了？我还以为只有我这样的才能坐你身边呢。"

江择言懒得和她斗嘴，反问道："什么时候走？"

"周六。送我吗？"

"看看吧，那谁不送你吗？"

曲琳琳看了一眼驾驶位上的父亲，父女俩的视线在后视镜中相撞。她慌乱地低下头，淡然说道："分了。"

江择言闻言耸了耸肩，没有在意。

孟轻依回到家后，先去了父母的房间里。

孟未扬睡得酣然，怀里抱着孟轻依小时候玩过的玩具，暖色的床头灯光似余晖一样柔和，光影打在他精致的脸上。

孟志东在他身旁睡得也算安稳。

孟轻依温柔地擦拭着孟未扬额前微卷的头发下的汗水。

小孩子感受到了她的触碰，晃着小脑袋蹭着她的手心，嘴里喃喃吃语："姐姐。"

孟轻依从房间出来时，何莉端着热好的牛奶递给她，说："你呀，真的就是个'弟控'，小心以后找不到男朋友。"

孟轻依失笑，揽过何莉的肩膀，回道："妈妈，我真的找不到男朋友该难过的是你吧？再说了，我以后的男朋友必须得对康康好啊，这是最基本的要求好不好？"

何莉拍打着她的手背，说她没有正行。

孟轻依靠着母亲的肩膀，两个人就那么站着，谁也没说话，透过轻薄的衣物给对方传递着体温，互相释放又吸取着能量。

孟轻依喝完牛奶后去卫生间里洗漱，再出来时，何莉拿着她原本放在茶几上的手机说道："婷婷刚刚给你打电话了，我接了。"

"有事吗？"

"她想要你的QQ号，我替你告诉她了。"何莉回答得坦坦荡荡，这时，手机的提示音又响起，她道，"你看，添加得还挺快。"

然后手机又连响了两声，何莉眯着眼睛看屏幕，一个字一个字地读道："我是郎郎钱昆，这儿还有一个，我是择？择是……"

孟轻依接过何莉手中的手机，看了一眼手机页面，说："一个是婷婷的同桌，一个是我的同桌。"说着，她便向自己房间走去，留给何莉一个摆手的背影和晚安的问候。

何莉站在客厅里怔然，喃喃道："这孩子怎么都不激动啊？那应该是两个男孩吧？"

实在搞不懂女儿的想法，她轻叹一口气，简单收拾了一下，也回到了房间。

孟轻依坐在书桌前，拿着手机，拇指果断地连续点击了三个"添加"。

婷婷不要走：【安安，我没什么事，郎昆是我让加的。晚安，明天见。】

郎郎钱昆：【安安，我没什么事，婷婷让我加你的，言哥是我让加的。早点睡，明天见。】

孟轻依简单地回复了他们，手机屏幕熄灭，亮起，又熄灭，又亮起……

直到外面的雨下得畅快淋漓，那个叫"择"的对话界面也没有发来任何一条消息。

江择言被郎昆吵着加了孟轻依的好友，添加完以后，他就去做力量训练，手机被他随手扔进了床铺里。

江家是警察世家，家里很多人都在公安系统工作。

江择言从出生开始就在西港的爷爷奶奶家生活，在同龄的孩子刚能走会跑的时候，他在特警大队里跟着站军姿，一站就是小半天。

江家住在西港市区的军区家属大院里，房子足够大，有一间特意装修出来的器械室，他每晚都要完成力量训练，这早就成了习惯。

十七八岁的男生有一身匀称的肌肉，随着力量的施加，汗水沿着肌肉的纹路肆意在皮肤上流淌。

等他训练完，洗了澡回到房间，已经是深夜，孟轻依的头像已经灰了下去。他熄灭了手机，靠在床头看了会儿书才睡去。

翌日，孟轻依被何莉从床上吼了起来。

孟未扬贴着她的脸颊蹭来蹭去，撒着娇："姐姐，姐姐，你快起来，让康康好好看看你。"

孟轻依闭着眼睛和小鬼蹭脸，将力都泄在孟未扬的小身板上，害得他铆足了劲支撑着身体，直到实在坚持不下去，小短腿才向后退了一步。

孟轻依贴着他的身子，沿着床边滑到了地板上，她就这样趴在地板上，丝毫没有起来的打算。

"姐姐，你昨晚画画了？"孟未扬看着她书桌上的画册，说着就要翻开。

孟轻依瞬间清醒，一个波比跳后站直了身子，慌乱地收了画册。这时，床头的手机振动起来。

择：【今天你值日。】

孟轻依揉了揉发酸的眼睛，抿了抿发干的嘴唇，手指在手机屏幕上点来点去，回复了对方。

梦安：【好的。】

一场酝酿很久的充沛雨水对于还有余热的盛夏来说似乎就像是白费力气，清晨太阳升起的同时，地面上的水渍也变成了水蒸气。

上学的小路上，孟轻依走在树荫下，偶有叶片偷藏的雨水会露出马脚，然后落在她的皮肤上，惹得她浑身发痒。

江择言告诉了孟轻依今天值日，却没告诉她值日的人是他们四个，而且还是清扫室外卫生分担区。如果早知道是这样，她还可以再多睡五分钟。

但看在雨过天晴，她懒得和他计较，嘴里哼唱着："天不下雨天不刮风天上有太阳……"

旁边的何婷自然而然地接道："妹不开口妹不说话妹心怎么想。"

两个人顿时来了兴致，紧握着对方的手，姿态浮夸。

"走了太阳，来了月亮，又是晚上。"

"哥哥什么日子才能闯进你的梦乡。"

要不是后面的歌词和曲调不会了，她们恨不得像小时候一样，把这首20世纪90年代流行一时的男女对唱歌曲完整演绎下来。

郎昆被她俩逗得乐开了花，打趣道："你俩上春晚吧？逗死我了，这歌我奶奶都会唱，你俩真行。"

何婷得意地扬了扬下巴，说："小意思，春晚我都不稀罕上。"

"我夸你胖，你还喘上了。但不得不说孟轻依唱歌还挺好听的，我觉得和言哥的水平有得一拼啊！"

郎昆没有盲目地夸奖，孟轻依平时说话时和她的气质一样，柔和而富有亲和力，唱歌也很是好听的气泡音。

"那是，安安可是个文艺女青年，画画、唱歌都不在话下。"

何婷踮着脚尖费力地钩着孟轻依的脖子，一脸骄傲。

郎昆自然不能认输，不服气地说："那言哥还会唱粤语歌，还会格斗术呢。"

他俩不知为何非要较量一下，那语气仿佛是两个势利爱攀比的"长辈"。

"你这不是说废话！他是半个广东人，而且他就是警察堆里长大的，没有可比性！"

"那让他俩比唱歌！择言，你来一首你最擅长的！"郎昆冲着江择言说道。

"安安，你也来一首！"何婷也开始鼓动孟轻依的士气。

然而孟轻依并不能理解为什么事态的发展转变成了她和江择言的对决，她佯装冷言道："我拒绝。"

江择言附和："同上。"

随后两个人一前一后向楼上走去，留下两个还在斗嘴的幼稚鬼。

回到教室后，孟轻依坐在座位上依旧哼唱着刚刚的歌曲，似乎天气好，她的心情也跟着变好了。

江择言对天气的变化多端不感兴趣，他只是觉得孟轻依真的很有趣。

长相秀气？气质淡雅？聪明伶俐？她好像昨晚那阴雨前的月亮一样，朦胧却又不愿失去光亮，实在想不到一个准确的词汇去形容她。

但江择言想到了一句歌词：遗留她的窗边有个故事。

夏季的雨不会消散灼灼的热浪，但还是凭借自己的声势让人记得在某天下了那么一场突如其来的雨。

新一届高三学生第一周的生活进入了尾声，考虑到学生们还在适应高三的高强度生活，这个周末学校还是仁慈地给了双休。

但从九月开始，除了晚自习，周六还要上全天自习。

于是这个周五对所有人来说都弥足珍贵。

早自习时，萧雨把孟轻依叫到了办公室谈话，问了她这一周的学习和生活，顺便谈谈她那让人头疼的生物成绩。

因为周三生物小测，冯师太看到孟轻依选择题全错，一共就只得了四十来分的卷子脸都是绿的。

萧雨拿着孟轻依的生物卷子也是头疼，她了解过孟轻依以前的成绩，其实是有心理准备的，但冯老师是不知道的，老太太年纪大了，很难安抚。

孟轻依是真的着急，也的确没有办法，但凡生物好一点她都不至于落榜。为了考上理想的大学，她必须在这一年的时间里把生物学好。

"咚咚咚！"

办公室的门被敲响，门外的人应声走了进来，是江择言。

"找我？"他说。

萧雨将桌面上的一摞纸张拿起递给他，说道："这个你一会儿回班级发下去，学校弄的什么调查问卷，让大家提提建议。叮嘱他们别乱写，收上来以后你再检查检查，我可不想被叫去谈话啊。"

江择言双手接过，低垂的视线正好看到了孟轻依。

他平日淡然的脸上多了一丝无奈，刚转过身准备离开，萧雨又叫住了他。

"顺便把你同桌带走。"

江择言回头的那一刻，孟轻依也猛然抬起了头，一脸惊讶："啊？"

"嗯，择言是班长。"

江择言眯起眼睛看向坐着说话不腰疼且神色自若的班主任，瞬间就明白了她叫他来办公室的真正目的。

他磨了磨后槽牙，自认吃瘪，不情愿地对孟轻依说道："走了。"

江择言和孟轻依一起走进教室的那一刻，就如同平静的海面看似波澜不惊，却不知已有暗潮涌动。

江择言走向讲台说填调查问卷的事，孟轻依则自行回到座位上接受何婷和郎昆的"慰问"。得知她是因生物成绩被约谈，两个人只好尽可能让她宽心。

江择言从讲台回到座位上，孟轻依看着他拿起桌面上的笔，利落干脆地写了一个字：【无。】

字迹遒劲有力。

然后他宽大的手掌在她的眼前摊开。

孟轻依仰视着他，茫然无措。

江择言长叹一口气，不冷不热地开口说道："收调查问卷。"

孟轻依在纸上写了和他同样的内容，头也不敢抬地将调查问卷放到他的手里。

江择言重新走到讲台上，不久后便又离开了教室。

他的身影刚刚消失，孟轻依能感受到蒋诗萌和她周围的几个女生同时看了过来。

那些眼神意味深长，有探究，有打量。

奇怪的是蒋诗萌居然向孟轻依露出和善的笑。

孟轻依虽觉得莫名其妙，但也回了对方一个礼貌的微笑。

雨后的天空，云多了许多，铺满了每个角落，太阳躲了起来，时隐时现，像是在撩拨。

上课铃响起后，江择言才又回到教室，一样的慵懒姿势，一样和郎昆插科打诨，一样午休不见踪影，下午又是一样的自在恣意。

孟轻依中午的时候特意问了何婷，为什么江择言不在学校午睡？

何婷也不知道具体的原因。

今晚来接孟轻依的是父母和弟弟，周五孟未扬小朋友可以不用早睡，看到孟轻依的那一刻，他如同小火箭一样窜到她的怀里。

就连到家后，孟未扬也拉着孟轻依撒娇个不停，孟轻依好不容易才把他哄睡。

洗漱完和父母打过招呼，她自己也准备休息。

她的房间里，桌面上放着江择言给她的生物笔记，她根本看不进去。

半晌后,她从放在床下的画册里拿出了最下面的那一本。

画纸上的人眼神迷离,神态悠然地抬起手掌半遮挡着嘴唇,手指修长,皮肤并不白皙,手臂线条感十足。

对于一个学美术的人来说,画中最重要的灵魂是明暗交界线。

而孟轻依的画里,那人就是明暗交界线,背景永远是暗,而他周身是光。

夜里的微风似乎因被热气侵袭而变得有些调皮,想肆意地将桌面上的画作欣赏一遍。

然而这一本画册上只有一幅画,画里只有一个人——江择言。

昏暗的房间里,台灯洒下一束光。孟轻依将一张干净的面巾纸覆在脸上,手指在空中勾勒。

她的手白皙纤细,尽管长年和颜料、画笔打交道,但为了保持双手细嫩,她拿笔写字很少用力,所以她的字都很飘逸。

而画中描绘的江择言线条干净且硬朗,如同她对他的初印象。

那是一个周末,天气很热,孟志东和何莉带着孟轻依的外公去检查身体。孟未扬有些热伤风,孟轻依便留在家里照顾他。

小孩子难受得要命,想吃西瓜,央求她去买。

孟轻依不放心他一个人在家,又不能带他一起去,只好等他睡着了以后,以最快的速度跑到楼下的超市。

因为着急,她连西瓜都没有挑选,随便拿了一个去结账。

汗水从额前滑落到她的鼻尖,她没有在意。

夏日里,气味比任何时候都浓烈,会清晰地传到人的鼻腔里。

孟轻依低着头从口袋掏钱的时候,淡淡的皂香味飘过,她身边多了一个人,声音清冷至极:"再来包纸巾,给她。"

抬头间,男孩的侧脸拦截了部分阳光。

那天的太阳明艳耀眼,却因一个人失去了它的光芒。

在无人知晓的时间里,她偷偷做江择言身边那种喜欢而不敢言说的、胆小的女生,已经不知道多久了。

深夜,风早早就不见了踪影,连月亮也开始偷懒,躲在云里打着瞌睡。

原本嗜睡的人却失眠了一整夜。

然而没睡的不止孟轻依一个人,还有何婷和郎昆。

他们不知道从哪儿听说了孟轻依被蒋诗萌欺负了的谣言,大半夜拉了一个小群开始对她进行一番盘问。

第二天清晨,孟轻依顶着两个大大的黑眼圈走出房间时,把何莉吓了一跳,说:"我的天啊,昨晚你趁我们睡着了,出门和人打架了?"

"是眼皮在打架。"孟轻依恹恹道。

"昨晚熬夜学习了?"坐在沙发上看报的孟志东问道。

"嗯。"孟轻依回答得有气无力。

她昨晚先是失眠,后来是真的在学习!

白天,孟未扬无数次像小猫一样挠孟轻依的房门,喊着:"姐姐!孟安安!孟轻依!我知道你在里面!你开门!"

她都选择了忽视。

江择言的笔记占据了她半张桌面,苍劲有力的字迹如他的长相一样周正,但是和他性格完全不符。

"叮!"手机传来新闻推送的提示音。

孟轻依倦怠地将手机解锁,读完新闻后,不自觉地点开了QQ软件。

最上面的对话框是昨晚的群聊内容。

梦安:【我和江择言是朋友?】

择:【可以考虑。】

这两句话她看了一遍又一遍,最后手机被无情地扣在桌面上,她重新开始奋笔疾书。

周末江择言除了日常的体能训练,还会看看书,做做作业。昨天把曲琳琳送走,他今天就在家陪奶奶看着无聊的偶像剧。

"阿择啊,你说这个大小姐怎么就喜欢上这个花花公子哥呢?"江奶奶一边择着菜,一边不解地问道。

江择言靠在沙发上,看似慵懒,但背依旧挺直,不紧不慢地回答:

"男不坏女不爱呗。"

他的话音刚落，后脑勺被不轻不重地拍了一下。他不用回头都知道是爷爷下棋回来了。

江老爷子双手背在身后，腰板挺得直直的，精神实在是矍铄，只是说话没什么好气："你个臭小子，欠收拾了你。"

江择言无奈一笑。

"不然呢？我可告诉你，萧家那丫头每次见到我都向我告状说你在学校不正经，害得我都不敢找她爸爸下棋了。"

江老爷子一屁股坐在沙发上准备拿起遥控器换台，却被江老太太一把抢过。

江老爷子一愣，问道："不是，老伴，什么意思？"

"你说我孙子干吗？他这样还不都是拜你所赐？天天插科打诨，还不都是跟你手下那群不正经的小子学的？"

江老太太的一席话让江老爷子瞬间无言以对，他说不过老伴，可以说孙子。

"阿择，你觉得你奶奶说得对吗？"江老爷子阴沉着脸问道。

江择言失笑，慢悠悠地站起身，说道："挺对的。"

等到江老爷子把脚上的拖鞋扔出去的时候，他早就跑到大院里逗狗去了。

"梭哈，你说我爷爷是不是个妻管严啊？"

叫梭哈的牧羊犬兴奋地吠了两声，以示赞同。

江择言摸了摸它的狗头，又问道："那我以后不会像他一样吧？"

梭哈叫得更欢了，恨不得一跃蹦到院墙外去。

江择言被吵得耳朵疼，冷言道："闭嘴！再叫不给你找媳妇了啊！"

梭哈闻声瞬间安静了，害羞又谄媚地靠近江择言，在他身上蹭来蹭去。

梭哈是一只单身狗，作为落选的缉毒犬，从小被江择言养着，相亲无数却一直无果，原因很简单——太直男！

江择言起身将牵引绳给梭哈绑好，说："走吧，带你出去。"

他和梭哈走了很久，梭哈热得直哈气。路过一家超市时，他将狗拴在门口，自己走进了超市。

孟未扬小朋友因为在姐姐那儿吃了闭门羹，赌气一个人跑到了楼下，却看到不远处蹲坐在超市门口的大狗狗。

他十分兴奋地跑到梭哈身边，既好奇又害怕，想靠近又得保持着距离。他在心里默默叹息，要是姐姐在就好了。

"你想摸摸它吗？"

因为是周末，江择言穿得很随意，军绿色的短袖，迷彩短裤，利落干净的短发，十足一副兵哥哥模样，让孟未扬眼睛一亮。

他像模像样地敬了一个不标准的军礼，试探地问道："哥哥，我可以摸摸它吗？"

江择言觉得这个小孩长得过于漂亮，如果不说话，他都以为对方是个小女孩，只是那双眼睛好像在哪儿见过。

没有多想，他蹲下身子，摸着梭哈的头，笑着对孟未扬说道："当然可以，它很乖的。"

孟未扬小朋友觉得兵哥哥不会骗他，但他还是有些害怕。

江择言将孟未扬拉到自己的身边，握着他的小手，轻轻地抚过梭哈的毛发。

"哥哥，它叫什么啊？"孟未扬糯糯地问道。

"梭哈。"

孟未扬不懂这个词的意思，小脸蛋上写着疑惑："啊？"

江择言摸了摸他的头，笑道："等你长大了就知道了。"

孟未扬看着江择言的脸，总觉得自己见过眼前这个哥哥，而且不止一次。

何莉下楼扔垃圾时顺便来接"离家出走"的小儿子，喊道："康康回家了。"

孟未扬闻声回过神，向何莉招了招手，然后对江择言说道："谢谢哥哥，以后我还能和它玩吗？"

江择言站起身，说："当然，不过哥哥家不在附近，偶尔才会过来。"

"那我们有缘再见吧！"

江择言对孟未扬小大人的举止忍俊不禁，看着小孩儿跑到母亲身边后，他礼貌地向长辈点头示意。看到何莉，他甚至觉得她和孟轻依有几分相似。

当然，他并没有一探究竟的打算，蹲下身子喂梭哈喝水。

晚饭时，孟未扬在餐桌上向孟轻依炫耀着自己今天见到了帅气的兵哥哥和威风的大狗狗。

然而孟轻依并没在意，只是觉得弟弟描述的人有那么几分像江择言，但她并没有刨根问底。

9月2日，启航中学正式开学的日子，因为高三年级提前开学，所以他们不必参加开学典礼，但是新学期的仪容仪表检查还是不可避免的。

教导主任带着高二年级的学生干部例行检查十班每个人的手指甲、校牌、校服着装、发型四个方面。

一个学生干部走到孟轻依面前时看了她一眼，说："麻烦站起来，看一眼校服裤子。"

孟轻依十分配合地从座位上站起身。

随着她起身的动作，放在椅子上的书包顺势滑落到了地上，夹层里江择言的生物笔记也跟着跑了出来。

"同学，你的东西掉了。"

学生会的干部低头扫了一眼。

孟轻依像心虚的贼瞪大了眼睛，俯下身准备将东西拾起。江择言先她一步，用两根手指夹起他的笔记，随意地丢进书桌里，嘴角上扬，说道："这是我的。你看你把我同桌吓得。"

检查的人离开，孟轻依坐下，她的眼神还是瞟着江择言，直到视线被对方捕捉到。

"你有事？"他问她。

孟轻依低下头，咬了咬嘴唇，小声说："那个，那个笔记……"她想问江择言可不可以把笔记再借给她，却一时不知道怎么说出口。

江择言伸手将书桌里的本子拿出来晃了晃,问道:"笔记怎么了?你没用完?"

孟轻依刚点了点头,却不料夹在本子里的纸巾被抖了出来,掉到江择言的腿上。

洁白柔软的纸巾带有淡淡的清香,上面还印着一行秀丽的小字:【如果有一天,孟德尔的豌豆苗全部相同,我就不再喜欢你了。】

江择言笑着读出每一个字,完全没有注意到孟轻依的慌乱。

"如果不是字迹不同,我真的会以为这是你写的。"

"为什么?"

"因为孟德尔的豌豆永远不会一样,所以这位应该和你一样是个生物渣渣。"江择言把纸揉成一团,随手投进了不远处的垃圾桶里。

他拿起笔记本递给孟轻依后,又恢复了常有的姿势。

"原来,你是因为我生物不好才会猜想是我写的字条。"孟轻依蹙着眉头,连苦笑的表情都做不出。

一场算不上风波的小插曲转瞬而过,孟轻依却闷闷不乐。

江择言意识到孟轻依情绪低落,他拉着原本和何婷腻腻歪歪的郎昆去了趟学校超市。

"哥,来超市干啥呀?你要请我吃好吃的啊?"郎昆边说边垂涎地看着一排又一排的货架。

江择言的脸上难得流露出嫌弃的表情,说:"你把你那哈喇子给我收一收。"

郎昆尽管没有真的流口水,但还是象征性地擦了擦嘴角。

江择言揣在口袋里的双手握了握,轻咳一声,装作不经意地问道:"你一般给何婷买什么吃?"

郎昆头上隐形的触角感受到了八卦的味道,贱兮兮地凑到江择言身边,扭来扭去,问道:"你啥情况啊?"

江择言抬脚踹在他的腿上,说:"别恶心我。

"早上检查的时候,孟轻依不小心把我的笔记掉地上了,里面夹着一张类似于告白的小字条,也不知道谁啥时候放的。她应该看过了,不知道为啥像怕别人知道似的。"

"你早说啊，我还以为你有情况了呢。"见江择言说得一本正经，郎昆顿时失了兴趣，"咋？她真的很不了解你啊，你可是江择言啊，信都收到那么多了，区区一张面巾纸，你没当厕纸用了就不错了。"

江择言没心思逗趣："你没注意吗？她挺不高兴的。"

"你说啥了？"

"说她是个生物学渣。"

听了江择言的话，郎昆"扑哧"笑出了声，说："你只不过是伤了小学霸的自尊心。"

郎昆说着，从收银台旁边挂着各种口味的棒棒糖中随意扯下来一根，丢到江择言怀里，说道："这种小事，送这个就行。"

江择言端详着手里草莓味的阿尔卑斯棒棒糖，忍不住质疑："这就行了？这不是哄小孩的吗？"

郎昆脸上摆出王者轻蔑的姿态，说："这你就不懂了，糖可不是为小孩子发明的，它也可以用来对付女孩子啊。"

尽管半信半疑，但在讨好女孩子这方面，江择言确实只比梭哈强那么一点点，郎昆怎么说都比他有经验。麻利地交钱后走人，他没有给郎昆留一点想骗他一瓶尖叫的机会。

九月初的阳光依旧火辣，毕竟这是秋老虎在耍着最后的威风，麻雀也只能在树荫下才会七嘴八舌、叽叽喳喳。

教室里，孟轻依嘟着嘴伏在桌面上，和何婷有一句没一句地聊着某个当红的男团。

她的视线时不时地飘向垃圾桶的位置。这众目睽睽的，她总不能当着大家的面翻垃圾桶，把本就属于她的东西捡回来吧？烦躁！

原本在颈间绾好的花苞头被她弄得乱糟糟的，发丝在阳光下染上了金色的光芒。

"安安，你头发都弄乱了，怎么了？心情不好？"何婷看着孟轻依的头发，关切地问道。

孟轻依点头也不是摇头也不是，长叹一口气，坐直身子，将头发散开，准备重新把头发束好。

何婷有些惊讶:"你头发这么短啊?"

孟轻依微微垂头,让发丝落在手中,点了点头。她头发的长度刚刚过肩膀,如果束成马尾,碎发会很多,所以她喜欢扎一个低丸子头。

散落的发丝如平铺在海边的细沙,柔软又带着闪闪金光。

"孟轻依,你……你好漂亮啊。"路过的同班男生磕磕巴巴地说,"不是,我的……我的意思是,你的头发……你的头发好漂亮啊。"

孟轻依撩起额前挡着视线的发丝,象征性地冲着对方微微一笑。

而这一笑却如同灿烂的烟花在夏阳的脑中绽开,也炸红了他的脸颊,他连忙跑回自己的座位上。

何婷实在没忍住,笑出了声:"哈哈哈,完了,孟安安,你让大学霸春心萌动了。"

刚从超市回来,嘬着尖叫瓶嘴的郎昆坐回座位上,闻言问道:"谁?啥动了?"

何婷摆了摆手,笑个不停:"哈哈哈,我说咱班的大学霸对我家安安动心了。"

"啥?"郎昆一脸好奇,拉着何婷,让她仔细给他讲讲她错过的好戏。

江择言也坐在座位上,一边听着,一边状似无意地看了一眼正在梳头发的孟轻依。其实他进门时看到她头发散落的样子了,只是迎着光没能看清。

孟轻依将头发束好时,上课铃正好响起,与此同时,她的桌面上多了一根草莓味的阿尔卑斯棒棒糖。

旁边的人不经意地抬了抬眼,说:"给你的。"

那根棒棒糖在桌面上躺了三分钟后,孟轻依才将它收进书桌里,轻轻地说了一句:"哦,谢谢。"

江择言眼里蒙有一层阴霾,因为他看到了孟轻依盯着那根棒棒糖皱了皱眉,最后似乎无奈般地将它拾起随意放了起来。

他把错误归结为是郎昆出的馊主意。

下一秒,桌子下的长腿蓄力,突然向前踹去。

前座的郎昆失控般地向前倾去，肋骨差一点被桌子边缘撞折。

他委屈巴巴又不知所措地回过头，问道："咋的了？"

踹他的人微微一笑，说道："不好意思，膝跳反射。"语气里听不出丝毫的歉意。

郎昆捂着胸口自认命苦。

何婷和孟轻依看着他俩也是云里雾里，对着对方耸了耸肩后，继续听课。

第二章 我想画你

大课间，学生们在操场上东倒西歪地做着广播体操，甚至有的班级都开始原地解散，自由活动了。

要问他们为何如此散漫，原因很简单——班主任开会去了！

何婷从队伍后面跑到了孟轻依身后，拍了拍她的肩膀，喊道："孟安安！"

正在抬头看云的孟轻依被何婷吓了一跳，用手抚了抚胸口，抬手就对何婷开启了挠痒痒模式，两个人欢笑着打闹个不停。

郎昆见状也想参与其中，但他实在是插不上手。

也不知道谁给他的勇气，他跑到江择言的身边戳了戳江择言的腰，然后大喊道："好硬啊，这是什么肌？"

周围的人瞬间都愣住了，接着全场爆笑。

江择言阴沉着脸，咬着牙，揽过郎昆的脖子，说道："是你很垃圾！"

在广播体操的背景音乐下，操场上肆意飞扬着青春气息。

教学楼里开完会的老师们看到操场上的状况，恨不得冲下去将自家的学生爆揍一顿。

主持会议的副校长看到这一幕却笑了，问道："你们难道不羡慕他们吗？"

萧雨双臂环绕,淡然一笑,说:"谈不上羡慕,是怀念吧。"

青春不应该被羡慕,因为谁都曾有过青春。

撒欢过后的学生们回到班级里后,大多数又变成了霜打的茄子,从各个班级传出的呵斥声回荡在走廊里。

十班却静得要命。

萧雨拿着自己的会议笔记在讲台的桌面上颠来倒去,面无表情,似暴风雨来临前的宁静。

终于,周围班级的班主任都发泄完了,萧雨才揉了揉耳朵,开口说道:"这一个个的大嗓门,我可吵不过他们。"

"行了,你们疯也疯过了,我说点正事。"她慢悠悠地翻开笔记本,手指在纸面上游走半天,半晌才找到要说的内容,"九月开学季啊,也是为了喜迎国庆,有这么几件事。"

萧雨的话说得断断续续的,学生们都了解她,毕竟上数学课的时候板书写着写着就不知道写哪儿去的人,一时找到自己的会议记录也不是那么容易的一件事。

她开会的内容不用说孟轻依也了然,无非就是三件事——九月中旬板报评选、九月下旬校运动会、十一回来全省联考。

她用三十秒回想起来的事,萧雨足足讲了十分钟,因为萧雨说得更细致。

最后总结起来就是,板报交给宣传委员去完成,运动会还是按照高二年级的任务分配去完成,摸底考试是全省统一联考需要认真对待好好完成。

萧雨说完,孟轻依觉得很轻松,因为这么听下来,她除了要好好准备考试,并没有她什么事。

却不料已经走出教室的班主任又杀了个回马枪,站在讲台上很不严肃地宣布:"咱班没有宣传委员,所以就此宣布一下,孟轻依同学从今天起就是咱班的宣传委员了,鼓掌!"

教室里的掌声真的是无比热烈,孟轻依被十班的学生当成了救星,毕竟以往两年十班的板报都是全校倒数第一。

俗话说,一个优秀的班级需要德智体美劳全面发展,十班在美育这方面，就如同孟轻依的生物一样，心有余而力不足。

尽管知道这并不是个美差事，但想到自己能为新班级贡献点力量，孟轻依便应承了下来。

为了迎接即将到来的运动会，学校特意放松了午休的政策，在不影响其他想要休息的同学的前提下，需要训练项目的同学和排练方阵的班级可以利用午休时间自由活动。

孟轻依当然是想要休息的同学，于是中午，十班的班级里只有她和夏阳留了下来。

晌午的太阳晒得她暖洋洋的，眼皮子终于撑不住开始打架。尽管她听到了夏阳说话的声音，但最后还是闭上了眼睛去梦里和周公对话了。

夏阳看着熟睡的孟轻依，恬静温婉至极，他苍白的脸上又染上了一抹害羞的红晕。

等孟轻依醒来的时候，江择言悠然地坐在她的旁边，而何婷和郎昆却一起死死地盯着她。

她下意识地摸了摸自己的脸，疑惑地问道："我是毁容了吗？你俩这么看着我？"

何婷笑得意味深长，问道："孟安安，我听说中午班级里就剩你和夏阳了啊？"

"嗯，他不是心脏不好，不需要参加体育活动吗？"

"你俩干啥了？他那张万年白的脸为什么变得通红通红的？"郎昆也笑得不怀好意。

"我俩？干啥了？"孟轻依一头雾水。

思忖半响，她迟疑道："难道说他在我睡着了以后，偷偷地在班级里练习跑步了？"

她旁边正喝水的江择言没忍住将水喷了出来，一滴不落地落在郎昆的左半边身子上。

郎昆死死地闭紧要飘出脏话的嘴，江择言难得带着歉意，拿着纸巾帮他擦了擦脸。

何婷则是在一旁笑个不停。

孟轻依眼睛睁得浑圆，看着奇奇怪怪的三个人。

江择言那张万年不正经的脸上此刻挂着极为粲然的笑。

他的侧颜依旧带着锋利的线条感，那双深邃的眼睛微微眯起，嘴角的弧度高高上扬。

少年耀眼，不知是不是借了太阳的光。

何婷都笑红了脸，捂着肚子，看着孟轻依说道："孟安安，你简直就是个开心果啊！"

孟轻依眨了眨眼睛，最后也勾了勾嘴角。

桌面上被遗落的水珠最后因热气而蒸腾，至于夏阳到底怎么了，似乎也没人愿意继续探个究竟。

晚上放学，孟轻依收拾好书包后，才想起来被放在书桌最里面的那根棒棒糖。

何婷和郎昆收拾得慢了一些，最后四个人一起走出教室，下了楼。

孟轻依来不及将棒棒糖放好，只能攥在手心里。

彼此道别后，江择言坐上了那辆SUV。车子驶过，孟轻依看到了站在校门对面路灯下的何莉。

孟轻依小跑到她的身边，母女俩挽着手并肩而行。

路上，何莉看了一眼孟轻依半握拳的手，好像露出一点塑料包装，于是问道："你手里拿着什么啊？"

孟轻依摊开手掌，笑着说道："没什么，同学给的棒棒糖。"

"怎么是草莓味的啊？你不是不吃草莓味的东西吗？"

孟轻依双眼下垂，睫毛扫过眼底，说："人家也不知道啊。"

何莉转过头，没有再多问，随口说了句："那回家给康康吃吧。"

孟轻依没有马上应声。

两个人闲聊着到了家楼下时，何莉突然停下脚步，拍了拍脑袋。

"哎呀，刚刚路过超市，忘记买电池了，家里的遥控器电池都没电了，你爸爸明天在家怎么看电视啊？"她边说边用眼神瞟着孟轻依。

孟轻依看了一眼就几步远的超市，对妈妈的小伎俩了然于心："知道啦，我去买。"

何莉冲她笑了笑，从口袋里拿了零钱给她，自己则站在原地。

孟轻依在超市逛了一圈，拿了几样东西去收银台结账时，随手扯了一根棒棒糖。

"一共多少钱？"

老板合算了一下，说道："十五块五。"

交完钱，装好东西，孟轻依和老板闲聊了几句才离开超市。

到家后，孟轻依照例去主卧看孟未扬和孟志东，把自己刚刚买的棒棒糖放在了弟弟的枕头旁。

而江择言送给她的那根棒棒糖被她妥善地藏了起来。

金秋九月，虽然已经进入了秋天，但不知夏季为何非要纠缠不清。

天依旧热得要死，课堂上，老旧的风扇依旧没有休息，学生们东倒西歪，尽量强撑着精神，实在撑不下去了，也要假装自己还在撑着。

但只要午休时间一到，即使骄阳似火，也抵挡不住大家为迎接运动会迸发的热情。

十班的教室里还是只剩下夏阳和孟轻依。夏阳身子笔直地坐在座位上学习，过了一会儿，他僵硬地转过身子，却看到孟轻依没有在睡觉。

她坐在教室里最后一扇窗的窗台上，双腿屈起，身子倚靠在身后的墙壁上，她手中握着咖啡罐，明眸泛光，出神地望着远方。

夏阳猛然转过身子，突然的心悸让他有些窒息，脸颊马上燃起热意，半天都消散不去。他从座位上起身，跌跌撞撞地出了教室，向水房走去。

孟轻依是被夏阳弄出的声响召回了思绪，她在构想着板报的设计，却早早被坐在操场树荫下的江择言分了心。

江择言双腿屈膝，随意张开，左手搭在同侧腿的膝盖上，右手肘抵在右膝盖上,手指屈起支撑在太阳穴附近,不走心的笑露在淡漠的脸庞上。

依旧是悠然而惹眼的桀骜少年。

夏阳再回到教室时,孟轻依还是坐在窗台上,只是手中的咖啡罐变成了画笔和画纸。

她垂眸正在勾勒着什么,注意到夏阳回来后,便抬起了头,说道:"你的气色看起来不错。"

夏阳被打湿的发梢还在滴着水珠,他侧过头,摸了摸脸颊,深吸了一口气,眼神飘忽地看向孟轻依,不自然地问道:"你今天不午睡吗?"

孟轻依将放在腿上的本子举起晃了晃,说:"大家都各司其职。"

夏阳明白她说的意思,她在别人为运动会做准备时,准备着班级的板报。

"需要我帮忙吗?"他问道。

孟轻依笑着摇头,回道:"不需要,我自己可以,但还是谢谢你。"

她随即又低头画着板报的草稿设计,并没有留意夏阳的动态。对方没有再出声音,她以为他回座位上了,所以不知他何时站到了江择言的书桌旁。

"孟轻依,我听说你和江择言是朋友,那我也可以和你做朋友吗?"夏阳低着头,说话的声音极小,但孟轻依还是听到了。

她看到此刻夏阳的样子,不知为何心里的第一反应是不悦,于是不自觉地蹙了蹙眉头,压低声音说:"我的朋友是何婷,不是江择言。"

"那我……"

夏阳还要说什么时,孟轻依打断了他:"而且我的身份与你们不同,我只需要在这里和大家和谐相处就好,我不是来交朋友的。

"但你和十班的每个人都是我的同学。"

她停顿了一下又说道:"仅此而已。"

她还是露出了和平日里一样亲和又带有距离感的微笑。

夏阳扯了扯嘴角,苦笑道:"是我唐突了。"

孟轻依摇了摇头，柔声说道："言重了。"

夏阳的脊背上瞬间涌起凉意，他怔怔地看着孟轻依的眼睛良久，她的眼神灼灼又坦然自若。

他们之间这唯一一次的对视却成了夏阳之后多年都无法释怀的遗憾。

不知是谁为了避免尴尬，从那天中午以后，夏阳和孟轻依再也没有同时留在教室午休。

大多数时间都只有孟轻依一个人留在了教室里，因为她需要画板报。

从确定主题到布局构思，从文字排版到内容筛选，孟轻依一个人用了一周的时间就做好了所有的准备工作。

接下来的一周她终于着手绘画了，十班的同学每天像看电视连续剧一样，期待着孟轻依一天一天的更新。

画画对于孟轻依来说没有问题，但是她的字迹不适合出现在黑板报上。

于是萧雨给她配了一个好搭档。

教室里，江择言站在孟轻依旁边，看着出自她手中的半成品，扬起了眉梢。

十班以往的板报没有任何色彩和设计而言，就是江择言写的几个表示主题的大字，连个蓝天白云、小花小草都没有。

而孟轻依的板报可以用富有设计感来形容，冷暖色有强烈的对比，布局合理而又有趣。

他们的分工很明确，孟轻依把所有勾勒完线体的主题部分上色，江择言则需要在预留好的地方写上文字。

孟轻依当然知道他字的写得很好，只是午休时间能在教室看到自己的同桌，还真的是难得。

尽管今天是周日，他们都是牺牲了宝贵的休息时间来做最后的收尾的。

孟轻依低着头，身子向旁侧了侧，指着某个方位说："你旁边的桌子上是我写好的内容，你在画横线的位置上写好就行。具体哪个地方写哪些内容我都给你标好了，你注意字迹的大小和排版，如果控制不好，你还需要重写。"

江择言低头看着手中的文字，又抬头看了看孟轻依设计的板报布局，心中有了大概的衡量，说："知道了。"

平日里大多是孟轻依一个人在教室，她也习惯了，现在身边突然多了一个人，而且还是江择言，她紧张又忍不住想和他说些什么。

"那个，训练累吗？"她看都没看他，问道。

江择言拿起粉笔，随意回答道："还好，但还是头一次觉得写字也是一种休息。"

孟轻依以为江择言在变相抱怨，但对于江择言而言，此刻待在教室里真是难得的惬意。

这十多天来，他天天中午顶着大太阳待在楼下，不是为了训练项目，而是他作为班长的职责。

萧雨和体育委员在训练方队，他需要陪着；班级里的同学练习接力之类的项目时，他需要陪着；郎昆偷懒去角落里休息时，他需要陪着……

他简直就是三维立体的陪伴者。

现在又多了"一陪"，陪他的同桌画板报。

孟轻依觉得他把话题聊死了，便缄默不语。两个人又开始同时开工，互不打扰。

板报上有一些地方是需要文字悬浮于画作之上的，江择言只能等孟轻依画完才好继续，他坐在一旁的椅子上看着她的背影，开始真正的休息。

孟轻依今天穿了一条浅黄色的吊带裙，外加一件半袖的雪纺外搭，细嫩的手早就被各种色彩的颜料弄得缤纷斑斓，白皙的手臂上多了各色点缀的粉尘，随着她优雅又流畅地挥动手臂，如身着彩衣的迷你舞者在空气中起舞。

粉笔与粗糙的黑板摩擦发出的声音轻微至极，却在午间静谧的教室里被放大了数倍，但也未觉聒噪，甚至有些催眠。

孟轻依搓了搓发涩的指尖，目光在板报上游走一遍，最后露出满意的微笑:"江择……"

"言"字在她转过身的那一刻被她吞下。

江择言睡着了。

不远处的椅子上,江择言穿着白色的T恤和浅蓝色的牛仔裤,双臂环绕放在胸前,双腿交叠搭在另一把椅子上,腰身靠在椅背上,睡着的他又少了平日里的那份冷峻,整个人安静又柔和。

孟轻依有些失神,眼睛里再也藏不住欢喜。

年少时的喜欢很隐晦,不似燃烧不断的火堆,而是如涓涓细流的溪水,偶泛涟漪,实则是沉重的石头抑制住了暗藏的惊涛骇浪。

曾经喜欢的人不在身边,即使只有十分钟的课间,她也会想方设法装作不经意见对方一面。

如今喜欢的人在身边,即使有无数待在一起的时间,她也不会轻易错过他的一举一动,甚至是一颦一息。

孟轻依忽略了手指上微微的灼烧感,她倚靠在桌面上,小心翼翼却又正大光明地看着江择言的睡颜。

此刻教室里更加静谧,风穿过树叶的声音清晰且动听。

"萧姐,你口号喊错了。"江择言突然开口说道。

孟轻依快速低下了头,收回了目光,像做贼心虚地喃喃道:"我画完了,你可以继续写字了。"

江择言并没有回应她,而是在她抬起头时,又说道:"你每句'一二一'都不在一个频率上。"

孟轻依的眼眸有了波动,原来这才是他不在学校午休的原因。

很多年后,江择言问过孟轻依为什么不在那一天戳穿他的秘密,她说不愿吵醒他。

江择言睡了很久,孟轻依不知何时又重新走到了板报面前,在上面做了几笔点缀。

她眉目低垂,手中的粉笔被不知轻重的力量折断,落在地上发出"啪"的一声后,四分五裂。

她慢慢蹲下身子收拾着残局,手不经意间拉动桌子而产生了刺耳的摩擦声。

江择言皱了皱眉,不情愿地抬起发沉的眼皮。看见蹲在地上的女生,他才意识到自己身在何处。

"怎么睡着了?"他抬手扶着额头,无奈地自言自语。

他转动着僵硬发酸的脖颈,问道:"你弄好了?"

孟轻依还在捡拾着地上的粉笔头,头也没抬地回答道:"嗯,刚画好,你收尾吧。"

江择言站起来,走到她身边,用脚碰了碰她的脚边,说:"你去洗手吧,我写完以后把地扫一下就行了。"

孟轻依也没有坚持,站起身,将手中的垃圾扔掉后,看着他说道:"那你写吧,我去洗手了啊。"

"嗯。"江择言应允。

孟轻依不紧不慢地走到讲台边,拿起放在那里的香皂盒,走出了教室,去了水房。

她的脚步平稳,不慌不乱,似乎一切云淡风轻。

等孟轻依把手洗干净回到教室时,江择言已经开始打扫卫生了。她放好香皂盒后,走过去把桌椅恢复原位,顺便核查着整个板报。

她有些分神,搬动桌子时被绊了一下。江择言下意识抬手用力抓住了她的手臂,她才避免扑倒在地。

"没事吧?"他问。

他手掌的粗糙感和温热的气息惹得孟轻依浑身一抖。她抽回手,弯腰扶着桌子,低头回答道:"没事,谢谢你。"

江择言抬了抬眉梢,把丢在地面的扫帚拾起,继续扫着最后一堆垃圾。

几分钟后,两个人把教室收拾好,并肩站在过道里看着合作完成的板报。

孟轻依会心一笑。

江择言也勾了勾嘴角,说:"我收回之前说你画画不怎么样的那句评价。"

孟轻依的笑容放大了几分,神态中露出了几分自得。

江择言轻笑出声,补充道:"但你的生物确实还是不怎么样。"

孟轻依的脸瞬间垮掉,这是先给个甜枣再打一巴掌吗?她转过身子,微微抬头反驳道:"我这周的生物小测已经过50分了!"

"那不还是没及格?"

"你怎么知道?"孟轻依瞪着大眼反问道。

江择言耸了耸肩膀,理所当然、极其随意地说道:"你的卷子是我发的,我怎么会不知道?"

孟轻依恨不得跳起来打他一顿,但她知道,她打不过他,吵也吵不过他。她泄气道:"我已经很努力了,但是谁也不能一口吃成个胖子吧。"

江择言又是那副漫不经心的不正经模样,说:"那得看你有没有成为胖子的天赋。"

孟轻依实在无语,最后气呼呼地转过身子,走出了教室。江择言则不紧不慢地跟在她的后面。

楼梯间,孟轻依的脚踩在台阶上而受到的反作用力让她的脚踝都有些酥麻感,手中振动的手机也让手腕有了同样的感受。

她看了一眼来电提醒,清了清嗓子,放慢了脚步后接通了电话。

她刚"喂"了一声,电话那端何莉焦急万分的声音传来:"安安啊!康康有没有去找你啊?我和你爸爸午睡起来就找不到他了。"

"什么?"孟轻依脚步一停。

"你中午出去以后他就吵着找你,我说你去上学了,一会儿就回来,他才乖乖和我们一起午睡,可是这一起来他就不见了。我们在家附近都找遍了,连他经常去的那家超市和经常玩的小花园都找过了,没有啊。"何莉越说越着急。

孟轻依顾不上身后的江择言,快步向楼下跑去,说:"妈妈,你先不要着急,我现在马上去找康康。"

"那你注意安全,我现在去他同学家看看,你爸爸在家等着,有消息咱们电话联系。"

挂了何莉的电话,孟轻依越跑越急,脚上帆布鞋的鞋带全部散开,害得她差点摔跤,幸亏江择言在她后面拉了她一把。

"你怎么了?有事也先把鞋带系好再解决行不行?"他的眉紧

紧皱在一起。

孟轻依一边抬腿将鞋带掖在鞋里，一边说："我弟弟从家里跑出来了，现在找不到人，我着急去找他。"

她的眼眶湿红，额头和鼻翼上多了一层薄汗，绾在脖颈的花苞头也有些松散。

"我帮你，一起吧。"江择言看着她慌乱的样子，没有松开她的手。

还说着话，他拉着她的手臂一起跑出了教学楼。

两个人以最快的速度冲出校门后，孟轻依却突然停了下来。

每天晚上接江择言的那辆SUV停靠的位置上，此刻孟未扬正蹲在那里数地上的蚂蚁。

孟轻依转了转被江择言握在手掌里的手腕，柔声道："找到了。"说完，她的泪水滑落了下来。

孟未扬抬头时恰好看到了校门口的江择言松开了孟轻依的手臂，他连忙跑到姐姐身边，忽略了她身边的男生。

"姐姐，今天康康来接你放学。"

他愉悦的声音刚落，孟轻依就俯身将他揽在了怀里，声音略带哽咽："嗯，谢谢康康，但下次记得告诉爸爸妈妈，你一个人出来不安全，他们会着急的。"

孟未扬想挣脱她的怀抱辩解什么。

孟轻依手臂用力，没有松开怀里的小人，侧头对江择言说道："麻烦你帮我照看他一下，我去给我父母打个电话。"

江择言低头看了一眼孟未扬和眼圈泛红的孟轻依，点了点头，他手掌覆在孟未扬的眼睛上，柔声道："听话，哥哥过两天带你看狗狗。"

他的声音孟未扬是熟悉的，小孩子没有反抗，乖乖地站在他的身边。

孟轻依没有马上拨通何莉的电话，马路对面的那盏在白天不会亮起的路灯下，她背对着两人，无声地哭泣。

何莉和孟志东知道孟未扬和孟轻依在一起后，都松了一口气。

.044.

孟未扬叽里呱啦地跟江择言说着什么，江择言都配合着他，孟轻依不知道他们谈话的内容，但看似相聊甚欢。

孟轻依的情绪已经平复了，她揉了揉发酸的眼睛，扯了扯嘴角，走到他们面前。

"谢谢你。"她看着江择言说道。

江择言没有马上拿开放在孟未扬眼睛上的大手，对孟轻依摇了摇头，俯身对小孩说道："哥哥要把手拿开了，阳光刺眼，你闭会儿眼睛再睁开。"

孟未扬乖巧地点了点头。

江择言表现出的温柔和他难得露出的和善笑容让孟轻依有些怔然。

没有女孩会拒绝一个带有和善微笑的男孩。

孟未扬得到自由后，紧紧牵住孟轻依的手，委屈巴巴地说道："姐姐，对不起，我知道错了。"

孟轻依蹲下身子，擦拭着他脸上的汗水，佯装责怪："知道错了？"

"嗯！"孟未扬点头如捣蒜。

孟轻依站直了身子，揉搓着他自来卷的头发，冷言道："你还是把这套留着对付你爸你妈吧，我不吃你这套。"

孟未扬下意识地抬头看向江择言，向他做出无声的救助，这一幕被孟轻依捕捉到了。

"你看他有什么用？他是我的朋友，不会帮你的！"

孟未扬瞪着水汪汪的大眼睛看着江择言，问道："哥哥，姐姐的朋友要叫姐夫吗？"

江择言失笑，原来这个小鬼刚刚说的帮他就是多拖一个人同时下水，但孩子还是太小，不知道这句话对姐姐来说犹如炸雷。

孟轻依一把掐住孟未扬的后脖颈，咬牙切齿，一字一顿道："孟！未！扬！"

孟未扬原地挣脱，像是屠宰场里垂死挣扎的小羊羔。

"我错了！错了！开玩笑的！再说了！哥哥又不只是姐姐的朋

友，也是我的朋友！"小朋友大喊道。

孟轻依面露疑惑："你俩……认识？"

孟未扬连忙扯开姐姐的魔爪，刚要解释，却听见孟轻依和江择言同时开了口。

江择言说："所以他真的是你弟。"

孟轻依说："所以那天真的是你。"

话音落下，两个人都勾了勾嘴角。

"你怎么会觉得他是我弟？"孟轻依问江择言。

"眼睛，主要是那天我还看到了你妈妈，你俩的气质很像。"江择言解释完又问孟轻依，"你怎么会觉得他那天见过的人是我？"

"他把你描述得很具体，只是他说是个兵哥哥，我就以为不是你。"

孟未扬听得云里雾里，看着江择言，问道："哥哥，你不是当兵的吗？"

江择言摸了摸他的头，笑着说："不是，但哥哥以后会是警察。"

他的语气掷地有声。

那是理所应当的傲气。

这世上很少有人会在年少时坚定地说出自己以后的职业，除非那是与生俱来的命中注定。

例如山是山，水是水，四季即四季。

只有江择言是江择言。

孟未扬没有停止对江择言的崇拜，孟轻依亦是如此。

桂花散发着清雅又浓烈的芬芳。

这时，江家的那辆SUV停在了校门口，孟轻依带着孟未扬道别后，江择言又叫住了她："孟轻依。"

"嗯？"

"你头发乱了。"

树上的桂花失去了控制力，旋转飘落至孟轻依的身侧。

孟未扬抬起小脑袋，拽了拽姐姐的手臂，说道："姐姐，你的头发散开了。"

孟轻依抬手摸了摸脑后，花苞头已经半散开，她随手将头发解开。

那辆SUV从她面前缓缓驶过，孟未扬呆萌地站在原地摆着手，孟轻依望了又望，许久后才收回了目光。

她利落地将头发梳好，拉着孟未扬走在回家的路上，两个人你一句我一句地聊天。

"姐姐，我怎么觉得我好早以前就见过择言哥哥啊？"

"嗯，你是见过啊。"

"是不是？那是什么时候见过啊？"

"我怎么知道？"

"姐姐！"

"欸！"

小孩子稚嫩的童声与少女的柔声细语交融在一起，如清风与枝叶在嬉戏。

回家的车上，司机老曲与江择言闲聊着。

"阿择，那是你班上的新同学？"

"嗯。"江择言回答得随意，"我同桌。"

老曲有些惊讶："萧家那小丫头对你放宽政策了？老局长还不知道吧？"

江择言将手中的手机放下，正言道："曲叔，你可别多嘴啊，我怕我们家那两个老活宝杀到学校来看热闹。"

老曲哑然失笑，江择言的话并不夸张，他爷爷奶奶能做出这样的事来。

然而彼时江家大院，江家二老已经知道了这个"新奇"的大新闻，他们在按捺着内心的蠢蠢欲动。

"萧雨丫头，你说的是真的？你给我家阿择安排同桌了？"江老爷子收起了平日的不苟言笑，拉着萧雨的左手问个不停。

萧雨右边的江老太太忙着插话："这都二十多天了，他咋不告诉我们呢？"

萧雨被两个老人家夹在中间,只能苦笑,她知道江择言为什么不告诉两位老人家了。

她清了清嗓子,趁空当快速说出今日到江家拜访的目的:"是这样的,林老师,择言的新同桌学习成绩很好,今年落榜了十分可惜,这个孩子其他科成绩都不错,就是生物严重拖后腿。"

萧雨偷瞄着江老太太的脸色,见对方听得认真,她继续说道:"虽然大家都说明年咱们省的高考会改革,但是这不还没确定吗?再说了,不管什么政策,成绩够好才是硬道理,所以我来就是想问问您能不能给她辅导辅导啊?"

"这孩子挺不容易的。"

她刻意补充这一句,勾起了二老的好奇和关心。

萧雨简单地将孟轻依的家庭情况向江家二老介绍了一下,又说:"我本来是想让择言帮帮她的,但我看那小子根本不上心,所以您看……"

萧雨盯着江老太太那张慈祥的脸,欲言又止,然而江老太太还没出声呢,江老爷子先激动了起来。

"老伴!你帮她!这么好的孩子,多励志啊!你作为曾经优秀的人民教师,必须帮她!"

江老太太丢给自己老伴一个白眼。她身为原启航中学的生物教师,教出了很多优秀的学生,比如萧雨,还有自己的孙子江择言。她当然会答应萧雨的请求,她只是怪老头子多嘴。

"小雨啊,你和那孩子说,自下周日开始让她来家里,我给她免费辅导。"

江老爷子听了老伴的话,有些不满,反问道:"不然咋的?你还要收钱啊?"

萧雨看到江老太太抬起了手臂,连忙起身阻断战火:"行,老师,麻烦您了。那您看用不用先告诉择言一声?"

"不用!他有同桌都没告诉我们,我们帮助他同桌也不告诉他!"江老爷子愤慨地说道。

江老太太十分赞同,疯狂点头。

萧雨前脚刚离开，江择言后脚就回到家了，他并不知道他家长辈们幼稚的报复行为。

九月中旬的周一，学校板报评选的日子，十班教室内熙熙攘攘如同集市，萧雨带领着班上的同学围在一起，欣赏着孟轻依的杰作。

黑板的左侧是从上自下渐变的冷蓝色系，由深至浅，到最后成为一抹悠然的白。

右侧是从下蔓延而上的暖红色系，由浅变深，到最后是一片热烈的红。

中间有行云流水般的四个大字：【第十八集。】

"十八"是青春飞扬时的最后一次狂欢，或许是结局，但永远未完待续。

丰富的色彩搭配，再加上工整有力的字迹，所以这幅板报算是"画中有诗，诗中有画"。

郎昆拉着何婷站在板报的最前面，由衷地感叹："这你发小真的是绝了，太牛了！你说我现在趁她没出名找她画幅画，以后说不定就能价值连城了？"

何婷问道："你要画啥？"

郎昆想了想，撞了撞何婷的手臂，说道："画咱俩怎么样？"

何婷立即打消了他的念头，说："那你还是歇着吧，我小时候就求她给我画幅画，她到现在都没答应。"

"为什么啊？"

"她不愿意画人，她说画人费心。"

郎昆闻言只好感叹道："唉，可惜了。那我也得让她给我画点啥啊，画棵树？画朵花？"

"别想了，她现在一心扑在高考上，哪有心思画画啊？说实话，她能答应萧姐画这个板报都很出乎我的意料。"

何婷转过身，透过人群看坐在座位上低头学习的孟轻依，思忖一会儿又小声补充道："她可能是不好拒绝吧。"

何婷猜得没错，孟轻依除了暑假那次在医院里的写生以后，真

的没有再花心思在画画上。

或许这届参加高考的学生还没有在几百天的倒计时中感受到紧迫感，而孟轻依和他们不一样。

她需要在保证以往优秀的成绩之余再提高自己的成绩，因为她没有余地了。

江择言没和大家挤在一起看板报，因为他早就看过了。

"你弟弟昨天回去没挨骂吧？"

他低哑的声音打断了孟轻依学习的思绪。她手中的笔一顿，随即将笔放下，回答他的问题："没有，我父母很讲道理的。"

江择言手中的笔转动不停，向人群处扬了扬下巴，又换了个问题："你不去听听大家对你的夸奖和认可吗？"

孟轻依向他所指的位置一瞟，摇了摇头，说："没必要。"

江择言手中的笔落在了桌面上，他明白了孟轻依的想法，她似乎真的就是在完成一个无法拒绝的任务。

他看得出她并不想真正融入一个全新的集体，她是一个寄居者，无贪无念，无欲无求。

他将笔拾起，重新在指尖转动，轻扯嘴角，说道："学习吧。"

孟轻依点了点头，坐直身子，恢复到学习模式，但她的心如蒸腾的热气，久久不能平息。

板报的评选需要一周才能出结果，全十班除了江择言和孟轻依，所有人都翘首以盼。

这其中萧雨最为关注，她基本上每天都要在板报前欣赏好几遍，搞得坐在附近的同学每天都有种压迫感。

何婷和郎昆每每看到班主任都会转过身子对孟轻依调侃一番。

何婷说："安安，我觉得如果可以的话，萧姐恨不得找几个人把板报抬出去游校园一圈，向所有人炫耀一下你的天赋。"

郎昆啧啧道："唉，这萧姐对孟轻依是真爱啊。"

江择言抬眼，打趣道："你这是吃醋了？"

郎昆失落地点了点头，说道："想当年我为咱们班拿了五千米第一名的时候，她也如此关注过我。"

"那是因为你那天把她手机撞到地上了,她在思考怎么找你算账。"何婷毫不留情地戳穿了他。

孟轻依眯眼甜笑,说:"郎昆,运动会快到了,你可以重夺君心了。"

"嗯!有道理!"郎昆转过头,向她竖起大拇指以示十分认可。

何婷和江择言同时露出了嫌弃的表情。

因为高三周六在学校上自习,所以十班提前两天知道了板报评选的结果,这还得归功于萧雨每天往团委办公室跑八百遍的毅力。

讲台上,她肃穆而立,神情似乎有些失落,偶尔无奈地长叹一口气。

孟轻依感觉面前的理综卷子都变得像天书一样惹她心烦,教室里不少人向她投递来难以言喻的目光,她旁边的人却泰然自若。

她用笔敲了敲江择言的桌面,试探地问道:"你知道结果了吗?又是倒数第一吗?"

江择言抬头看了一眼讲台上如戏精般的萧雨,出于尊重,他没有说得很难听:"她就是有点磨叽,等一会儿就会告诉你了。"

孟轻依本来对结果是毫不在意的,但她此刻无比煎熬,郎昆像个虫子一样在椅子上扭来扭去,让人看了生厌。

"萧姐!快点吧!你能不能别磨叽了!郎昆的屁股都要磨出火星子了。"说话的是坐在郎昆斜后方的男生,从他的语气就能听出他真的忍了很久。

萧雨继续卖着关子,随意地将落在讲台桌面上的粉笔头扔进盒子里,幽幽说道:"哎呀,真的是遗憾。"

"咋了,萧姐,咱们班又是倒数第一啊?"有人问道。

萧雨摇了摇头,神情耐人寻味。

教室里的学生们都要炸锅了,恨不得手刃了自己的"亲"班主任。

萧雨又是一声叹气:"唉,好遗憾最高的名次只有第一名。"

"不是?啥意思啊?咱们班第二啊?"

"那也行啊,比倒数第一强啊!"

大家越是七嘴八舌,萧雨越是不把话说完。

孟轻依失去了耐心，低头开始刷卷子。

萧雨却突然点了她的名字："轻依。"

"嗯？"孟轻依抬起头，双眼瞪得溜圆，一脸茫然。

萧雨顿时失控，说："你怎么不早点来我们班！这样我们能拿多少个板报评比的第一啊！"

全班鸦雀无声，一秒，两秒，三秒，突然，噪声四起。

孟轻依和江择言同时堵住了耳朵，何婷和郎昆则扯着孟轻依的手臂欢呼雀跃。

孟轻依哭笑不得，用手肘碰了碰旁边的人，问："你们班一直这样吗？"

江择言没有听清，俯下身将耳朵靠近她的下颔，她垂目就能看到他耳郭上细细的绒毛。

心扑通扑通直跳。

明明只是短暂的一瞬，却如同过了好久。

她咽了咽口水，微微颔首，在他耳边声音轻柔地说："我说，你们班一直都这样吗？"

江择言轻轻挑着眉，在她耳边回应道："你习惯就好。"

他的声音如清泉滴在石间，低沉又清冽，撩人心弦。

十班的欢愉气氛吸引了很多前来看热闹的人，大家七嘴八舌地说个不停。

然而并不是所有人都能理解这份喜悦，甚至有的人不是很明白为何大家如此大惊小怪。

蒋诗萌看孟轻依的眼神还是带着刻意的试探，面上也还是伪善的笑脸。

孟轻依如今已经懒得用假笑回应对方，侧头挑动着眼尾。

萧雨在全班面前抒发完情感后，带着久久不能平息的激动心情把孟轻依单独叫到了办公室。

"轻依，坐。"萧雨指了指面前的椅子，语气依旧很兴奋。

孟轻依乖巧又规矩地坐下，问道："老师，您找我有事？"

"嗯，当然啊，不是为了再单独表扬你一次，表扬这种事情就应该在大庭广众之下。

"我叫你来是想和你谈谈你生物成绩的事。"

这一句话让孟轻依的心情瞬间跌入谷底，她只能认命地说："老师，您说吧，我应该怎么做？"

萧雨一边整理着办公桌，一边说："我和你妈妈已经说好了，从明天开始，你去我以前的老师家补课吧。"

所以这不是谈话，而是通知，因为压根没有商量的余地。

孟轻依皱了皱眉头，犹豫了一会儿还是问道："那费用？"

萧雨失笑道："想什么呢？我的老师怎么会收费呢？放心吧，她老人家已经退休很多年了，但很惜才，她觉得你是个可塑之才，而且这也是在帮我啊。

"你这么用心地把板报画好是因为无法拒绝我，又不想辜负我的期望吧？换句话说，你也是想帮我，对吧？"

孟轻依的眼中闪着微光，很庆幸布满荆棘的路上还有人帮着她一起扫清障碍。

她乖乖地应承萧雨的好意，说："知道了，萧老师，我会好好努力的。"

"嗯。"萧雨欣慰一笑，刚准备把桌面上写着江家地址的条子递给孟轻依，办公室的门就被敲响了，她顺手将字条放在桌下折叠着，说道，"进。"

来的人是江择言。他问："萧姐，今晚放学练队列吗？"

"走一遍也行。"萧雨回答道。

江择言点了点头，转身就要离开，萧雨却叫住了他："你等会儿，我找你还有事。"

说着，她从椅子上起身，走到孟轻依旁边，拉着孟轻依走到办公室门口，将字条塞进孟轻依的手里，说："这是地址，收好，明天上午九点到就好。"

孟轻依下意识地想回头看看江择言，但萧雨拍了拍她的后背，直接把她送了出去。

办公室门外,孟轻依还没有走,江择言的声音透过门板隐隐约约地传来:"找我有事?"

"嗯,孟轻依的生物……以后你就不用管了,她……"

萧雨的话孟轻依听不全,但大概也明白她想表达的意思。

随后那声利落干脆的回答,清晰地穿过门板——

江择言说:"好。"清冷的声音里没有一丝犹豫。

两个人的谈话声还在断断续续地持续着,门外的孟轻依展开萧雨塞给她的那张字条:

【西港南路西段212号,坐3路公交车到终点站下车,下车后打电话:183****3663,有人接你。】

她眨了眨发酸的眼睛,把字条重新折好放进口袋里,慢悠悠地独自走回教室。

周日早上孟轻依起来的时候,就看到了客厅的茶几上摆放着价格不菲的礼盒。

何莉端着早餐从厨房里走了出来。

"安安起来了,一会儿去上课的时候记得把东西给林老师带去,礼数要做到。"何莉交代着。

何莉说的孟轻依自然懂,她点了点头,算是应允。她的视线在屋子里转了一圈,只看到妈妈,便问道:"爸爸和康康呢?"

何莉一边帮她剥着鸡蛋,一边回答道:"哦,少年宫今天有个活动,你爸爸带康康去参加了。一会儿把你送走我再去找他们。"

孟轻依低头小口喝粥,其实心里有种说不出来的滋味,朦朦胧胧的压抑感。

吃完早饭,母女俩一起离开家,在公交车站分别。

南路西段在西港算是相对僻静的地方,据说是很多老一辈的西港优秀干部的养老胜地,想来萧雨的那位林老师也应当是功成名就,桃李满天下了。

孟轻依望着车窗外,随着公交车越开越远后,场景从车水马龙的高楼林立变成了夏末秋初剩余的最后一抹盎然的绿。

江家。

江老太太把书房收拾得干干净净，在门口转来转去，时不时进到屋子里做些可有可无的小调整。

江择言从训练房出来的时候，就看到奶奶既紧张又期待地在书房里走来走去，主要是老太太把老花镜都戴上了，弄得很隆重。

江择言擦着汗水走到奶奶面前，随口问道："奶奶，您今天有客人啊？"

江老太太被他吓了一跳，嗔怪道："你走路怎么和你爷爷一样没有声音啊？"

江择言无辜地眨了眨眼，见奶奶还在小心摆弄着桌面上的装饰，准备溜走，却又被叫了回来。

"欸，正好你训练完了，去车站接人吧。"

"所以您真的有客人？"

江老太太点着头，笑得意味深长，说："对啊，很重要的客人。"

"什么人让您这么重视？爷爷的老同事？"江择言面露好奇。

江老太太故弄玄虚道："你去接了不就知道了？"

没得到想要的答案，江择言准备偷个懒，说："我还没洗澡呢，您让爷爷去吧。"

江老太太双臂抱在胸前，抬起一只手推了推镜框，正色道："你爷爷去买菜了，现在家里能出去的就剩你和那只狗，你觉得你俩谁去接人合适啊？"

江择言吃瘪，搓了搓短发，故意似的加重脚步，不情不愿地去替奶奶接人。

盯着他的背影，江老太太嘀咕道："小样，一会儿就让你体会一下搬起石头砸自己的脚的感觉。"

江择言走到院子里时，梭哈缠着他不放。但想着带只狗去迎接长辈的客人不合礼节，他便安抚着狗子："等一会儿带你出去，乖。"

梭哈便真的不再纠缠了。

孟轻依的心情轻松了不少，一趟公交车坐到了终点站并非是漫无目的的游荡，意想不到收获了难得一见的美景。

公交车到达终点站时需要掉头以后才会停靠，司机娴熟地操控着方向盘。视线的另一侧，孟轻依看到了倚靠在站牌下的江择言。

他站得很随意，低垂着头，拨弄着手机，阳光洒在他的脸上，神情迷蒙悠闲，安静慵懒，颌下更显锋利。

"小姑娘，终点站到了。"司机师傅的提醒让丢了魂的孟轻依身子一震。

"啊，谢谢师傅。"她慌乱地跑下车，手指用力地握紧礼盒的提手，心脏如错了位，不知如何安放。

江择言抬首看到面前的人是自己的同桌时，双眸微眯，问："你怎么来这儿了？有事？"

孟轻依胡乱地理了理自己梳得一丝不苟的秀发，解释道："啊，萧老师给我介绍了一位老师，我来补课。"

"生物？"江择言问，还是保持着慵懒的姿势。

见孟轻依点了点头，江择言露出了让人捉摸不透的神态，空气里是异常的静。

"啊，我打个电话让人来接我吧。"她说着便慌慌忙忙地掏出手机。

江择言站直了身子，问："你去哪家？"

孟轻依边低头摁着号码，边柔声回答道："212号。"话刚说完，她的手指就摁下拨通键。

江择言蹙眉苦笑，原来如此，萧雨说孟轻依需要更系统的辅导，所以不需要他了，他奶奶说今天有客人，连老花镜都戴上了，他爷爷还出去买菜了，原来都是瞒着他安排好的。

或者说是蓄谋已久的"报复"。

江择言那深邃的双眼玩味地看着孟轻依，弄得她只能尴尬一笑。电话里"嘟嘟"两声，她祈祷着对方快点接电话，好解救她一下。

当那首她熟悉又陌生的粤语歌突然唱起时，错愕的她看着江择言抬手向她晃了晃自己的手腕，哑声道："解释一下？"

孟轻依不知所措地将电话挂断,那好听的铃声戛然而止,她尴尬的笑容显得尤为突兀。

江择言面不改色地看着她,似乎真的想向她讨个说法。

她努了努嘴,不知道怎么想的,无脑一样地问道:"那个,你奶奶是姓林吗?"

江择言反问道:"不然呢?姓江吗?"

孟轻依摆手否认:"那倒不至于那么巧……"手中的礼盒随着她的摆动发出声响。

江择言可以基本确认孟轻依不是这项计划的参与者,她应该和自己一样被蒙在鼓里。

"你倒是挺懂事。"

"啊?"孟轻依不解。

江择言指了指她手中的东西。

"你奶奶不收补课费,我总不能两手空空来上课吧?"尽管说得有些难为情,但她还是如实和他解释道,"但这都是我妈妈准备的。"

江择言颔首,随后双手插进黑色短裤的口袋里,抬腿向前并示意孟轻依跟上,他边走边嘱咐道:"孟轻依,我提醒你一下,我爷爷奶奶都比较吓人,你要做好心理准备。"

"啊?"孟轻依又是一惊。在她心目中,江家二老应该是心地善良、和蔼可亲的老人家,实在和"吓人"两个字无关。

墙上悬挂着还有生机的绿藤,不知会不会继续蔓延。

在进江家大门前,孟轻依小心翼翼地跟江择言的后面。

这一幕恰巧被街坊看到,大家都忍不住打趣:"择言啊,带姑娘回来见家长了?"

江择言转头看着他身后的人,蓝色吊带裙外加白色衬衫,打扮得干净清纯,手里还拿着两个喜庆的礼盒,安静又乖巧,难怪让人误会。

见孟轻依的脸红得像煮熟了的螃蟹,江择言用极为轻松的语气回应道:"还早了点。"

"哎哟,那就是先演习呗。我可看到江老大早上就出去买菜了。你爷爷去菜市场可真是难得一遇啊。"

邻居的调侃不断,孟轻依羞得额前出了一层薄汗。

不远处的大门被挤开一道缝隙,一只牧羊犬飞驰冲来,犬吠霸气震耳。

孟轻依被吓到,下意识地躲在江择言的身后,想到手中的东西真的很贵,只能死死攥紧,不能轻易扔出去。

那狗像是看守猎物一般,准确地说是像护犊子般地围着她和江择言打转。

人怎么能和狗一般见识?看热闹的人瞬间散开。

江择言满意一笑,俯下身子,拍了拍狗狗的后颈,小声夸赞:"不错,没白疼你。"

他又佯装带着怒意大声说道:"梭哈,你这样太没礼貌了,看我回家怎么收拾你。"

孟轻依紧紧贴着他,此刻他俩的姿势有些怪异,他像是坐在她的脚上。她只能后退几步,惊魂未定的,声音都有些发颤:"这……这是你……你的狗吗?"

江择言站直身,笑话着她此刻的样子:"是,但你怎么这么胆小?连你弟弟都不如。"

江择言提到康康让孟轻依一时没有反应过来,几秒钟后,她才把康康、狗和江择言三者联系在一起。

所以,她弟弟曾经说的"可爱的大狗狗"就是她眼前的这位"战士"吗?

梭哈抬起头看着孟轻依,眼神瞬间变得柔情蜜意,摆脱江择言的爱抚,贴着孟轻依的腿转圈圈。

孟轻依身子一僵,鞋里的脚趾用力地蜷缩在一起,脸上的表情更是痛苦得像马上就要哭出来了一样,她只能用眼神向江择言求救。

可他笑着视而不见,站在原地看戏,还不忘逗孟轻依:"看来你在狗子眼里是个美女。"

该死的江择言!

孟轻依腹诽着，在心里把他骂了五百遍。

事实上她也就骂了那一句，因为外出买菜的江爷爷回来了，他把孟轻依从水深火热中救了出来。

江家客厅里，孟轻依握着水杯规规矩矩地坐在最中间，左边是江爷爷，右边是江奶奶，江择言则悠闲地靠在侧边的沙发椅上。

"小依依啊，你喝水。"江奶奶轻轻抬着孟轻依的右手肘，热络道。

"小孟啊，你吃水果。"江爷爷往孟轻依左手里塞着苹果。

小孟同学此刻左右为难，终于明白了江择言提醒她的那句"孟轻依，我爷爷奶奶都比较吓人，你做好心理准备"是什么意思。

小太阳遇到两颗天狼星，真的是头一次因过分的热情而心生畏惧。

她把水杯和苹果同时放下，摆手婉拒："林老师，江老，我不吃也不喝了，咱们上课吧。"

"你这孩子真见外，来家里带东西不说，对我俩的称呼也生疏得很。"江爷爷似闹小脾气一般说着。

孟轻依哭笑不得，心里默默嘟囔着：刚刚您还叫我小孟呢。

乖宝宝孟轻依连忙改口叫着："江爷爷，江奶奶。"顺便又说道，"那您二老叫我轻依就好了。"

江家二老欣喜地答应着。

江奶奶拉住孟轻依细瘦的手臂，慢条斯理地和她讲解道："我跟你说，你可是阿择的同桌，和他其余的同学都不一样，你可是阿择长大以来难得的同桌啊。"

"对啊，对啊。"江爷爷顶着一张肃穆的脸，十分配合般地在一旁说道。

忽略江择言那张看笑话不嫌事大的脸，孟轻依落落大方地说："也不至于那么夸张吧。"

江爷爷踢了踢旁边被忽略了很久的孙子，语气不客气地问道："欸，小子，你说至不至于？"

江择言收起手机，坐直身子，拿起茶几上被孟轻依放下的苹果咬了一口，才缓缓开口："确实不至于。"

江爷爷看着远处果盘里放着好几个没洗的苹果，再看看江择言手里拿着的，对于他的捡漏行为气不打一处来。

爷孙俩斗嘴打闹着，孟轻依感到十分新奇，眯着眼粲然一笑。

江奶奶对此已经习以为常，拽了拽孟轻依，示意他们爷孙太吵，带她去了书房，与那闹腾人的爷孙俩隔绝开来。

江择言觉得爷爷今天尤其不讲理，而且真的是下死手，巴掌打在他身上生疼。

他在沙发上左右闪躲，一边吃着苹果，一边和爷爷辩论："爷爷，您是不是借题发挥呢？您二老也摆了我一道了，咱也算是扯平了吧？"

江爷爷真的是没有手下留情，解气后，他叉着腰，喘息声粗重："扯平？你小子瞒了我和你奶奶这么久，还和我谈扯平？看来我还是打你打轻了。"

江择言从沙发上跳起来，说："您说就你们这样，我说了你们是不是得冲学校去？你们就不怕把人吓坏了。"

江爷爷火气更大，嗓门也更大："我们今天把人家孩子吓着了吗？我看是你怕丢人吧！人家小孟比你强，乖巧懂事，还彬彬有礼，有这样的好同桌都不知道你小子哪来的福气。"

江择言随口说道："我总不能一直很惨吧？"

这一刹，屋子里只能听见从院子里传来的狗的喘息声。

江爷爷扯了扯衣襟上的褶皱，沉声道："我去准备午饭了。"

望着厨房里那抹落寞感十足的背影许久，回想起刚刚爷爷突然阴沉下来的脸，沧桑和无助如皱纹尽显在面上，江择言恨不得甩自己个耳光。

手中的半个苹果的果肉氧化发黄，他顿时没有什么食欲了，便将苹果赏给了梭哈，责令它不许浪费食物，要消灭干净。

他抬手揉了揉胀痛的眉间，最后无可奈何地叹着气，回到房间里冲了个凉。

.060.

书房里，江奶奶并没有和孟轻依说过多的私房话，人与人之间相处需要保持一定的距离，两个人很快就进入了学习模式。

江老太太虽然从教育一线退下很多年了，但是教学水准依旧在线，她很快就发现了孟轻依生物偏科的主要原因——没兴趣。

"轻依，我听萧雨说，你今年报考的是北宁大学的心理学专业对吗？"

孟轻依的手指搓着笔，一时不知该说些什么，只好点头。

江奶奶摸了摸她的头，问："那你为什么想学心理学呢？"

孟轻依咬了咬嘴唇，面露难色，看出她不想说，江奶奶也没有为难她。

"如果你真的对心理学感兴趣，就要知道生物是心理学学习的基础，它会帮你理解大脑的结构等一系列问题，它是个载体。"

孟轻依垂下头，表情愁苦，声音低落："那我现在才想好好学生物是不是来不及了？可我真的想好好学啊。"

江奶奶摸了摸她额前的碎发，随后轻柔地拍打着她瘦弱的背，说道："傻孩子，当然来得及，有我呢。"

不管老人家的话是出于安慰还是基于自信，孟轻依只能选择相信，她也愿意选择相信。

因为开始学习晚了些，下课时已经是午饭时间，尽管孟轻依再三推辞，但还是抵不住江家二老的挽留。她最后只能和何莉报备一下，得到应允后留在江家吃午饭。

餐桌上，江择言坐在她的旁边。他洗完澡后，换了一套衣服，黑色工装裤配白色短袖T恤，最简单的装扮，最浓烈的少年感。

孟轻依心想他怎么有那么多件白色短袖，又怎么会把白T恤穿得这么好看，身上怎么总有一股干净的清香？

他于她，似毒像瘾。

江家的餐桌上如同大部分的普通家庭一样，并无山珍海味，只是简单的家常便饭。

虽然江择言的父母不在,但餐桌上现在也是六个人围坐在一起,另外两位是司机老曲和他的妻子,他们也就是曲琳琳的父母。

老曲在江老身边工作多年,他的妻子平常日子里也来帮忙,虽然他们一个是司机一个是阿姨,但于江家而言,他们是家人。

餐桌上,长辈们随意地聊着。

江择言吃饭的时候很安静,左手手臂搭在桌子边缘,右手慵懒地操控着筷子,背颈依旧挺立。

孟轻依低头小口小口地进食。

似乎看出了她的不自在,江奶奶把一块排骨夹到她的碗里后,说道:"轻依啊,多吃点,你江爷爷好不容易下次厨,我们这都是沾你的光才有的口福。"

江爷爷连忙摆手,却笑得粲然。

曲婶婶还接着应和:"对啊,老局长可真的是难得下厨一次呢,往日里都是我来,今天我来晚了,只能打个下手了。"

众人皆笑,气氛越发热络。

"哦,对了,我带来一些煲好的海鲜粥,择言爱吃,明早记得当早餐。"曲婶婶又说道。

江爷爷嘬了一小口白酒,神情畅然,开起了玩笑:"小曲啊,你不是还打算让阿择给你当女婿吧?"

老爷子突然来这么一句,大家更是哈哈大笑。

突然,孟轻依被一颗米粒卡个正着,开始猛咳不止。

江择言将手边的水杯推到她的面前,她红着脸接过,说不出感谢。

江奶奶轻轻拍打着孟轻依的后背,还不忘和江爷爷斗嘴:"你看看你,老不正经的,突然开什么玩笑,把孩子都呛到了。"

江爷爷看到孟轻依平复了下来,随口说道:"轻依,抱歉啊,下次爷爷做个预报。"

孟轻依脸上还带着粉色,连忙摆手,刚要说话,却被江奶奶打断了:"你怎么还没完没了?就你这样的爷爷,还说孙子不正经,别说是琳琳了,谁也瞧不上他。"

江择言无辜躺枪，正夹菜的手臂悬在空中，双眼睁大，一侧脸颊鼓起，最后无奈地叹了口气："别把我俩往一起扯，她有喜欢的人。"

孟轻依难得见到他如此模样，垂下头，继续小口小口地吃饭，咀嚼着食物，看不出异样的情绪。

长辈们也不再就这个话题打趣。

第一次与江择言吃饭，虽然有很多人一起，但老两口偶尔"逗"嘴的一幕于孟轻依而言，是曾经拥有过现在已逝去的美好。

曲家夫妻在餐桌上和江择言闲聊几句，大多数说的都是曲琳琳在学校的生活趣事，江家二老听得也是津津有味。

他们的聊天并没有忽略孟轻依，偶尔也会问问她在学校的情况。她大方地回应着，一顿饭下来，气氛始终融洽。

吃过饭后，因为外面骄阳似火，江家二老多留孟轻依坐一坐，老曲两口子还有事要忙，就先行离开了。

孟轻依无声地将头转向了院子里，一老一少一狗，并列坐在院子里。

恣意的少年突然转过了头，他的视线并不热烈却灼伤了孟轻依的眼睛。

她额前的碎发掉下一绺，不偏不倚遮住了视线，她马上低头将头发别在耳后。

心里如同在敲鼓，扑通直响。

后来不知是谁提起的，四个人支起了麻将桌，用益智游戏消磨了一下午。

日渐偏西，孟轻依到了该回家的时间，便和江家二老道别。江择言带着梭哈一起送她去公交车站。

孟轻依真的很喜欢江家的两位老人，他们通透、明理，这与身份、地位和年龄都无关，只是思想开明。

站在大院门口的老两口看着并肩而行的两个年轻人，迟迟不肯回家。

"唉，真是个好姑娘！"江奶奶感叹道。

江爷爷侧头揶揄："怎么，想让人家当你孙媳妇？"

"咱孙子啊，树是好树，就是人不正经，要是有一天能开那么一朵花就好了。"江奶奶边说边举着一根手指，无奈的语气里夹杂着期许。

"真想让阿择那小子了解一下这姑娘的故事，说不准他就能对她好一点了。"江爷爷说着。

江奶奶对于老伴的想法无法认同，于是警告道："可不许啊，孩子们有孩子们自己的相处之道，你别跟着乱掺和啊。"

江爷爷一脸无辜，他就是提议一下，又不是真的要说，无奈斗不过自己的老伴，只能连忙说好。

3路公交车还没有来，江择言和孟轻依带着一只狗，就安静地在那里等着。他百无聊赖地逗着狗，她偷偷摸摸地看了他好几眼。

"你有事？"

"你上次是牵着它走到我家附近的吗？"她指了指趴在地上的狗。

"嗯，我俩经常会去那边转一圈再回来。"

"哦。"孟轻依低着头，看了看鞋尖，咬着嘴唇，半晌后又抬起头，看着他说道，"那我不想坐车了，我和你们一起走回去吧。"

江择言没有马上答应，按照他和梭哈平时的速度，来回需要一个小时左右，如果带着孟轻依一起走，到她家可能就需要一个小时。

他倒是无所谓，只是担心她的小身板吃不消。

微风一吹，她的碎发就跟着捣乱，即使双眼被遮挡，她有神的眼睛里也有光。

他问："你确定要走？车马上就来了。"

孟轻依没有犹豫，坚定地点了点头："平时天天坐着，难得走走。"她说着接过江择言手里梭哈的牵引绳，看着他嫣然一笑，"走吧。"

比江择言先抬脚的是梭哈，它跟在孟轻依身边，乖巧得不得了。

因为开心，孟轻依的脚步很轻快，蓝色的裙边在白皙的腿边飞舞，如海浪拍打阳光下刺眼的沙滩。

梭哈欢脱至极。

江择言慢悠悠地走着，和孟轻依偶尔并肩，偶尔一前一后，两人并没有什么交流。

可孟轻依的心一时不能平静,她想让时间走得慢一点,回家的路再长一点,这样他就能陪她再久一点。

落日前,槐花终于没有了浓烈的香气,安静的街道上少有行人和车辆过往,树上的叶子沙沙作响,安静里多了一层躁动。

走了将近一个小时,两人一狗终于走到了孟轻依家楼下的小广场,等待多时的孟未扬在看到梭哈的那一刻像疯了一样。

一只大狗欢喜雀跃,一个小孩手舞足蹈,像是久别重逢一般。

"我能和狗狗去那边玩一会儿吗?"孟未扬看着江择言,指了指小广场的某个娱乐设施问道。

虽然江择言不知道一人一狗该如何一起玩跷跷板,但还是点头应允了:"注意安全,别让它伤到你。"他叮嘱完才放手让孟未扬牵着梭哈去撒野。

孟轻依走得双腿发软,一屁股坐在石阶上。

江择言坐在她的身边,顺便歇了歇脚。

她的手臂撑在身后,视线落在远处傻乎乎地教梭哈玩跷跷板的孟未扬身上,认真的小孩和一脸莫名其妙的狗,滑稽又有趣。

橘色的余晖有了向粉色渐变的意图,贪玩的孩童和小动物一样,无忧无虑,不在乎日出,更不会留意日落。

"日落真的是百看不厌的美。"孟轻依说道。

江择言和她一起微微仰首,这样的姿势让他的声音听起来带着沙哑又不失温润:"这是你作为浪漫的艺术生的感叹吗?"

孟轻依摇了摇头,他们的白色外衣都被染成了暖橙色。

"你知道《爱在》三部曲吗?《爱在黎明破晓前》《爱在日落余晖时》《爱在午夜降临前》,我最喜欢第二部了。"她说。

江择言当然知道这三部电影,他也知道大部分人和她一样最喜欢第二部,只是每人的原因都不同。

"为什么?"他问她。

她露出最符合她气质的柔和微笑,缓缓解释道:"因为只有日落黄昏真实又温柔,真实的重逢,温柔的克制。"

江择言还没回应,他身边的女孩柔美带着线条感的脖颈扬起,舒缓的曲子从她轻薄的唇间哼唱出来——

Let me sing you a waltz,

out of nowhere,

out of my thoughts?

Let me sing you a waltz...

少有人会愿意欣赏日落,但也有人觉得日落值得停下脚步留恋。

那是太阳在一天的最后一刻尽全力地发着光和热,时机一到,美丽落下。

余晖逐渐燃尽,孟轻依转过头看着江择言的侧脸。他在看着远方,黄昏柔和地映在他的脸上,照亮了她的双眼,温柔了她的声线。

"江择言,找个机会我给你画幅画吧。"她攥紧着手心,仿佛这一句话用尽了她全身的力气。

他低头看了看她,搞不懂她为什么突然有这样的提议,问道:"为什么?"

与他对视一秒,她便低下了头,含糊其辞:"哪有为什么,就是……就是我想画你。"

天边的一片云被太阳灼着边缘,迅速爬满绯红色。

孟轻依说话的声音越来越小,最后还没头没脑地补充解释道:"给你画幅画当作生日礼物吧。"

没有碎发遮挡的耳尖,变成了粉色。

江择言觉得她在说笑话,他的生日还有小半年呢。无意与她争辩,他开口回应了一句:"随你。"

梦安:【你们到家了吗?】

择:【嗯。】

梦安:【那你休息吧,明天见。】

择:【嗯。】

晚上，孟轻依看着页面上的聊天记录，觉得某宝的客服都比某人热情。

她心里犯嘀咕，这是自动回复吗？

孟未扬端着葡萄站在孟轻依的房门外，因为不方便敲门，只能扯着脖子喊着："姐姐，我可以进去吗？"

孟轻依放下手机，给他开了门，顺便揉了揉他的小脑袋，似乎在表扬他有礼貌。

孟未扬坐在姐姐的床上，一颗接一颗地吃着葡萄，完全没有看见姐姐不怀好意的目光。

孟轻依接过孟未扬递过来的葡萄皮，滴溜溜的眼珠里像是藏着八百个心眼儿，极为不自然地轻咳一声后问道："康康，你晚上和你择言哥哥说谢谢了吗？"

孟未扬想了想，晃着小脑袋说道："没有啊，为什么要说谢谢？说再见不就可以了吗？"

"人家带着梭哈陪你玩了那么久，你怎么能忘记说谢谢呢？这样做没礼貌。"孟轻依说着点了点弟弟的小脑袋瓜，像是在责怪，实则是在洗脑。

也就是被洗脑的对象是只有六岁的孟未扬。

他急了，连葡萄都不吃了，跳下床，拽着姐姐的衣袖直跺脚，说道："那怎么办啊？姐姐，你有择言哥哥的电话吗？我现在跟他说谢谢还来得及吧？"

孟轻依配合他一起演绎着焦急的戏码，秀眉蹙起，一边安抚，一边慢悠悠地拿起手机，做作般划拉着屏幕。

"我没有他的电话啊，只有他的QQ号，要不你给他发条语音试试？"

"好！"孟未扬内心带着无比的感激进入了姐姐的圈套。

江择言回到家，给梭哈冲完凉后，自己又去洗了个澡，再出来的时候看到好多条未读消息，全是语音，而且全都来自于一个人——孟轻依。

他擦着滴水的头发,摁着语言外放,随手将手机丢在了床上,传来的并不是细柔的女声,而是稚气的童音。

"哥哥,我是康康,今天忘了和你说谢谢,谢谢你让狗狗陪我玩了那么久。"

"哥哥,我不是没有礼貌,我只是忘了。"

"哥哥,我真的只是忘了,你怎么不理我啊?"

"哥哥,我不是没有礼貌,我是真的忘了。"

"哥哥,你怎么不说话啊?"

"哥哥,你说话啊。"

"哥哥……"

最后一条语音里,小孩子的声音带着委屈。

江择言笑着坐在床铺上,手指轻点,直接拨通了语音电话。

"喂?"细柔的女声里带着一点惊奇。

"康康呢?"他的声音如同山间的泉水,低沉又清脆。

孟轻依刚想说什么,手机就被孟未扬一把抢了过去,那小鬼为了躲她跑出了她的房间,钻进了卫生间。

她为了追弟弟,连拖鞋都没来得及穿,可还是没有追上他。

最后,孟轻依紧紧趴在卫生间的玻璃门上,只能听见孟未扬的声音,至于江择言说了什么把小孩子逗得咯咯直笑,她无从得知。

何莉从厨房里出来时,被女儿别致的造型吓了一跳,问:"干啥呢?着急上厕所啊?"

孟轻依嘟着嘴向妈妈告状:"妈妈,你儿子抢了我的手机,在厕所里和别人打电话。"

"哦?小女孩吗?那你别打扰他。"

"妈妈!"孟轻依气得直跺脚,好在这时孟未扬从卫生间出来了。

"择言和你说什么了?你笑成这样?"

孟未扬把手机还给孟轻依,大眼睛忽闪忽闪的,亮着微光,神情单纯至极地说:"姐姐,你确定你要听吗?"

孟轻依压低声音吼道:"说!"

"择言哥哥说你是他家梭哈的理想型，他还给你起了个英文名。"

"啥？"

孟未扬的小嘴大大张开，吐出两个英文单词："All——in！"拖长的尾音还带着鼻音。

正喝水的何莉实在是没有忍住，将口中的水直接喷了出来。

孟未扬没有关注妈妈，更没有注意到姐姐绿得发紫的脸，他不懂就问："姐姐，all 是全部的意思，in 是在里面的意思，可是 all in 是什么意思啊？全部放里面的意思吗？"

孟轻依咬着牙，颤抖着闭上了眼睛，她的头顶在燃烧着无形的熊熊烈火。

何莉擦着嘴角，近乎小跑到孟未扬身边，忽略了易燃易爆的源头，抱起儿子快步向房间走去，边走边回答了他的问题："我家儿子真聪明，就是这个意思。"

"那为啥是情侣名呢？"

房门被关上那一秒，何莉的最后一句话被落在了客厅里："因为梭哈和 all in 一个意思。"

寂静的夜，哑火的人着实佩服心里人的不正经。

第三章 她喜欢的男孩啊,也遗憾,也值得

日落迎接了黑夜,黑夜又被日出驱赶,九月过半后,除了周而复始的学习,运动会也越来越近。

十班的板报得了全校第一,为了让全校师生一饱眼福,应十班班主任萧雨老师的要求,学校在公告栏张贴了板报的照片。

孟轻依也因此成为启航中学大多数人眼中的才女学姐。但她没有被虚名影响,回归了属于自己节奏的生活。

十几天靠咖啡强撑着眼皮的日子结束后,那枯燥乏味又偷得晌午闲的日子又回来了。

操场上还是汗水和口号齐飞。

孟轻依和夏阳又一起留在了教室里,互不打扰,也没有了交集,和以往一样坐在那里安安静静地刷着题。

每天上学、自习、上课、课间、午休、上课、课间、晚饭再到晚自习,然后放学,日日如此,缺乏新意,却偶有小乐趣。

这一年的中秋节还不是法定假日,高三学生在这一天还要上晚自习,萧雨当然会另辟蹊径,她组织了一场班级中秋赏月会。

十班的人都为他们的神仙班主任欢呼雀跃,除了江择言。

他从下午五点到晚上八点,一直都被萧雨拖着陪着她一起采购,从月饼到葡萄、大枣等零食,应有尽有,比他奶奶准备得都齐全,

还不忘传统。

萧雨虽然不墨守成规，但是她也知道注意影响，尽管这么做的不止她一个班级，旁边的九班也在狂欢。

九班班主任是萧雨曾经的班主任，萧雨也算是继承优秀的师风传统。

班级里紧锣密鼓地布置着场地，江择言理直气壮地偷着懒，拖了一把椅子，躲到了不会被人打扰的地方。

郎昆抬着桌子想喊他帮忙，孟轻依在郎昆开口前自动站了出来，两个人合力将桌椅摆好。

她的余光掠过角落里少年的脸庞，看着他合上双眼后，显露出难以掩饰的疲惫。

人人都能注意到安静却又惹眼的他，只是没有留意在他身边不远不近始终护着他的少女心。

一直以来十班办事都雷厉风行，很快，中秋晚会就开始了。

他们从诗词歌赋聊到了人生哲学，但这正经的环节只持续了十几分钟就被传统项目击鼓传花取代了。

江择言一直都在躲清闲，所以身为团支书的蒋诗萌终于可以把控全场，用尽全力想把气氛炒到最热。

班级里的多数人和孟轻依一样，只能尴尬地鼓着掌表示配合，但何婷就丝毫不给面子，她拉着孟轻依的手不耐烦地打着哈欠，时不时还吐槽几句。

"你看着吧，一会儿她就该说了'为了让大家玩得开心一些，这就是个游戏，也不是惩罚，我先给大家唱首《人质》热个场吧'。"她说着话，身子也跟着扭了扭。

孟轻依被她形象的模仿逗笑，但也没有把她的话当真，只当她是在开玩笑。

耳边矫揉造作的声音还在回荡，不久后便有了其他声音。

蒋诗萌站在教室的正中间，被大家包围，身姿昂然挺起，手臂在身体两边晃来晃去，嗓子像是被捏住了一般，一字不差地把何婷刚刚说的话说了出来，让人听了汗毛都会竖起。

在无伴奏的情况下，单独的清唱很考验人，但蒋诗萌表现得可以说是可圈可点，歌声好听，感情充沛，目光带着坚定。

何婷和郎昆都是戏谑一笑，顺着表演者的视线，他俩也把目光投射到后边角落里的男生身上。

清冷的少年还是慵懒地倚靠在座位上，眼底一片阴影，面无表情。

孟轻依跟着两位好友光明正大地看着江择言，她很怕他真的睡着了。因为担心，她眉心皱起。

郎昆以为孟轻依的表情是不解，于是小声说道："言哥这是知道会有这一出，选择视而不见呢。"

何婷在一旁了然地点着头。

三个人相继转过身子，只有孟轻依又转了回去，她还是担心。

她拽了拽何婷的衣角，小声问道："他不会睡着了吧？"

何婷马上把她的问题传达给了郎昆，他摆了摆手，说道："不会，言哥觉少。"

"那他午休时回家干吗？"问这话的是何婷，表情和语气里都透露着不理解。

"陪狗晒太阳啊。"郎昆回答得很平静。

三个人交头接耳间，蒋诗萌完成了自己的表演，周围响起了掌声。优雅谢幕之时，她又开始不按常理出牌。

"我总唱这首歌大家可能都听烦了吧。"她脸上带着标准的笑，说着场面话，眼神变得有些复杂。

萧雨不知道什么时候离开了教室，蒋诗萌似乎没有了顾忌，话锋转得很是自然。

"这样吧，轻依也来咱们班有段时间了，大家都说她是才女，才女就是琴棋书画样样精通吧，轻依画画那么好，让她给大家唱个歌怎么样？"

她目的性太强，说的话完全前言不搭后语。

但在一个集体中，无论什么样的人，总有三五个"志同道合"的好友和看热闹不嫌事大的路人。

起哄声在教室的一侧响起，吵得角落里的人面露不悦。

孟轻依抬头对上了蒋诗萌的眼睛，把对方心里暗藏着的无名的挑衅和不善尽收眼底。

何婷和郎昆都觉得蒋诗萌莫名其妙，何婷甚至想站起来和她理论几句。

孟轻依看着何婷的眼睛，轻轻地摇了摇头，用唇语说了一句：没关系。

在起哄声越来越大时，孟轻依的薄唇弯到恰到好处的弧度，走到了教室中间。

尽管不情不愿，但她表现得不失优雅，说："我唱歌真的不如画画，那就献丑了。"

依旧没有伴奏，她甚至没有报幕。

郎昆下意识地转过头，却和江择言不经意间扫过的视线撞到一起。他转过身子，心神安定，嘴角勾笑，拍了拍身旁的何婷，似安抚道："好好听歌吧。"

何婷想转过头看一眼，但孟轻依的歌声阻断了她的动作。

温温柔柔的人，轻轻柔柔的声音，似风拂过树梢，雾霭吻了山岗，给人的感受如同被深情拥抱。

一个人
眺望碧海和蓝天
在心里面
那抹灰就淡一些
海豚从眼前飞越
我看见了最阳光的笑脸
好时光都该被宝贝
因为有限……

没有杂声的空间里回荡着孟轻依好听的歌声，萧雨倚靠在门边，透过窄窗看向教室。

白炽灯的光洒在少女的头发上、睫毛上、鼻尖上，柔和一片。

光在空气中的传播速度大约为 $3.0 \times 10^8 m/s$，声音在空气中的传播速度在 $340m/s$ 浮动，两者之间差了十万八千里，可意外有了同频。

光随着声音在摇曳生辉。

角落里的江择言背对着光源，深陷的眼眸微微眯起。

他的脚尖随着节奏点着地面，不知不觉间听完了整首歌曲。

尾音散尽，歌曲结束，孟轻依带着得体的笑意接受大家的掌声。她含笑与蒋诗萌对视，坦荡赤诚，不虚不假，直截了当。

还是那群起哄的人，他们此刻更加开心，幸得一饱耳福。

清脆的哨音在教室里响起时，萧雨推门而入，嗔怪地说："对待此等美人可不能像个流氓。"

她的话让孟轻依白皙的脸颊染了一抹粉红。

孟轻依笑起来时，眼角勾起，明眸善睐。

映入眼帘少年的笑比清河。

萧雨走到孟轻依身边，扶住她的肩膀，没有顺着她视线，只是恰巧与她看着一个方向。

"择言，气氛都到这儿了，你不来一首助助兴？"

江择言抬了抬头，看着黑板上方的时钟，淡然一问："不放学了？"

就在这时，放学的铃声配合似的响起。

在萧雨一声令下，众人一哄而散，不知是谁起了头，大家不约而同地哼唱着同一个曲调。

孟轻依对这首歌再熟悉不过，她搬着椅子问旁边跟着轻哼的何婷："为什么大家都会唱这首歌啊？"

"因为这是言哥的手机铃声啊。"

一个谜团解开了，从此直至多年后，这首歌成了孟轻依歌单里常听歌曲的top1（榜单第一）。

九月末，秋意渐浓，气候也有了改变，一早一晚有了凉意，炎

热仍然在白日坚持。

这个月的最后一天,启航中学的运动会终于来了。按照往年的惯例,高中三个年级的学生都要聚在西边主校区的操场上。

每年这一天早上五点,高三学生都是耷拉着眼皮,拖着自己的椅子"梦游"到主校区,俗称起个大早,梦幻西游。

何婷和孟轻依两个人都搬着一把椅子,慢吞吞地走在队伍的最后面。

郎昆和江择言手中也各拿着两把椅子,旁边还跟着小跑着的蒋诗萌。

孟轻依安安静静地走着,旁边的何婷倒是像个话痨一样,翻来覆去地说着,中心思想就一个:孟轻依不争气,蒋诗萌不要脸。

事情的起源要回到五分钟前。

十班教室里,因为比平时早起了将近两个小时,大家都是昏昏沉沉的。

孟轻依到了班级后,如一潭死水一样瘫在桌面上,睡眼蒙眬,实在提不起精神。

她刚趴在桌子上没有两分钟,江择言就发号施令开始"搬家",尽管不情不愿,但她还是得听话。

哈欠不断弄得她的眼底泛着红意,江择言看了她一眼,出于好心地问道:"我帮你?"

孟轻依瞪着兔子眼,不知如何是好。

在男生多的班级里,男生帮女生搬椅子并不奇怪。

正当她忙着出神时,作为班级举牌人的蒋诗萌像花蝴蝶一样"飞"了过来,说话的嗓音像蜂蜜一样甜。

"择言,我同桌先走了,你看我穿成这样,拿椅子真的不方便,你可不可以帮我拿一下啊?"

江择言勾了勾嘴角,略带歉意地说:"不好意思,我得帮我同桌拿椅子。"

说完,他叫上郎昆,轻轻松松地拎着两把椅子,迈着长腿走出了教室,留"花蝴蝶"和"小兔子"以及"小兔子"的朋友在原地面面相觑。

最后还是"花蝴蝶"打破了笼罩着她的尴尬："轻依，婷婷，你们可不可以帮我搬一下椅子啊？我是真的不方便。"

何婷不喜欢蒋诗萌不是一天两天了，两人一直是井水不犯河水，蒋诗萌以往还想着讨好何婷。自从孟轻依来了以后，蒋诗萌变得更加肆无忌惮，种种挑衅实在是激怒了何婷。

被何婷讨厌的人，就算不是在和她说话，她都会忍不住冷言冷语："知道不方便，你还大早上五点穿着礼服晃来晃去，你是脑子有问题吗？"

"花蝴蝶"被噎得哑口无言。

"小兔子"像个大傻子一样乱发善心，说："我帮你吧。"

"真的啊！那谢谢你啊。""花蝴蝶"扇动着翅膀，说完就飞走了。

又留下"小兔子"和她的朋友再次面面相觑。

路上，何婷像闹铃一样炸着音："大姐！你告诉我！你是怎么想的？"

孟轻依讪讪一笑："不好意思，婷婷，我可能是没睡好，冲昏了头脑。"

何婷真的是恨铁不成钢，当然，她不会知道冲昏"小兔子"头脑的并非是困意，而是欣喜。

天色慢慢地亮起，启航中学主校区的操场上的噪声比麻雀叫得都响。

全校六十个班级，从早上五点多开始布置会场，不知不觉间时间过得飞快，距离八点钟的开幕式只剩下半个小时了。

所有人都换好了队列服，提前在操场的角落里等候入场。孟轻依并不是队列成员，她依旧穿着蓝色的校服。

夏阳留在班级的座位区看管物品，孟轻依就主动跟着队伍帮大家拿东西。

何婷的困意随着逐渐加热的空气开始觉醒，她将头抵在孟轻依的肩膀上，睡眼惺忪。

"啥时候能开始啊？这一会儿我都能睡着了。"

孟轻依抬手轻轻地拍了拍她的脸颊，说："坚持一下，快了。"

何婷真的是欲哭无泪，双眼无神地望向远方，嘴里还不停嘟囔着："我是不是出现幻觉了，还是我在做梦啊，我咋看到萧姐领着个小孩走过来了？她啥时候有那么大的私生子了？"

孟轻依被她的胡言乱语逗笑，还挖苦她用错了"私生子"的用法，转过头一看，那哪是什么私生子啊，分明是自己的弟弟。

因为肩膀上承受着何婷的重量，孟轻依一时无法脱身，只能冲着走来的孟未扬摆了摆手臂。

孟未扬对萧雨说了一句什么便放开对方的手，像只欢脱的小毛驴飞奔而来，嘴里还大喊着："姐姐！"

他撞到孟轻依身上的力量，给了何婷的下巴一道冲击力，同时，他的嗓音惊醒了周围的人。

"姐姐？"众人皆惊讶地看着他们，当然除了江择言和萧雨。

萧雨解释道："你妈妈说这小家伙早上起来就吵着要来找你，实在没有办法就把他送来了。正好我校在门口遇到，就把他带进来了。"

孟轻依向萧雨道了谢，摸了摸孟未扬的小脑袋，笑着说道："康康，向哥哥姐姐们问好。"

小孩子听话得很，双手交叠放在肚脐上，微微鞠躬，礼貌地说着："哥哥姐姐们好。"

因为孟未扬生得漂亮又乖巧惹人喜爱，十班的学生都忍不住开始逗他。

同学A："孟轻依，这真是你弟弟啊？你俩长得也不像啊。"

大家开始打量着姐弟俩的脸，随后同学B又说道："也不是完全不像吧，眼睛还挺像的，你俩一定是一个像爸爸一个像妈妈吧？"

孟轻依笑而不语，算作认同。

何婷捂着下巴，眼珠子都要掉下来，一脸震惊地看着孟轻依问道："孟安安，你啥时候有个弟弟了？"

孟轻依笑了笑，说："搬家以后。"

孟未扬没有在意何婷，小眼睛扫视着人群，然后找到了他的目标，小鹿眼里像掉入星星，声音更加甜："择言哥哥！"

江择言穿过人群，走到他身边，把他抱了起来，问道："你怎么跑来了？"

"妈妈说今天姐姐学校开运动会，我来给你加油啊！"

他俩上演着"兄弟情深"的戏码，周围的人看得下巴都要掉到地上了，实在不懂这是什么戏码。

郎昆和何婷左右开弓，一起拽着孟轻依的衣袖，把她弄得双臂像断了一样。

郎昆问："孟轻依，啥情况？你弟怎么认识我言哥？"

何婷也疑惑："对啊，他俩怎么还那么亲近？"

两个人同时靠近孟轻依的耳边："你俩不会有事吧？"

看着这两人默契地一唱一和，她只能痛苦地"招供"："他俩自己认识的，与我无关。"

话音刚落，她就像没有了利用价值一样被丢在了一旁，两人就去哄骗孟未扬的"口供"了。

运动会开幕式终于按时开始，每个班级按照顺序入场。

到十班时，在江择言的口令下，大家整齐划一地进入场地，青春飞扬，口号响亮。

排列而站的三个人形衣架让人如同亲临国庆大阅兵一样，有些热泪盈眶。

这或许就是运动会的意义，肆意青春在汗水和泪水中闪着荣光。

开幕式最后，在放飞鸽子的仪式中，运动会正式开始。

仪仗队的同学都回到了班级所在的场地坐好，上午要参赛的运动员则去换了比赛服，班级里的人一时并不整齐。

何婷和郎昆陪着孟轻依和孟未扬坐在班级的最后面，四个人玩得不亦乐乎。

萧雨交代了几句话就走了，剩体育委员在前面喊着话："参赛的同学把号码牌领一下。"

江择言换完比赛服回来，却怎么也找不到自己的号码牌，于是

问体育委员:"我的呢?"

对方挠了挠头,支支吾吾地说道:"那个……你的号码牌让大萌姐拿走了。"他边说边指着班级后方。

蒋诗萌还是那套"花蝴蝶"的装扮,正在孟轻依四人身边扇动着翅膀,说:"轻依,你弟弟真的好可爱啊!"

孟轻依低头给孟未扬弄着外套拉链,没有理会。

一旁的何婷一边给郎昆别着号码牌,一边没好气地怼着对方:"觉得可爱啊?让你爸妈给你生一个啊!"

蒋诗萌抵不住何婷的莫名发飙,她的指甲恨不得把手中的布料穿破。

郎昆注意到了她的小动作,也看到了迎面走过来的江择言。

只是他也看不惯蒋诗萌很久了,神色和语气都带着嘲讽:"你拿着言哥的号码牌是想唱首《遇见》吗?"

蒋诗萌知道郎昆是想和她撕破脸,但她不会让对方如愿,便笑着回应:"他想听我当然可以唱啊。"

郎昆冷笑道:"别费心了,你唱什么歌都不如孟轻依随便那么一唱好听。你说对吧?言哥。"他与江择言同时抬起了眉梢。

蒋诗萌转身的同时,孟轻依抬起了头,只是视线都被眼前张扬的裙摆遮挡住了,耳朵却更加清晰地接收到了声音。

蒋诗萌还是那甜得发腻的嗓音:"择言,你回来了啊,我帮你别号码牌吧。"

那如泉水般清冽的声音及时响起:"不用了,谢谢。"

江择言说着话,抽过蒋诗萌手中的两片布料,绕过她的裙摆走到孟轻依面前。

"我帮你吧。"孟轻依眨了眨眼睛,仰着头抽过他手里的一片布料,然后走到他的身后。

江择言没有拒绝,低着头让孟轻依将号码牌别在他背后。

孟未扬从椅子上跳起来,仰着头说:"哥哥是031001号哟。"

江择言揉搓着孟未扬的头发,哄着他说:"是啊,你乖,让你姐姐给哥哥别完号码牌后,给你糖吃,好不好?"

"好。"孟未扬乖乖地回到了座位上。

郎昆觉得眼前的人不是他认识的江择言了,太温柔了!

江择言身后的孟轻依抬着手臂,手指小心翼翼地靠近他的背。

运动上衣还算宽松,但她避免不了与他的身体接触,清冷感的少年身上带着较高体温和好闻的味道。

弄好号码牌后,孟轻依没有抚平布料的表面,而是扯了扯它的边缘,轻语道:"好了。"

江择言侧过身子,让孟轻依回到位置上,等她坐下后,往她和孟未扬的腿上各扔了一根棒棒糖。

孟轻依知道这是他哄小孩和不欠人情的方式。

孟未扬将自己的棒棒糖塞到了孟轻依的手里,说:"姐姐,你不吃草莓味的,康康和你换吧。"

江择言眉头微皱,看着孟轻依,低声问道:"你不吃草莓味的东西?"

郎昆心里一咯噔,他终于知道一个月前那一脚的原因了。

孟轻依也知道江择言想确认什么,视线下垂,像个犯错的孩子,话说得没有什么底气:"嗯,上次你给的糖也是康康吃的。"

广播里的女声喊着:"请参加男子一百米的同学到检录处检录,请参加男子跳远项目的同学到检录处检录。"

体育委员在前面跟着喊:"言哥、王为,该去检录了。"

江择言像是没听见一般,径直走到孟轻依面前,突然弯下腰,像是附在她的耳边说:"没浪费就行。"说完,他拿起放在她脚边的钉子鞋,慢悠悠地向检录处走去。

孟轻依的脸染上了醉意,心跳声如回荡在操场上的鼓声一般,震耳欲聋。

"啪"的一声枪响,运动会才算正式拉开帷幕。

一百米和跳远比赛同时开始,十班少部分同学去给王为同学加油,大部分都跑去给江择言助威了。

脸颊未散尽热意的孟轻依带着孟未扬去到了沙坑边。

小孩儿看到沙子下意识地就想撒野,托江择言的福,他如愿以

偿，此刻坐在相对安全的地方堆着沙子，郎昆被安排在他身边保护他。

孟轻依和何婷难得清闲可以欣赏比赛。

高三年级最先开始，一共二十个人参加，每人两跳，平均用时五分钟，江择言排在第一个。

这个时间的太阳虽然耀眼，但还不灼人，沙子也带着前一夜的湿气。

少年站在远处，小腿线条流畅，双脚一前一后，身子前倾，手臂摆动跟着蓄力。

旗帜落下，长腿快速交替，他整个人如一阵风似的，最后一踏一起，双腿交替点着空气，如鹰俯冲进平静的沙面，只为掠夺属于自己的战利品。

沙子飞扬，黄棋举起，成绩6.63米，新的校纪录。

"江择言太牛了！"

"这不就是国家二级运动员的水平吗！"

"这身体素质绝了。"

郎昆一手抱着孟未扬，另一只手拉着何婷冲向江择言。

众人围绕着江择言，在比赛的开始就提前庆祝着属于他的胜利。

"他这是破了自己的纪录了吧。"学生裁判代表刘璐惊讶道。

"是啊。"回答她的人是孟轻依。

"轻依姐！"

孟轻依没有挤到欢呼的人群中，笑着和对方挽手调侃："刘璐，恭喜你啊，今年终于可以坐下了。"

刘璐显然没有想到能够看到自己曾经的学姐，去年自己还是跟在孟轻依旁边举旗的小孩儿。

刘璐问："姐，你真的复读了？"

孟轻依回道："嗯，没考好就再来一次呗。"

刘璐很替她惋惜。

场边的欢呼声已经影响了比赛的进行，第一名是确定了，但第一名还有一跳，后面还有十九位参赛者要角逐亚军和季军呢。

江择言的第二跳没有第一跳成绩好,但也跳过了6.5米。

"姐,你陪我在这里坐会儿呗,你干这活比我熟悉,你都干了三年了。"

孟轻依拗不过刘璐的苦苦哀求,便留下来陪着她,把孟未扬托付给了他择言哥哥。

往班级走时,郎昆频频回头,扯了扯江择言,说:"哥,你觉不觉得孟轻依坐在那个沙坑旁边,看着有点熟悉啊?"

江择言被孟未扬缠着脖颈,实在动弹不得。

孟未扬还在江择言的身上扭来扭去,郎昆怕他们受伤,连忙把小孩扛在自己的肩上和他闹着,没再继续刚才的话题。

江择言落后他们几步,不经意地转过身子看向孟轻依那边。

孟轻依背对着他,只留着一个侧影,当一个男孩在她头顶扣上一顶帽子时,他的眉梢微翘,喃喃自语:"原来是熟悉的……学姐。"

随着上午最后一个项目比赛的结束,持续了两个小时的跳远比赛也终于决出了第二、三名。

孟轻依带着江择言的奖品回到班级时,他正和几个男生坐在垫子上打扑克。孟未扬看来是玩累了,枕着他的腿睡得正酣。

见她晃了晃手里的东西,他挑眉示意她放一边就行,不过就是一个笔记本、一套护具和一个四不像的玩偶挂件。

还有一会儿就是午饭时间,孟轻依正犹豫着要不要把孟未扬叫醒,为难之时,江择言将手中最后一张牌出完,叫了她一声:"你过来扶着点他的头。"

孟轻依蹲下身子,将孟未扬的小脑袋扶好。

江择言一跃而起,跺了跺发麻的腿,踹了踹郎昆,然后背过身子蹲下,说:"把他放上来吧。"

郎昆照做。

江择言背着熟睡的孟未扬起身,看着孟轻依沉言道:"走吧,送你们回去。"

孟轻依看了看他,抿着嘴角,点头答应。

两大一小走出了校门。

回家的路并不长,但头顶的太阳很刺眼,孟轻依踮着脚,伸长手臂,拿着自己的小包尽力地帮两个男孩挡着太阳。

她现在看起来像踩着高跷的螃蟹,红着脸蛋,侧身而行。

好在没走多久就到了家,孟轻依开门,何莉迎了出来。

江择言礼貌地打了招呼,把孟未扬送到了屋子里。

何莉和孟志东再三留他在家吃午饭,但他说还要回去维护班级秩序,改天再来做客。

孟轻依送他下楼,老旧的楼梯间,两个人一前一后,步履一致。

江择言走完最后一级楼梯,转过身子,几乎与台阶上的孟轻依平视。他看着她的眼睛,神情恣意,勾着嘴角问道:"我是不是在哪儿见过你?"随后,他坏坏一笑,又补充了一句,"学姐?"

孟轻依背后的窗子里钻进来一股凉风。

江择言能想起他们曾经在跳远比赛时见过,有些出乎她的意料。

在过去两年的运动会上,在那个沙坑前,孟轻依见证过他每一次的飞腾和突破自我的瞬间。

她的碎发被吹起,她没有理会,弯了弯眼睛,打趣道:"嗯,在沙坑里。"

她的回答让江择言忍俊不禁,他配合着无奈地摇头,对她说:"孟轻依,你是真的很搞笑。"

他笑着说完,然后转身离开,留她一个人站在原地苦涩地扯了扯嘴角。

九月末的风不再柔和,能驱走蝴蝶,吹黄青青草地,也险些让躲在草地里的兔子忘记了藏起耳朵。

那天下午孟轻依没有再回学校,直到运动会结束她才出现。

黄金十月,是无数人期盼已久的月份,祖国母亲的生日带来的是一周的小长假,大部分人都会选择借此机会游历祖国的大好河山。

难得的假期,孟轻依也没有在家里苦闷地学习,一家四口去了南锦市的外公外婆家。

两位老人家身体还算硬朗，就是外公的记忆力越来越不好，但看到小辈回家也高兴得不得了。

孟志东消瘦得让二老有些心疼。

然而孟志东不仅身体情况起起伏伏，他的心态也越来越不好了，孩子们不在家的时候，他不知道和何莉交代多少遍后事了。

孟轻依虽然没听到爸爸说的那些话，但她能察觉到妈妈的异常，天天伪装嘻嘻哈哈的人，最近一段时间笑容都少了许多。

趁着孟未扬和外公外婆忙着亲昵，孟志东身体不适去休息了，孟轻依借着出门遛弯的机会，想带何莉发泄发泄。

"妈妈，咱俩去喝一杯啊？"她提议道。

何莉觉得她在胡闹，语气严厉："你才多大？还喝一杯？成年了吗你？"

"我又没说去酒吧，你等着！"孟轻依说着松开何莉的手臂，一溜烟地跑走，背影瞬间消失在转弯处。

何莉站在原地喊她，见她头都不回，只好找个阴凉处歇脚。

孟轻依拎着塑料袋回来的时候，看到了坐在树荫下，双手撑在身后，仰着脸，任微风拂面的何莉，难免慌神。

她想起小时候老师要求写关于妈妈的作文，自己写过的每一篇好像都是对妈妈外貌的简单描写——

【我的妈妈有一头乌黑的长发，水汪汪的大眼睛，笑起来温柔极了。】

接下来的篇幅里会描写妈妈织的毛衣、妈妈包的饺子、妈妈卷好的袜子等，似乎很多事物因为和妈妈沾染了关系就被赋予了特殊的含义，可是妈妈本身却被忽略掉了。

人们似乎总会理所当然地认为妈妈就是妈妈，而忘记了她们也是曾经爱过某个男孩，可以和三五好友踩着啤酒箱子一醉方休的女生。

这个世界上最不公平的事就是，子女的出生宣判了父母青春的结束，顺便剥夺了他们的名字，大都变成了某某某的父母。

孟轻依回过神，调皮地叫了一声："阿莉啊。"然后晃着手里

的白色口袋，笑得没心没肺。

何莉坐直了身子，笑骂她没大没小。

母女俩并排坐着，吃着一袋牛羊配、一袋骨肉相连、一袋花生米，何莉手边还放着一杯带着水汽的老雪啤酒。

孟轻依抓着一把牛羊配，一粒一粒地扔进嘴里，嚼得嘎嘣直响。

膨化食品是好吃，但吃多了会粘在后槽牙上，她卷着舌头舔着牙齿，含混地说道："妈，我爸都和你说啥了？和我说说呗。"

她的语气和此刻的神态动作一般随意。

何莉灌了一口冰牙的啤酒，酣畅地舒出一口气，回应道："说了很多，死了那天穿什么，要请哪些人，墓地的位置，你上大学以后的安排，康康的教育，你结婚的嫁妆给多少，康康结婚的彩礼准备多少，你外公外婆的晚年生活等，他说得太多了。"

她双手握着啤酒瓶，仰头看着天空，边想边说，边说边笑，边笑边流泪。

孟轻依也红了眼睛，哽咽难言。

"你爸爸说他挺遗憾的，没有看你上大学，找男朋友，你结婚时也不能牵着你走那么一段路，所以他还说别让我阻止康康早恋。"

何莉的笑和泪同时悬挂在有了细纹的脸上，她转头看着自己的女儿，问道："安安，你怕你爸爸死吗？"

"不怕，但我就是有点舍不得，还有些矛盾。"孟轻依红着的眼眶里水雾弥漫，开口的那一刻，泪水同时砸了下来。

何莉帮她清理着衣襟上的食物残渣，安静地听她继续说着。

"我当然希望爸爸可以活得久一点，但看他现在这么痛苦难受，我又希望他可以早点解脱。"

她满是泪痕的脸上露出一丝苦笑，看着何莉，无奈地说道："妈妈，我觉得爸爸的一生好短暂啊！"

何莉揽过她的肩头，让她靠着自己，用温和的声音安抚着女儿的悲伤情绪。

"人生是长是短，只有自己才有最直观的感觉，但无论是谁都会在生命结束前抱怨人生的漫长，而人对于漫长的定义太过于主观，就像每个人对于长大都会有不同的看法一样。

"妈妈最喜欢《杀死一只知更鸟》里的一句话：你永远也不可能真正了解一个人，除非你穿上他的鞋子走来走去，站在他的角度考虑问题。

"我想你懂这句话的意义。"

孟轻依无声地回应着。

秋天真的是一个让人忍不住变得多愁善感的季节，秋风起，吹得眼眶都想下雨。

何莉用冰凉带着水珠的玻璃酒瓶碰了一下孟轻依粉嫩干爽的脸颊。

皮肤上传来的潮湿感惹得她浑身一抖，难受至极。

"干吗啊，妈妈？"她皱着眉，用手背擦着脸颊。

何莉看着她矫情的模样，悠然失笑道："下次记得，这个季节你妈我只喝常温的老雪。"

同一时间的南粤省岭东市，江择言走在一条又一条陌生的街道上，漫无目的，不知道走了多久。

对他而言，陌生的不只是脚下的街道，就连身处的这个城市他都不是非常熟悉，只是每年的这个时间都会来一次。

传统的牌坊街与祠堂，遍地的游客与美食，还有放着经典港乐的商铺。

江择言被一家特色小店门口悬挂的手信小商品吸引，年轻的女老板连忙跑出来揽客。

"帅哥，要买什么？"女老板说的是江择言听不懂的当地方言。

江择言只会说简单的粤语，还是小时候学的，所以他只能用普通话和对方沟通。

"这个是红桃粿吗？"他拿起一个悬挂着的钥匙扣问道。

女老板也是会随机应变的人，也操着不标准的普通话和他沟通，热情又甜美地回应着："对的呀。"

江择言那张俊朗脸庞带着常有的清冷感，声音亦是如此："这

个东西可以拿来送人吗？"

女老板似乎很喜欢他的高冷人设，热情丝毫不减："当然可以啊，红桃粿寓意着吉祥，是我们当地人送给别人最真挚的祝福。"

"那麻烦帮我包三个吧，其中两个要一样的。"

"好的。"

女老板接过江择言手中的饰品和同时递过来的百元红钞票。

把东西和找回的零钱交到他手里时，女老板饶有兴趣地打趣，说："帅哥，一个人来的？一样的那个是送女朋友的？"

江择言扬起眉梢，坏笑道："姐姐，我还小，不能早恋。"说着，他伸出两根手指，轻而易举地拿回对方手里属于自己的东西，长腿抬起，阔步离去。

年轻的女老板也没想到，这么周正的一个大帅哥竟然是个弟弟。

江择言一连在岭东市待了好几天，孟轻依从南锦回到西港，去江家上课时也没看到他的身影，却意外碰见了曲琳琳。

曲琳琳一头干练的短发，神清气爽又不失漂亮。

曲琳琳十一放假回来，今天就要回学校，特意来和江家二老道别的，她也没想到能碰见孟轻依，她们并不熟悉，只是认识。

"孟轻依，好巧啊。"

孟轻依微微一笑，说："嗯，好巧。"

两个人简单寒暄了几句，曲琳琳便离开了。

曲琳琳走后，江爷爷把孟轻依带来的河蟹拿去厨房里收拾，江奶奶就拉着孟轻依的手，坐在沙发上闲聊着。

"你这孩子怎么又带东西来家里啊？"老太太脸上带着慈祥的笑意。

孟轻依拉着老太太的手臂，像是在撒娇："奶奶，这大过节的我还来叨扰你们，总不能还空着手来吧？"

"你这孩子说什么呢？我还巴不得你天天来呢，这几天除了你江爷爷以前的那些部下来拜访过，再就是小曲两口子和琳琳天天来看看。剩下的时间啊，就剩那只狗陪着我们了。"

"江择言呢?"孟轻依问得小心。

"阿择啊,阿择去岭东市了,他每年国庆都去那边待几天,明天就该回来了,后天就该上学了呀。"

老太太像是想起了什么一般,拍了一下手,说:"哎哟,说到上学,上学后是不是就要联考了啊?"

孟轻依点头。

老太太连忙推了推她的肩膀,说:"那咱快去学习吧,今天奶奶带你多学一会儿。你给你妈妈打个电话,告诉她午饭你在这里吃,晚点再回去。"

"好。"孟轻依乖巧地应允。

上午的学习效果还算不错,中午吃饭时,还是那几个人,只是少了江择言。饭后大家简单吃了点水果聊聊天,江奶奶便又拉着孟轻依畅游在生物的知识海洋里了。

因为江择言不在,江家二老没有强留孟轻依留下来吃晚饭。毕竟天太晚她一个人回去不方便,她也不想麻烦老曲送她回去。

公交车车站,孟轻依拿出电量不多的手机看了一眼时间,已经下午四点多了,她都站这儿等了半个多小时了,却连3路车的影子都没看到。

不知道是不是还处于黄金周假期,西港这个作为北方旅游胜地的城市,每到假期交通就会瘫痪。

孟轻依站得两腿发酸,也实在是没有了耐心,放弃了继续等待,选择步行回去。

当她经过一个路口时,从旁侧的小区里走出几个和她同龄的男男女女,其中几个孟轻依看着眼熟,原来是蒋诗萌经常打交道的同年级同学。

孟轻依没有过多在意,继续慢悠悠地走着。

之前被人群遮挡住的蒋诗萌也看到了孟轻依,她的脸上马上露出了不悦。

"怎么了?"赵一凡问了她一句。

蒋诗萌蹙眉,说道:"我看到孟轻依了,她好像是从江家那边过来的。"

赵一凡挑眉问:"她真的和江择言,嗯?"

"你们兄妹俩去不去打台球了啊?"身后的同伴催促着两人。

"你们先打车过去吧,我有点事。"蒋诗萌说着,也顾不上还穿着小裙子,抬腿就要跑。

赵一凡把众人打发走,追上了她,问道:"你要干吗?"

"我要问问她为什么从江家出来。"

"你疯了?这儿离江家才多远?你不想让江择言对你有好脸色了吧?"

"那怎么办?"

"你找地方藏起来,我去找她问清楚。"

走在路上的孟轻依,怎么也没想到大白天她能碰到劫道的小混混,还被对方拽到了小胡同里。

"你想干吗?"她沉着声音问道。

赵一凡并不是启航中学的学生,他只是天天听蒋诗萌说起孟轻依,今天才见到她真人。

孟轻依穿着白色的长袖长裙,头发绾成圆鼓鼓的花苞,脸颊白皙,目光似水,不惊艳但很柔美,怪不得蒋诗萌会乱了阵脚,因为她们完全不是一个类型的。

"你就是孟轻依?"他问道,"你和江择言什么关系?为什么从江家出来?"

孟轻依懒得理他,想直接绕过对方快点离开。

赵一凡一把抓住她的手腕,触碰的皮肤丝滑。她那双柔情的眸子里带着倔强和厌弃,但也激起了他的恶趣味。

"先不说江择言看没看上你,我倒是对你感兴趣了,陪陪我怎么样?"他越说越向孟轻依凑近。

孟轻依感到不适,费力想挣脱赵一凡的束缚,可手脚并用也敌不过男生的力气。

"赵一凡,你知道她是从江家出来的,还敢碰她,你是怎么想的？"

慵倦的男声从胡同口传来，那人身后还跟着战战兢兢、一脸心虚的蒋诗萌。

江择言刚刚从机场回来，这一路堵车严重，他就提前下了车，往家走时碰巧看到路边鬼鬼祟祟的蒋诗萌。

如果不是对方实在反常，他根本不会特意走过来又恰巧听见一旁胡同里传来的声音。

孟轻依没有想到江择言会在这个时候突然出现，看到他的那一刻，她才敢卸下一身的防备。

江择言抬眼像是用目光询问着她的情况，她眼神坚定柔和。

赵一凡更是没想到事情会变成眼下这样，说话都变得磕磕巴巴："不……不是，我就是看她长得好看，开玩笑的，再说这是你的人我也不敢碰啊！"他说着话，脸上都是虚汗。

江择言面带愠怒，说："谁告诉你她是我的人？你与你认的好妹妹，你俩脑子是不是都有病啊？蒋诗萌她爸不是脑科医生吗？怎么不让他给你们看看？"

蒋诗萌瞬间后背发凉，焦躁和羞耻感让她快要控制不住自己的情绪，只能拼命地攥紧拳头，指甲都快把手掌戳破了。

江择言实在看不惯欺软怕硬的人，不管是男生还是女生，他都不屑。

他用眼神示意着孟轻依到他身边来。

他带着她转身要离开时，背对着那对"兄妹"冷言道："你俩听好了，孟轻依是江家老夫人的学生，罩着她的是江家，不是我江择言！"

赵一凡连忙点头哈腰地应承，然后拉着蒋诗萌迅速离开。

孟轻依跟着江择言走出小胡同后，才注意到他手上提着的行李包。

"你是才回来吗？"

"嗯。"江择言径直看着前方，用余光瞥了她一眼，"你怎么没坐公交车？"

"等了半天车都没来,我站不住了。"

"那怎么不让曲叔送你?怕麻烦人?"

"嗯。"孟轻依点着头。

江择言轻笑,然后拉开了包的拉链,从带着花纹的小塑料包装袋里面拿出那个不一样的钥匙扣,随手丢给她。

孟轻依双手接住,有些不解地看着他。

江择言皱了皱眉,不耐烦地解释道:"你不是不吃草莓味的糖吗?你生气的事了了吧?"

孟轻依在心里叹气,他是真的不知道她为什么不开心。

"我送你回去?"他问道,却不料手机又响了起来,他接了起来说了句,"怎么了?曲大小姐。"

这时3路公交车正好路过两人身旁驶向终点,江择言指了指前方,示意要送她去公交车站。

孟轻依摆手拒绝:"不用了,我自己可以,谢谢你的礼物,后天学校见。"

没有给江择言反应的机会,她抬腿就跑。秋风不算凛冽,却鼓动着耳膜引起了耳鸣,心跳也在不断加速。

曲琳琳给江择言打电话是想给他接风,却在电话里听到了女生的声音,便问道:"谁啊?"

"孟轻依。"

"你遇到她了?叫她过来一起吃饭啊。"

江择言看着孟轻依上了公交车,慢悠悠地回道:"晚了,人跑了,下次吧。"

孟轻依坐在公交车的最后一排,看着那道挺拔的身影渐行渐远,那个粉色的桃心钥匙扣平放在掌心,最后又被攥紧。

十月的第一个工作日,联考如期而至,这是一场普通而又不那么普通的考试。

所谓联考,就是省内几所知名高中的同一届学生,在同一天,在不同地点,答着同样的试卷。

这场考试意味着参加考试的考生面对的对手不再是自己熟悉的同学，而是全省所有成绩优异的学生。

这一场小型战役在淅淅沥沥的秋雨中拉开了帷幕。

孟轻依从小到大最讨厌的就是下雨天，除了地面上溅起来的水渍会让鞋变脏，这个天气带来的潮湿粘腻让她无法忍受。

她实在是不喜欢肌肤上染有湿意的感觉，所以不得不加快了上学的脚步。

作为成绩优异的复读生，孟轻依被安排在了一考场的最后一个位置，也就是靠窗那一排的第一个座位。

下雨天使她比平时早了五分钟到学校，接受严格的安检进入考场后，她便安安静静地坐在窗边看着雨点下落。

雨丝缠绵不休的景象倒是她愿意欣赏的，这样的天气，她好想窝在房间里画一幅画。

因为下雨了，所以想画画；因为想画画，所以想起了画中的人。

而那人恰巧正从门前经过。

江择言一只手臂下垂，指间夹着透明的文件夹，里面有三两支签字笔，另一只手搭在后脖颈处，头颅微昂，桀骜恣意。

因为到了秋季，所以大家都穿上了统一的蓝白校服，可总有人会把校服也穿得那么好看。

江择言在孟轻依眼前短暂路过，让她深深地体会到什么叫"误入眉眼欢喜多年"。

然而她不知道的是，江择言保持着这样的姿态并不是在耍帅，而是他落枕了。

在岭东的那几天，他睡得很不好，昨天一天都在家里补觉，睡得昏天黑地，连姿势也是七扭八歪，起来的时候脖子僵硬得难以扭动。

好在江爷爷老当益壮，生猛地给他掰了过来，下手也真的是毫不留情，让他能动了的同时也付出了疼痛的代价。

所以他是不得不保持这样的姿势。

他走进三考场时，连监考老师都觉得他是在拗造型。

谁叫他平时总表现得那么不正经。

他脖颈上的疼痛感持续了两天。

正好就是联考的那两天。

两天的考试结束后,高三的学生又开始进入到紧锣密鼓的复习中,直到成绩出来的那一刻才会掀动一丝波澜。

全省联考,全校大排榜,这种大型的考试,成绩都是公开的,萧雨也没办法把全校大榜撕成一条一条地发到每个人的手里。

郎昆像个大喇叭一样当众广播着:"孟轻依,语文134分,数学140分,英语145分,理综249分,总分668,全校排名第二。"

所有人看到孟轻依的成绩时都惊叹不已,她自己也很吃惊。周围的人都在祝贺她,弄得她有些不好意思,只能淡然一笑。

何婷拉着她的手兴奋不已。

孟轻依目光随意瞟了眼榜单上的总成绩,668分,这比她今年高考的总成绩多了二十多分。

视线继续在榜单上游走,在看到江择言的成绩时,她低下头露出皓齿。

回到教室后,正巧各科试卷发了下来,经过核算她才知道,她的二十多分来源于她的生物破天荒考了61分,历史最高。

她激动不已,甚至忘记了控制情绪,直接把理综卷子按在了江择言的面前。

"你看!"

江择言随即看到了她在卷子上写的三个数字:【90+98+61。】

他轻笑出声,将试卷还给她,调侃道:"行,看来江家的饭没白吃,你有天赋。"

孟轻依瞬间红脸,想起上个月画板报时自己因为考过50分和他斗嘴的场景。

原来他还记得。

孟轻依低头看着手里的试卷,忍不住翘起嘴角。

课间,孟轻依又被萧雨叫到了办公室。两个人相对而坐,她是喜上眉梢,但萧雨此刻的心情是喜忧参半的。

喜的是孟轻依的成绩确实让人满意，忧的是自己手中正推向孟轻依面前的信件的内容。

"萧老师，这是？"孟轻依问道。

"这是南锦市实验中学发给你和学校的一封人才引进建议书，他们看到了你这次联考的成绩，同时也了解到你家里的情况，希望你转学到他们那里复读。而且只要你过去，他们就可以免除你所有的学杂费和住宿费用，直到你高考结束的那一天。"

南锦市实验中学是全省排名数一数二的高中，全校封闭管理，但是比较偏僻，生源较少，因此他们每年都会引进优秀的学生来提高学校的升学率，进而促进招生。

孟轻依看着手中的信沉默不语，内容和萧雨说的没有任何出入。

对于她来说，实验中学给出的条件确实很诱人，而且南锦市对于她来说并不是陌生的地方，况且这不是她第一次收到对方的邀请了。

在办理复读时，实验中学就联系过她，但那时候孟志东还在治疗阶段，西港的医疗水平要比南锦好很多。

虽然治病需要花钱，但如果孟轻依为了省钱选择去南锦，那孟志东的内心就会更煎熬，更加排斥治疗。

这封信的到来预示着什么孟轻依还无从得知，她只是把信封揣好，徐徐说道："萧老师，我会考虑的。"

萧雨当然知道孟轻依家里情况特殊，也是真的心疼眼前的这个女孩，但人生中的某些选择还是需要当事人自己做决定，就算她是师长也无权干涉。

"嗯，你考虑好了随时都可以过去。"

孟轻依点了点头。

不想让气氛继续低沉下去，萧雨便随即换了个话题："这次考试你生物考得这么好，看来林老师说得没错，你是个可塑之才。"

孟轻依微微一笑，说："主要是江奶奶教得好，而且江家的二位老人待我也很好，我也算是没有辜负老人家的期望。"

萧雨点头赞同："嗯，江家人确实都是善良的人，包括择言，

只是他是那种偶尔才会露出善意的男生，可能就是因为这样才会让不少小姑娘为他着迷吧。"

她说得十分随意。

但说者无意，听者有心，孟轻依扯了扯嘴角，没有再说什么。

因为考了一个满意又出乎意料的好成绩，孟轻依在上晚自习前拉着何婷去了学校的奶茶店请她喝奶茶，还顺便给江择言和郎昆各带了一杯。

何婷喝着奶茶，咀嚼着珍珠，不禁感叹道："学霸就是学霸，还有进步的空间，我却还在原地踏步，唉，差距啊！"

孟轻依失笑："你可拉倒吧，我要是真学霸就没有进步的空间了。再说了，你不觉得你进步的空间还是大大的吗？加油，我看好你哟。"说完，她俏皮地伸出手指，碰了碰何婷的脸颊。

何婷倒是觉得她的话有些嘲笑的意味，抬手戳着她纤细的腰间，惹得她痒得不得了。

但两只手都拿着奶茶，一时无法反抗，孟轻依只能把打包奶茶的袋子套在手腕上，腾出一只手向何婷发出猛烈的反击。

何婷还是逃不过孟轻依的"魔爪"，主要是输在了身高上，她扭动身子的幅度越来越大，校服口袋里的钥匙掉了出来，正好落在孟轻依的脚边。

孟轻依低头帮她捡起钥匙，几枚银色的钥匙被带有粉色桃心的钥匙扣串在一起。

孟轻依把钥匙还给何婷，顺便问道："这个钥匙扣挺好看的，是谁送你的吗？"

"他从岭东带回来送给我和郎昆的，我俩的一模一样，他说这个叫红桃稞，寓意着吉祥。他不是也送你了吗？"何婷说着把钥匙重新装进口袋里。

"你怎么知道？"

"他说的啊！怎么，他没送你吗？"

孟轻依摇了摇头，视线下垂，回应道："送了，但被康康抢走了，我都没来得及看是什么样呢。"

两个人手挽手走进教学楼里，何婷说："那得让言哥再送你一个。"

孟轻依淡淡一笑，随后低下头若有所思。

回到教室后，孟轻依把两杯奶茶分给郎昆和江择言。

郎昆接过，嬉皮笑脸地和她说了谢谢。

江择言却没有接，慵懒地倚靠在椅背上，微笑地说道："我不喝这种东西，谢谢。"

孟轻依的手指不自觉握紧，下意识地想转身把奶茶扔进垃圾桶里。

在她刚要这么做的时候，江择言的声音阻止了她："我拿回去给我奶奶吧，她应该会喜欢，毕竟她也应该喝这杯奶茶。"

他接过孟轻依手中的奶茶，将它随意地放在座椅旁边。

随意到任何一个人路过都可能会把它踢倒。

天边的晚霞会在课桌上反光，让人觉得课本和黑板都有些刺眼。

江择言起身给孟轻依让位置时，她转身离开了教室。

她再回来时，没有人注意到她的异样，只是不经意间，不知道是谁扭动了阀门，事态的发展也进入了不同的轨道。

她和江择言依旧保持着同桌的关系，互不影响，偶尔打扰一下对方。

在秋天这个季节里，一场雨水真的会带来一场寒意。

过了十一月，西港慢慢迎来了属于这个城市的冬季。

江择言在初雪来临前突然请了长假，说是去参加冬训，但学校里开始流传他被保送的消息。

他走后，十班的那个角落里只剩下孟轻依一个人坐在那里。

初冬的风挤过窗缝，让窗边的人受尽冷风吹，但好在她也只是白天在学校，晚自习的时候就回家了。

孟志东的病情还是恶化了，任何治疗都没有了意义，除了在家里靠药物维持生命体征，别无他法。

何莉每天围着丈夫转，但还是怕有什么闪失，因为还有孟未扬

需要照顾。

萧雨知道孟轻依家的情况,给她行了最大的方便,免了她所有的自习时间,让她照顾好家里和弟弟。

孟轻依也不再去江家补课了,她与江择言似乎在没有预告的前提下彼此说了再见。

12月31日跨年夜,这一天所有人都满怀期待,准备迎接新年的到来。

早上孟轻依送孟未扬上学的时候,特意在他的书包里装了几张贺卡,让他到学校分给好朋友。

"姐姐,送给你。"孟未扬没有为姐姐准备贺卡,而是准备了一个小小的礼物。他小小的手掌摊开,亮出一支最简单普通不过的马利铅笔。

孟轻依接过后眼眶一热,她记得她六岁那年,孟志东送给她的礼物就是一支马利铅笔。他告诉她,希望她用那支笔可以画出最爱的作品。

她擦拭掉泪水,从口袋里拿出她为孟未扬准备的礼物,一个钛钢的挂件。

圆形硬片上面的人物画像都出自于她的笔下,一面是小时候的孟未扬,一面是他们一家四口。

"也祝我们康康永远快乐啊!"她柔声说道。

孟未扬拿着姐姐准备的礼物也红了眼眶,用最稚嫩的声音说了最坚定的话:"姐姐,康康以后会保护你和妈妈平平安安的,你们别怕。"

孟轻依将弟弟揽在怀里,如同在每一个他呓语的夜晚安抚着他那样,轻拍着他的后背。

这个新年应该来得再晚一点。

孟轻依到班级的时候,还没有到上课时间,她的桌面上摆放着两个礼盒。

一大一小。

高三的学生已经被剥夺了参加新年晚会的权利,书包里沉重的课本和习题册都快压断了肩膀,其实也没有精力在意新年礼物了。

"这是?"

她刚问出口,前面那两个早已按捺不住的人迅速凑了过来,笑脸盈盈,齐声说道:"新年快乐啊!"

孟轻依笑得粲然,眼睛又弯成了月牙状,说:"谢谢你们啊。"

何婷看到她的笑容也开心得不得了,推了推桌面上的大礼盒,落下了那个小盒子。

"安安,这些是我们仨给你准备的新年礼物,你快看看。"何婷一脸期待地看着孟轻依。

孟轻依一边拆着礼盒的包装,一边问道:"你们仨?"

"对啊,言哥不在,我们都联系不上他,但我们不能把他落下啊。"郎昆回答道。

孟轻依勾了勾嘴角,随后便小心翼翼地打开了盖子。

一盏帆船模样的床头灯摆在一层拉菲草上,红褐色的木质,复古又有质感。

"好漂亮啊,我很喜欢。"她的声音里带着喜悦和惊喜。

"真的吗?太好了!"何婷和郎昆同时松了一口气。

因为孟轻依最近一直迟到早退,笑容也少了很多,班里人不知道她家里的情况,都以为她是压力过大。

她不好的情绪或多或少影响了她的正常生活和学习,也影响了她身边的人。

十八岁的友谊很简单,你不开心时可以不用告诉我原因,但我会默默陪着你,也会想方设法地让你开心起来,哪怕只是一点点。

孟轻依对于两位好友为她准备的一切很惊喜,就算她旁边的人没有在,也没有参与其中,但光是听到他的名字,她就已经很满足了。

她从书包里拿出两张被塑封膜保护好的纸张,送到何婷和郎昆面前,说:"也祝你们新年快乐。"

那是一张四个人并肩的画像,原图应该是那天运动会结束时郎昆拉着他们三个照的合影。

何婷和孟轻依挽着手臂,郎昆和江择言分别站在她们的两边,

四个人都看着镜头,何婷笑得粲然,她旁边的郎昆笑得没心没肺,孟轻依甜美,旁边的江择言笑得随意。

郎昆很激动,央求着孟轻依给他签个名。

孟轻依满足了他的要求,签好后,两个人才注意到了正在默默流泪的何婷。

"怎么了,婷婷?怎么还哭了?"郎昆一下急了起来。

何婷看着手里的画,摇了摇头,哽咽道:"这是我收到过的最棒的新年礼物了。"

孟轻依用手指轻轻拭去了好朋友眼角的泪水,她们之间不用过多的言语,一个眼神就能给对方最大的安慰。

上课铃声响起,何婷和郎昆如获珍宝一样把那幅画放好。

孟轻依把送给江择言的那幅画放进了他的书桌里,然后顺手打开了那个小盒子,看到里面放着一颗刻着她属相的红豆。

她抬头环顾周围,没有办法确认送这个盒子的主人,只能随手将它丢进大盒子里,然后把大盒子放在了身旁的空椅子上。

一年的最后一天,他们依旧在枯燥的课堂和做不完的习题中度过。

下午五点,孟轻依收拾着书包,班里同学都赶着时间去吃晚饭,何婷和郎昆跟她道别后也加入了冲向食堂的人海大军。

教室里就剩下了她一个人。

她正准备弯腰拿起被放在旁边椅子上的礼物离开时,一抹蓝色闯入了视线里。

可惜眼前的人并不是她心里渴望见到的人。

蒋诗萌双臂环绕放在胸前,傲慢地看着她。

其实那天被江择言抓包后,蒋诗萌每每见到孟轻依都是视而不见,如今却卸下了平日所有用过的面具,只剩下目中无人的挑衅。

"孟轻依,今天是跨年夜,我给你讲讲江择言的故事?"

她扭捏的语气让孟轻依很不舒服,甚至觉得她说出"江择言"三个字都是亵渎了那个名字。

没有了平日里的和颜悦色,孟轻依直接回怼道:"你想给我讲故事啊？抱歉，我没有兴趣听。"

孟轻依抱着礼盒擦着蒋诗萌的肩膀走过，可刚走两步，那刺耳又无法被忽略的女声就从背后传来，让她不得不停下脚步。

"江择言，西港江家长孙，出身于警察世家，爷爷是原南路公安分局局长，父亲是一名缉毒警，长年在南粤省岭东市执行任务。

"几年前他父亲在执行任务的时候暴露了身份，坏人把他妈妈当作人质当场杀害，他爸爸至今下落不明。"

蒋诗萌的话并没有让孟轻依有多震惊，只是他的故事被这样一张嘴说出来，让她觉得恼怒。她脸上带着愠气，转过身子，冷言道："所以呢？你和我说这些想干什么呢？"

"我只是想告诉你，男生对所有女孩儿都不感兴趣的原因。"

蒋诗萌放下手臂，俯身凑到孟轻依的耳边，接着说道："因为他知道能与他相配的女孩得是优秀且强大的人，起码不是个连喜欢都不敢说出口的胆小鬼。"语气里满是讥讽和嘲笑。

孟轻依眯了眯眼睛，不屑地一笑，说："哦，你是勇敢者，想当他的人质，所以你能与他相配吗？"

"我配不上他，你更配不上，落榜的复读生，家里还有一个病重的父亲。"蒋诗萌在一次又一次地试探孟轻依的底线，她想激怒孟轻依。

孟轻依看得出蒋诗萌那套把戏，不想再和对方浪费任何时间，她还要去接孟未扬放学呢。

"蒋诗萌，你有和我斗嘴的时间，不如去想想怎么讨江择言的欢心。"

她说完，头也不回地走出了教室，任由蒋诗萌在原地嘶喊。

这场没有意义和赢家的暗潮涌动，谁深陷其中，谁就会遍体鳞伤。

2014年的第一天，孟家。

何莉晚上特意做了一桌子的菜，孟志东强撑着力气靠在床头，一家四口围着床铺上的一张小桌子，享用着属于新年的团圆饭。

饭后,孟志东把孟轻依留在了房间里,父女俩在昏暗的夜灯下对话。

"安安啊。"

"爸爸。"

"我的安安,怎么一下子就成大姑娘了?"

"早就长大了。"孟轻依笑着回答。

孟志东费力地扯了扯嘴角,干裂的嘴唇有了一丝弧度,说道:"那对不起啦,爸爸让你的长大来得早了一点,但这样也好,我可以放心了。"

"你当然可以放心了,康康今天还跟我说,以后可以保护我和妈妈呢。"孟轻依低头拽了拽平整的床单,视线飘忽,抑制着哽咽。

孟志东笑了笑,费力地伸出三根手指,虚弱地说道:"我这辈子啊,做得最对的三件事,一是娶了你妈妈,二是成为你爸爸,三是要了康康。"

孟轻依将孟志东的手握在手心,柔声道:"既然做得对,下辈子你还要这么做啊!"

"好。"孟志东点了点头。

父女俩就那么握着彼此的手,任时间溜走。

良久后,孟轻依声音颤抖地说道:"爸爸,我很爱你的。"说完,她的眼泪就决了堤,大颗大颗的泪珠无声地砸进了棉质的床单里。

"爸爸知道的,你以后要替爸爸多和你妈妈说这句话啊,拜托了,我的女儿。"孟志东用尽力气回握着她的手。

孟轻依轻轻地伏在孟志东瘦骨嶙峋的胸膛上,她的父亲就像是一具只剩下一口微弱气息的残骸,她甚至不敢泄力地靠在他的怀里,她怕会伤到他。

"安安,爸爸从来都没有放弃过生的希望,但爸爸真的要休息了,希望你别怪爸爸。"

孟轻依蹭着他的胸膛,摇了摇头。

孟志东欣慰一笑,拍了拍她,艰难地说道:"去……叫你妈妈……回来陪我吧,爸爸……累了。"

孟轻依缓缓直起身体，他身上灼热的气息还萦绕在她周围，可那不是灼灼的生机，而是他在发烧。

孟志东的气息越来越弱。

她走到房门前时，又转过身子看向孟志东，突然想起爷爷奶奶相继离开后孟志东对她说的那段话。

"父母与子女之间存在着一根无形的线，看不见摸不着感受不到，直到真正断开前的那一刻，心会最先感应到，因为那可以衬底的依靠感突然间就没有了。"

房门被关上的那一刻，孟轻依的心有了一股紧绷的拉扯感，难以挣脱。

2014年1月2日清晨，晨曦朦胧，孟志东在太阳升起的同时，慢慢停止了呼吸。

他的葬礼很简单，但有很多人来为他送行，曾经的同事、学生和朋友，没有一个人不为他的离去而落泪。

可是有的人永远停留在了昨天。

孟轻依的外公外婆也从南锦赶了过来，何莉只是让他们在家里照顾孟未扬。

孟轻依已经失去了哭的力气，何婷和郎昆来陪了她一天，然后就回学校继续上学了。

孟志东出殡那天，江家二老也来送孟志东最后一程，江奶奶先到的。

老太太看着瘦了很多的孟轻依难免心疼，轻柔地拍打着她的手背，安慰道："轻依啊，这生与死都是有定数的，疾病与死亡才是真的不分高低，无关乎年龄，人人公平的考验，死的人都已经解脱了，活着的人也没有必要折磨自己。"

老人苍老的眼睛被褶皱包围着，瞳目通透，毫不混浊，带着一种强大的穿透力。

孟轻依自然相信生死有命富贵在天，尽管道理她都懂得，她也可以尽量表现得洒脱，但是内心无法接受的东西一直在折磨着她。

从第一次见面就对她视如己出的长者，就算是同学的亲人，也没有道理如此待她。

"奶奶，您是因为早就知道了我家里的事，才会对我这么好的吗？"孟轻依小心翼翼地把心事表明。

江奶奶笑着摇了摇头，她的眼睛依旧直视着孟轻依，慈爱满满地说道："我又不是慈善家，我想你或多或少也该知道阿择的故事，所以我看到你时，难免会觉得你和他一样不容易，希望你们都可以真的舒心一些。

"长大是一场判决，也许你被给予的并不是磨难，而是一种历练。人生有太多说不准的事，我们不过都在看天表演。"

老人的话让孟轻依想起了那个电闪雷鸣的夜晚，江择言似乎和她说过同样的话——

"连天气预报都说不准的事，不过都在看天表演。"

原来他也早早就知道了，所以在那一天玻璃窗中的对望，她才感觉他像一眼看透了她的灵魂一般。

孟轻依正和江奶奶说话的时候，江爷爷也赶来了。他拍了拍孟轻依的肩膀，说道："好孩子，辛苦了。"

孟轻依摇了摇头，拭去眼角的泪水。

后来，何莉把孟轻依叫到一旁说了一些私事，等她再回来时，无意间听到了江家二老的谈话。

老太太问着："怎么样了？阿择没事吧？"

孟轻依的身子不禁一抖。

老爷子坐在椅子上哼了一声："没事，就是医院那边琳琳那丫头那儿走不开。"

"他不过来就不过来吧，你有什么好生气的？他本来就是早上才回来的，老曲两口子回乡下了，琳琳都那样了，阿择怎么能不去啊？咱们不是替他来了吗？"

原来江家二老是替江择言来的，而江择言去陪曲琳琳了。

葬礼结束后，孟轻依彻底没有了力气，她一个人坐在殡仪馆外的长椅上，出神地看着眼前的一片萧瑟，残枝败叶，枯木凄凉。

手机的消息提示音响起，来自于特别关心更新了一条动态。

择：【这位真的是我祖宗。】

配图是曲琳琳叼着棒棒糖，躺在病床上比耶的照片。她的腿上放着手机，上面系着一串粉红色的桃心挂坠。

底下有不少评论，其中一条来自于曲琳琳：【为了报答你，我以身相许好不好？】

择：【你敢嫁？】

曲linlin：【你敢娶？】

那张照片和两个人之间的调侃却让另一个人不禁红了眼眶。

孟轻依不知道自己是怎么和何莉回到家的，但她很明白，在这一天，她彻底没有了父亲，而她喜欢的男孩，她也要不得了。

沿路风景并不是对谁特殊的赠予，也不是所有人都会把美景尽收眼底，总有人要在中途下车。

医院里，江择言将手机砸在曲琳琳的身上，没好气地冲着病床上的人冷言道："你有病吧？前脚为前男友自杀，后脚让我娶你，我是傻吗？"

曲琳琳皱了皱眉头，斜着眼睛看着江择言，说道："我再说一遍，我不是自杀。"

"那你吃头孢后喝酒？"

"我那是头疼才吃的药，而且在外面聚会手边只有酒，我上哪儿知道吃完头孢不能喝酒？"

江择言丢给她一个白眼，懒得与她就这种无用的问题费口舌，但又接着问道："齐尚呢？又分了？"

齐尚也是江择言的发小，比他年长十岁，已经毕业参加工作了，现在是一名缉毒警。

"这是最后一次了。"曲琳琳神情落寞，"我真的是受够找不到他的感觉了。江择言，真的，你们这种人这辈子就不应该谈恋爱，对我们来说太不公平了。"

江择言一脸平静地看着她，坦言："你错了，是你这样的女孩不适合和我们谈恋爱。"

曲琳琳失笑，说："也对，我不温柔。但说到这儿，你不觉得孟轻依很适合吗？你不考虑考虑把她收了？"

曲琳琳说着，把放在腿上的他的手机还给他。

江择言接过手机，靠在椅子上，前后摇晃，手指把玩着垂下的挂坠，眉梢和眼角同时扬起，问："你觉得我能耽误人家吗？"

"也对，她还得考大学呢。"曲琳琳说着看向了窗外，"你呢？真的放弃保送？"

江择言也看向了窗外，天气阴沉，似乎又要下雪了。

"嗯，又不是考不上。"他沉声道。

孟轻依回到家后，就坐在房间的窗户前看着外面飞扬的雪花。

这是一场不算大的雪，雪花没有成片状，细小如沙，摩擦着窗棂，发出扑簌簌的声音，在这寂寥的冬日里却有些吵闹。

"咚咚！"

何莉敲响了孟轻依的房门。

孟轻依笑了笑。

何莉看着窗外的飘雪，说道："原来人真的可以因为喜欢的人而喜欢一座城市，也会因为喜欢的人而想逃离一座城市。

"你爸爸活着的时候，就算他奄奄一息，但只要我躺在他的身边，就能感受到他的存在，但如今就真的只有我一个人了。"

她们相对而坐，孟轻依能够感受到妈妈的孤独和落寞，她低下头抿着唇，想了很久也没有说出一个字。

何莉拿出一封信交给了孟轻依，那是西港市慈善艺术展主办方发给孟志东的作品邀约。

"你爸爸希望你能够展出一幅真正让你觉得值得的作品。"

孟轻依将手中的邀请函翻来覆去地看了好几遍，直到何莉走后，她才起身将藏在床底的那本画册拿了出来。

她的思绪也回到了高二开学的第一天，也是启航中学高一新生报到的日子。

夏末，天幕阴暗，启航中学的枫杨树下，一个男孩侧身伫立，身段笔直，棱角分明的侧脸透着俊逸，整个人清冷又忧郁。

看到他的那一刻，孟轻依突然想起一句歌词——"第一次遇见阴天遮住你侧脸，有什么故事好像了解"。

有一次，孟轻依放学路过球场，男孩子们在肆意地挥洒着汗水，场边休息的两个男孩逗趣的对话传进了她的耳朵里。

"我刚才看到一个身材很好的女孩。"

另一个男孩语气里带着漫不经心："哦？有多好？"

孟轻依被他的嗓音吸引转过身子，再次看到了江择言。

夕阳西下，美得晃眼的日落，多少像是借了少年的光。

后来她在无意间无数次听到过他的名字，才知道他叫江择言。

于是每见他一次她就在这幅画上填上几笔，这幅画整整画了一年，截稿日是江择言送她纸巾的那一天。

她把最爱的晚霞视为他的背景，柔和的碎光模糊了他的五官，却把他这个人刻在她的心里。

于无声的岁月里，于无形的流年间，她关注了他很久。

她曾经以为她上了高三，看不到他，就忘记了，可还是会控制不住特意去主校区解决晚饭，路过校门时看一眼放学回家的他。

她没想过她会高考落榜，但好在因祸得福被分到他所在的班级，再见后她以为真正相处就会断了幻想，却不料越来越喜欢。

但是她清楚她与江择言并不是一个世界的人。

他们的故事也各不相同，只是在成长的路上，他们早于同龄人承受着长大的判决。

长大并不是单纯成为十八岁的成年人，更是丢了爱吃糖的自己，变得处处克制。

昏暗的房间里，没有灯光，只有手机屏幕发出的微亮，那串被孟轻依熟记于心的数字实在很难让她忽略。

"喂。"她还是接通了电话。

江择言在听到她的声音后，松了一口气，过一会儿，他低沉的

声音才从听筒传到孟轻依的耳朵里。

他问:"你还好吗?"

江择言是从医院回家后才知道孟志东去世的消息,他给孟轻依打了一通又一通的电话,可是听筒里只有机械的女声告诉他:"对不起,您所拨打的用户暂时无人接听,请稍候再拨。"

孟轻依温润的声音传进耳朵里的那一刻,江择言有种说不上来的心情。

"还好。"孟轻依尽量说得轻巧,艰难地勾了勾嘴角,接着说道,"听说你集训回来了,很辛苦吧?"

"还好。"他不经意地回道。

不知是因为风声还是他的呼吸声,空气微微振动着,他低沉的嗓音再次响起:"我在你家楼下,你要下来吗?"

孟轻依拿着手机,走到窗前,看到不远处伫立在路灯下的男生。

他穿了一件灰色的羽绒服,蓬松的衣服遮不住他腰背的挺拔,锋利的下颌被暖黄色的光勾勒出明亮的边线,从唇间吐出的雾气与光线交汇,雪花在这朦胧间飞舞,最后落在了他利落的短发和宽厚的肩膀上。

这样的江择言是不容人拒绝的,起码是孟轻依拒绝不了的。

她说:"好。"

放下手机,她在窗前多停留了一刻才向外走去,却不小心踢翻了刚刚翻画册时拿出的那个原本同样被藏在床下的纸箱。

箱子被她踢翻倒地的那一瞬,落在上面的那一层薄灰无助地在空中飞舞着,像是想快速找到一处新的栖息地。

藏在里面很少见光的东西也都跑了出来,然而那并不是一些什么贵重的东西。

一个红桃稞的钥匙扣,两根棒棒糖,一截粉笔,写着两种笔迹的生物卷子和一张四人合影,一包拆了封的纸巾。

只是这张合影的中间有两道很深的折痕,如果不展开那两道痕迹,而是直接将照片拿起,看到的就是孟轻依和江择言的合影。

这是她与他的第一张,也是唯一一张合影。

照片里她身姿倾斜,他挺拔傲立。

孟轻依记得很清楚,那天她站在江择言身边紧张至极,在摄影师喊"3,2,1"后,她控制着自己的身体向他靠近了那么一点点。

这么看来,原来不只一点点。

曾以为暗恋是小心翼翼地不留痕迹,却不经意间留下了太多证据。

孟轻依蹲下身子,把东西重新装进箱子,手掌下意识地将盖子上的浮灰抹去,然后又把箱子藏进了不容易被发现的、不见光的角落里。

她穿好衣服走下楼,站在没有光的夜色中,江择言披光带雪地向她走来。

在孟轻依的印象里,这是她第一次站在原地看着她喜欢的男孩儿一步又一步地向她走近。

一步。

两步。

三步。

四步。

五步。

还有最后一步时,他的手机铃声划破了静谧的雪夜,手机屏幕透出了微弱的红光。

他将手机举到耳边,脸上带着细微的笑意,佯装不耐烦地问:"又怎么了,大小姐?"

不知道对方说了什么,他欣然答应:"好,我一会儿过去。"

孟轻依的鼻尖被凛冽的风雪吹得发红,她低下头捂着鼻子,很久后一股暖流在鼻腔里流过,她才觉得舒服了一些。

见江择言收起了手机,孟轻依才抬起头看着他,笑着说道:"你如果有事的话,就去忙吧,我没事。"

雪花还在纷纷扬扬毫无章法地飘着,漆黑的夜笼罩着耀眼的白。

"好,我就是来看看你,你没事就好。"他深邃的眸子里映着大雪飞扬,嗓音低沉,"上去吧,冷。"

"嗯。"孟轻依点了点头,在他转身前自己先背过了身离去。

棉靴踩在雪地上发出"咯吱咯吱"的声音,像是雪在控诉着自己的疼痛。

孟轻依还没走几步,突然回头叫住了刚要离开的男孩,寒冷的雪夜里,她的声音显得更加炽烈。

"江择言。"

"嗯?"

我喜欢你。

明明知道得不到,却不知为何还会殷切渴望地想得到。

是妄想吗?

是执念吗?

好像都不是。

他们的目光穿过皑皑飞雪寻找着可以碰撞在一起的机会。

江择言突然皱了皱眉,然后问道:"叫了我怎么又不说话?"

哦,原来是我已经用尽了所有的勇气,却还是没能开口对你表明心意。

好在我的心听见了。

孟轻依嫣然一笑,侧过头说道:"没什么,就是想告诉你回去的路上注意安全。"

江择言抬了抬眉梢,算是回应。

他们几乎同时转身,背向而行。

雪突然变大了,大片大片的雪花落下,一瞬间覆盖住了刚刚被留下的脚印。

在江择言的背影消失在茫茫大雪前,孟轻依又转回了头,雪花触碰到她的脸颊,融化成了一道水痕。

她对着夜色中那道身影柔声呢喃:"还有……再见了,江择言。"

回到家后,孟轻依一个人坐在客厅的沙发上看电视。

电视里,一男一女的身影出现在午后的巴黎街头,洒满落日余晖的塞纳河上,他们迎风立在船头,听着彼此平静地自嘲般的讲述。

孟轻依想起了不久前的某个傍晚,在余晖下,她和江择言说她想画他,他没有听懂她隐藏着的含义。

他说,随她,说得那么漫不经心。

十五岁那年,在没有阳光的一天,她看见了清冷恣意的他,只是一眼,他便成了她画中最明亮的光线。

从此心乱了阵脚。

如果回忆不涉及过去,此刻该有多么美好。

电影的情节开始变得动人,当Celine(赛琳)拿起那把木吉他开始弹唱那首关于waltz(华尔兹)的歌谣时,何莉从卫生间里洗完澡出来,走到孟轻依的身边,看到了她在无声地流着眼泪,担忧地问道:"安安,怎么了?怎么哭了?"

孟轻依并没意识到自己在流泪,听到何莉的询问,她抬手抚摸着脸颊,发现早已满是泪水。

她摇了摇头,苦笑道:"没什么,电影感人而已。"

何莉摸了摸她的柔顺的头发,不知不觉间,她的头发已经长得很长了。

孟轻依慢慢地依偎在她的怀里。

电视屏幕上开始滚动着字幕,孟轻依哑着声音说道:"妈妈,我们回南锦吧。"

何莉拍着孟轻依肩膀的手定住了一秒,然后又落下,她知道孟轻依说出这句话就代表着已经做出决定。

早在丈夫得病的那一刻,他们的女儿就长大了,从确定孟志东的治疗方案,到决定卖房卖车,再到后来复读的事情,这一切都是由孟轻依自己做出抉择。

一个女人再强大,她瘦弱的肩膀或许不足以让她始终挺立着腰背扛起一片压下来的天,但两个单薄的肩膀并在一起,可抵万敌。

何莉以为是自己下午说要离开这个城市的话影响了孟轻依,可最后她还是答应了。

回到房间后,孟轻依迟迟没能入睡,面前那封南锦市实验中学寄过来的信终于到了它派上用场的一天。

而对于孟轻依而言，父亲的离开并不是她想逃离这座城市的原因，而是这座城市没有让她想留下来的理由了。

一月中旬下了一场小雨，一列高铁北上而行。车窗外，远方的山被雾霭亲吻，雨丝打在车窗上，留下了风拭不去的泪痕。

这一幕映射在手机里似一幅凝重的画作。

孟轻依看了许久后，觉得仿佛看到了一个无法言语的故事。她把图片分享到了空间里，配文写道：【歧路有别，愿繁花似锦前再相见。】

从此她去了南锦，断了和西港的一切联系。

一月末，农历春节，孟家人的这顿团圆饭吃得有些食不知味，就连孟未扬都没有平日活泼，孟轻依的话也变少了许多，大抵是因为餐桌上少了一个一本正经说笑话的人。

零点前，长辈们在包饺子，孟轻依抱着孟未扬坐在窗户前看楼下的小孩放烟花。

"姐姐，烟花好漂亮啊！"

"嗯，好漂亮啊。"

"姐姐，你有新年愿望吗？"

"你有吗？"

"有啊，我希望下次回西港时可以再见到择言哥哥和梭哈。姐姐，你呢？"

"我希望和他再看一次日落。"

即使离开，江择言，我对你的感情还是不变；如果可以重新选择一次，我还是会做你身边的第三种女孩。

因为我是孟轻依，只在你面前胆怯的孟轻依。

见到你就是我的如愿以偿。

二月底，白昼尚短，玻璃上还结着霜花，白雪依旧。

农民开始准备新一年的播种，为了在盛夏有个好收成的准高考生也都开始"开犁垦地"。

启航中学高三（10）班，萧雨站在讲台上简单宣布了孟轻依转学的消息，但没有说她到底去了哪里。

孟轻依在离开西港前见了萧雨一面，交给了她三样物品。

一是给何婷的一封信，信的最后，她说希望再次久别重逢时，何婷还会原谅她的不辞而别；

二是给江奶奶的补习费，萧雨把钱送到江家时，老人家没有推托，直接收了；

三是曾经属于她的那枚校牌，萧雨把它放在了她原本的座位上——十班那个风喜欢停留的角落里。

孟轻依离开后，又剩江择言一个人坐在那里。听说后来他说服了江家二老，真的拒绝了保送。

三月，西港市某艺术展厅里挂着一幅人物肖像，简介里写着这样一段话：【喜欢，也遗憾，也值得，不求窥见天光，只愿别来无恙。】

作者署名：【All in。】

六月，高考结束的那天，江择言给孟轻依写了一条留言：【愿你得到你想要的。】

过了好久，他都没能收到她的回复。

第四章 再见前任

2020年7月,西港市开始进入盛夏时节,前一天夜里下了一场雨,白日的天空被大片大片的云覆盖着。

这个季节每下一场雨,夏天就会变得更加肆意,蓬松的云层阻挡着阳光的穿透力,空气里满是燥意。

七院心理科副主任医师办公室,孟轻依站在窗前看云。她穿了一条白色波点的吊带裙,还是那样恬静的气质,只是多了一丝媚,吊带裙下的四肢纤长,腰肢婀娜,不前凸也不后翘,所有的一切都是刚刚好。

或许是站得太久,她走到了办公桌前,悠然得像个大爷一样坐在刘洋对面。

刘洋是孟轻依的同门师兄,比她年长几岁,但在她面前,他摆不出长者的姿态,还要让她三分。这可是他少有的师妹,不宠着不行啊。

事实上,两个人的关系在众多的同门里是最亲近的,性格合得来不说,两个人还是同乡,所以相处起来更加亲密。

许久没见的两个人,省略了兄妹情深的寒暄,开始了心理战。

室内的空调开始运转,温度越来越低,被吹得汗毛竖起的孟轻依先败下阵来,搓着手臂。委屈巴巴地说道:"师兄,我可是冒着生命危险从老头身边跑出来的,你这半天不说话,是想让我白跑一趟?"

孟轻依是今早才到的西港,六年前,她如愿考上了北宁师范学院心理学部,本科结束后,她选择了科研方向,攻读了临床与咨询专业,进入了北宁师范学院最有名的实验室,并选中了国内心理学领域的大佬为导师。

孟轻依的导师叫高子昂,北宁师范学院最古怪的教授,人送外号"高老头"。学生们这么叫他并不是因为他像巴尔扎克笔下的"高老头"一样衣着讲究又体面,贪财又可怜。

恰恰相反,高先生随意得很,住在北宁师范学院的教职工家属楼几十年,开着那台连返厂都被人嫌弃的捷达。穿着打扮更是极简,一副半架在鼻梁上的老花镜,夏天是米色短裤配明黄色半袖,冬天是红色羽绒服配黑色运动裤,春秋就是黑色运动裤配明黄色半袖。

老头子属于无欲无求那类人,一心就想着学术和教书育人。

在高老头几十年的教学生涯中,孟轻依是他少有的女弟子。毕竟能在他的《实验心理学》这门课上拿接近满分的学生是真的不多,女孩子尤其少,孟轻依可以拿满分,所以高老头对她尤其喜爱。

孟轻依毕业以后本来是要留在高老头身边做助理的,但是因为她师兄刘洋的一通电话,她就将恩师抛在了脑后,从北宁跑回了西港。

刘洋起身把自己挂在身后衣架上的白大褂拿起,走到孟轻依身边披在她身上,说着:"安安,这话说得可是没有良心啊,我这是把你从苦海里拉出来,你怎么还埋怨我呢?再说了,西港不是你故乡?走出去怎么还忘本了呢?"

孟轻依把白大褂穿好,甩着长发,幽怨地嘟囔着:"我看你是把我从苦海拉进了虎口里。"

"我要是把你派去南锦才是把你送入了虎口。最近你妈平均几天给你打一次电话催你交男朋友?"刘洋说这话的时候,端着水杯,一脸的幸灾乐祸。

孟轻依丢给他一个大大的白眼,真是哪壶不开提哪壶。

.114.

那年回到南锦后,孟家三口人就和外公外婆生活在一起。新学期开学后,孟轻依进入了南锦市实验中学开始了封闭式管理的学习生活,除了周末可以回家待一天,其余时间基本上和家里人都见不到面。

以前何莉忙于照顾年幼的孟未扬和孟轻依的外公外婆,如今孟未扬也长大了,不需要多费心,二老偶尔回到孟轻依的两个舅舅那里居住一段时间,何莉算是得了清闲,如今退休了,更是闲得要命。

孟轻依也不是没有谈过男朋友,只是最后还是分了手。

那以后她也不排斥交男朋友,只是她在北宁师范学院那么一所男女比例严重失衡的学校,周围都是大美女,她这么一个靠气质吃饭的人,能与她相处的男生不是师兄就是师弟。

可她连当吃窝边草的兔子都没有可能,因为高老头有令,禁止同师门的学生谈恋爱,加上她又每天被扣在实验室里当苦力,连画画都没有时间,更别说社交了。

她身边也不是没有追求者,除了不靠谱的,就是让人无法忍受的,刚了解一下她要是对对方没感觉,连再说话的机会都不会给,更不会再见面。

一没时间,二没资源,三没兴趣,如此循环。

何莉以前是一周打一次电话,但为了让孟轻依兑现二十五岁以前把自己嫁出去的承诺,现在恨不得每隔一天打一次电话。

孟轻依一想到这件事就头疼,但她也不是没法将刘洋一军,她一双鹿眼弯起,贱兮兮地问道:"我给你介绍的女朋友你们相处得怎么样了啊?"

刘洋尴尬地轻咳几声,连忙转移话题:"说正事吧,你真的要留在老师身边做学术吗?'赤云'不要了?"

"赤云"是孟轻依在学校期间就成立的心理咨询室,主要是为孤儿院的孩子做心理咨询,只是项目太小众,一直都没有被投入使用。

而她敢违背师命从北宁跑回西港,也是因为刘洋说可以让她逃离做学术的命运,现在却不知道他葫芦里卖的什么药,从她进门就开始兜圈子。

尽管心里着急,她也表现得不慌不忙,平静地说道:"师兄,别绕弯子了,直说吧。"

刘洋不再和她逗趣,直入主题:"我们院新成立了一个项目,我是负责人之一,我现在需要一名擅长儿童心理咨询的医生。"

"你缺医生也不一定非我不可吧?"

"我们这次的合作单位是西港市栀子孤儿院,不知道这么说你是不是就觉得我这儿不是苦海也不是虎口了?"

孟轻依无可争辩地扬了扬眉梢。

经刘洋这么一说,西港七院的确变成了蜜糖。

被刘洋拿捏得死死的孟轻依没有反驳的余地,尽管表现得很不情愿,但她确实没想过拒绝。

她单薄的背靠在椅背上,问道:"说吧,条件是什么?"

刘洋看着她的双眼,正色道:"安安,如果你接受我的邀请,那你将踏上的就是战场,而不是坐在办公室里陪人聊聊天这么简单。"

孟轻依与他对视着,没有再斗嘴的打算,回道:"不负所望。"

从刘洋的办公室出来后,孟轻依就去办理了入职手续。

不知道是不是出于良心发现,刘洋没让她马上进入工作模式,而是放她先去安顿好自己。

好在当初离开西港时,为了留住孟家的根基,老宅并没有被卖掉,一直都闲置着,屋子里除了灰还是灰。

孟轻依连衣服都没换,只是把头发绾起。当年被束成低丸子的冷茶色半长发两年前就被彻底换掉了,如今她换了发色,烫着大卷,原本露出的额头被轻薄的空气刘海遮挡着,长发垂在肩胛骨处,加上成熟的韵味,这样的孟轻依是美的,不过前提是干净得体。

这场大扫除,从天亮持续到了天黑,额前的发丝被汗水打湿,裙子上也是斑迹点点。

顾不上身上的狼狈,孟轻依躺在地板上,揉了揉不通气的鼻子,因为飞舞的尘埃,她不知道打了多少个喷嚏。

晚上八点一过，手机铃声按时响起，孟轻依不用想都知道是何莉的电话。她吸了吸鼻子，摁下接通键，听筒里却传来了孟未扬的声音。

"姐，你在干吗呢？才接电话。"原本稚气的孩子现在到了变声期，嗓音沉哑。

孟轻依听着都觉得难受，问："你为什么拿妈的手机给我打电话？你的手机呢？"

"没话费了，帮我交点呗。"

"孟未扬，我是你的10086吗？再说了，我上个月刚给你转了五百块钱，花完了？"她连发脾气都觉得费力，恨不得直接挂了孟未扬的电话。

孟轻依上研究生以后每个月的工资和补助不低，养活自己的同时还要偷摸地接济她弟弟。

"没有啊，那不是你给我的零花钱吗？零花钱又不是电话费。"孟未扬大言不惭道。

孟轻依无奈地叹了一口气，问道："还有事吗？一口气说完。"

孟未扬压着嗓子长长"嗯"了一声，这让孟轻依生厌，她直接挂断了电话。

耳边终于清静了，手机却还没消停。

小何尖尖：【妈说让你下回回来把她女婿带回来。】

孟安安：【她女婿哪位？在西港？我认识？】

孟轻依将手机放在胸口，仰面看着老旧的灯饰，昏暗的光照在她的睫毛上，在白皙的皮肤上投射着一片阴影。

过了一会儿，孟未扬又发来一条消息，手机的振动感引发了心脏的不适。

小何尖尖：【姐，你都回西港了，实在不行找你前男友复合吧？】

"前男友"三个字刺痛着孟轻依的眼睛和心，她倒是想找到那个人，不为复合，或许应该把分手说明白。

手机强烈而持续的振动让孟轻依的胸口发紧，屏幕上显示着刘洋的电话号码。

她抬覆在胸前，然后接通了电话。

"怎么了师兄？"

电话那端的刘洋声音焦急："安安，栀子孤儿院有孩子要轻生，需要心理疏导，你得马上过去一趟。"

孟轻依猛地从地上起身，强忍着不适，来不及换掉脏衣服，背上没有拉上拉链的背包，便冲出了家门。

暗黑的夜，灯光璀璨，西港的夜生活不如北宁那么繁华，但街上的行人与车辆在交错飞驰。

背包里探头而出的工作牌忍不住想看看热闹，不小心从包里逃了出来。

潮湿的晚风吹散了被束缚着的秀发，黑色的皮筋顺着发丝滑落在一双黑色战靴的鞋面上。

洒落着橙黄柔光的秀发拂过黑蓝色作战服的布料边缘。

男人来不及叫住这道靓丽的身影，孟轻依就跳进了一辆出租车里。

那具挺拔的身子俯下，用带有薄茧的大手将地面上被遗留下来的物品拾起，修长的小手指挑着那根皮筋。借着灯光，他看清了工作牌上的字迹：【西港七院心理科孟轻依。】

熟悉的名字让男人深邃的眸子变得幽暗，工作牌的塑料外壳与臂弯间架着的作战武器碰撞在一起发出清脆的声响，被划破长夜的警笛声盖了过去。

十几个骑警带队，写着"蓝鲛PTU"字样的黑色运兵车紧随其后，然后停在了刚刚女孩儿上车的地方。

车门拉开，车上的人喊着："择言上车！有任务！"

江择言将孟轻依的工作牌放进口袋里，长腿一迈，迅速跳入警车里。

夜色越来越浓，万家灯光的安宁中，有人在奔波。

六年前放弃了保送的江择言，凭借自己的实力考入了特警学院，在校期间各项考核训练全都是名列前茅，毕业时更是提前转正，进入了西港市刑侦大队。

西港很多人都知道江择言是谁，这份职业，想要人人佩服你，就不需要其他刻意的证明，而是要用真正的实力。

这一点，江择言比谁都清楚，他也真的做出了该有的成绩。

曾经为了侦破一起拐卖妇女案，他跟队蹲守在深山里，风餐露宿半个月，最后案子侦破了的同时，抓获了我市最大的拐卖人口团伙。

他也算是吃尽了苦头。

可是当警察不只是吃苦那么简单，他们要与生死搏斗，生死线于普通人来说无形而遥远，而江择言与那条线擦肩而过无数次。

二十二岁，他就拿到集体二等功；二十四岁，拿到了个人一等功。工作两年，他让所有人记住了，他是警察江择言，而不再是西港江家的独孙。

年初蓝鲛PTU从全市治安、刑侦等警种部门抽调过硬的业务骨干，江择言未被选中，但他没有放弃，从特警到刑警再到特警，他一直都没有改变过自己的职业追求，一直将与生俱来的使命扛在肩上。

蓝鲛PTU全称是西港市蓝鲛机动队，成立于2013年，是一支集交警、特警、消防、武警四个不同警种于一体的特殊机动队，分布于西港市的各个角落。

江择言是经过了三个多月的训练，通过了层层考核才成为蓝鲛机动队的一员。

蓝鲛机动队不同于公安系统其他警种，里面的成员不但要接受实战培训，晋升的体能门槛更为严格，是一支反应快速，能承担各种类型警务工作需要的队伍。

这里日常实行二十四小时勤务值守，按照就近就地、联勤联动、快速反应、服务实战原则，以三千米为辐射半径、三分钟能够临场的基本标准，开展对密集区域的武装巡逻防控工作。

江择言目前负责的是启航中学附近的辖区，今天正巧是他值班。

警车飞驰，穿梭在城市的车海里，密闭的车厢里，一个清冷的声音响起："什么情况？"

因为时间紧、任务重，所有人在执勤任务前必须在最短的时间内掌握最全面的情况。

王策根据指挥部发来的信息，传达道："吴月香，女，十八岁，毕业于启航中学，现居住于栀子孤儿院。"

江择言正在整理装备的手突然一顿，问："栀子孤儿院？她与何花什么关系？"

"朋友。"王策如实回答着。

车内的人同时倒吸一口气。

何花是几天前蓝鲛机动队接到群众报警后在附近河边打捞上的一具女尸，十八岁，事发前无外伤，也未受到侵犯，在孤儿院没有被孤立和霸凌的情况。警方经过走访和调查，并未发现异常，最后判定为意外身亡。

孤儿院的院长刘芳说，何花去世后，吴月香的情绪就很不稳定，所以最近都会安排人陪在吴月香身边。只是在今晚交班时，换班的护工去接了一个电话，吴月香就趁机跑了出去。

"除了何花的事，她受过其他什么刺激了吗？"王志豪问道。

王策摇了摇头，说："吴月香长相漂亮，性格活泼开朗，在学校里和孤儿院里都是受人喜欢的女孩，而且她成绩非常好，不出意外的话，九月份就可以上大学了。"

王志豪十分不解，思忖了一会儿，感叹道："看来何花的意外身亡对她的打击不小啊！"

众人点头表示赞同。

坐在角落里的江择言没有出声也没有点头，过了几秒，他问旁边年长一点的同事："洋哥，栀子孤儿院以前是不是也有过何花这样的案例？"

张海洋和江择言一样来自刑侦支队，已经是十几年的老刑警了。他沉默了一会儿，说："有，十二年前，当事人与何花年纪差不多，但是……"

张海洋的话还没说完，他们就已经到达了现场。

不到三分钟，情况了解完毕，蓝鲛机动队的警员疏散群众的同

时拉起警戒线。

栀子孤儿院是西港市近二十年来比较有名的一家私立慈善机构，一栋白墙红瓦的房子，一株株茁壮的苍松整齐地排列在院子周围。

如此有年代感的建筑与周围现代化的高楼林立相比，显得那么格格不入。

并不是孤儿院本身特立独行，而是它原本的样貌就是这般。

栀子孤儿院的前身是西港市的某个教会，后来教会因为城市再规划搬到了较为僻静的地区。市政部门本来想把这栋楼作为慈善总会，但因为种种原因没能实现，然后荒废了好久，直到十几年前才成立了现在的栀子孤儿院。

它是西港市比较特殊的孤儿院，院里的条件和设施都是数一数二的高标准，这里的孩子大都可以受到资助，并可以到学校接受正规的教育。

旁边百货大楼的 LED 灯光是这个城市璀璨的原因之一，孤儿院的光线也是夺目耀眼，光与光的交汇处，穿着黑裙的女孩子背对院落站在楼体的边缘，只要后退一步，她的后脑就会准确无误地与地面发生碰撞。

蓝鲛机动队的一部分警员沿着庭院边缘向主楼靠近，一部分留在院外疏散人群和维持道路交通，还有一部分配合着护工将院内的孩子们转移到安全的地方。

孟轻依到达栀子孤儿院门口的时候，蓝鲛机动队警车的警示灯闪烁不停，她拼了命地挤入密密麻麻的人群，抬头看向远处的楼顶。

吴月香的黑裙在晚风中飞扬，她如黑夜里孤独的夜莺，只是一个背影就透露出了凄凉和绝望。

孟轻依急着冲进院子里，来不及注意到警戒线。

王志豪刚刚好不容易才让一大群难以控制的大妈平静下来，西港妇女带着浓烈口音的大嗓门吵得他的脑仁都发疼，这下又冒出一个神情慌乱的女孩，他难掩愠色，提醒道："警戒线看不见吗？怎么还要冲进来？年纪轻轻的怎么这么爱凑热闹？"

孟轻依退后一步，语气里难掩焦灼："对不起，警官，我是西港七院的心理医生，我叫孟轻依，里面的那孩子是我的病人，麻烦您让我赶紧进去好不好？"

王志豪并没有怀疑她，只是按照规定向她要证件。

孟轻依连忙翻找着自己的背包，嘴里一直念叨："证件，证件……"可是将背包翻了个底朝天也没找到自己的工作证。

她急得眼圈泛红，突然，听到了一个熟悉又富有磁性的嗓音："让她进来！她是来救人的！"

王志豪被江择言难有的失态吓到了，见那深邃的眸子里满是戾气，他连忙抬起警戒线把人放了进去。

孟轻依来不及和对方道谢，跑到院子中央时又被拦了下来。

一只粗糙的手掌一把抓住了她的手腕，她那加快跳动的脉搏正在疯狂地敲打着对方的指尖。

战术头盔将男人的眉宇遮盖住，孟轻依看不清他的面容，四目相对时，她才知道他是江择言。

那双眼睛里闪烁着坚定的光芒，但又带着一种难以言喻的情感，如多年前那双充满故事的眼睛一般，仿佛有很多事情要说，但又不知道该从何说起。

江择言低头看了一眼孟轻依，没有和她寒暄，直接交代情况："吴月香现在情绪很激动，楼顶的门被她锁上了，人也上不去。我们现在不敢贸然行动，她掉下来就是一瞬间的事，充气垫还没有准备完毕，你试着安抚她的情绪，帮我们争取一点时间。"

他的话音刚落，人群里传来惊呼声："她要跳了！"

两个人同时向楼顶看去。

吴月香张开了手臂，她的脊背单薄无比，悬在空中像羽丝。她抬起头看着天空，像是在告别，也如同在问候。

下一个瞬间，裙摆随着风向天空的方向飘扬。

孟轻依一把推开了江择言。

下坠的吴月香绝望地闭上眼睛，准备坠入深渊，下一秒，她却被一片云托起。

这世界的嘈杂声没有散去，似乎更加喧嚣了。

孟轻依上初中前的每个周末，何莉和孟志东都会带她到福利机构参加活动。何莉读绘本，孟志东教画画，孟轻依就混在一群孩子里和大家一起玩耍。

十五年前，栀子孤儿院成立后不久，孟志东故友的女儿被送到了这里。以后的几年，孟家三口一直都频繁出入此处，直到孟未扬出生。

让孟轻依印象深刻的是，栀子孤儿院比她去过的任何一家福利机构条件都优越，还有这里每年夏季开满整个庭院的纯洁白花。

坐在院子中央，可以让白花瓣落在裙子上。

充气垫上的吴月香抖得厉害，孟轻依蹲在她的面前帮她理着额前的碎发，安抚着慌乱的她。

这时，一朵白色的栀子花落在黑裙上，十分显眼。

孟轻依轻柔地将花拾起，拉过吴月香的手。细嫩的两只手，掌心相对，掌纹里渗透着香气。

"属于你的花，她会永远陪着你的，或许只是换了一种方式。"温和轻柔的嗓音伴着夏夜的晚风，好听又让人安心。

站在不远处的江择言很难从孟轻依的背影上移开视线，如果不是充气垫恰时准备完毕，她就会成为吴月香身下的肉垫。

当她用尽全力推开他时，她眼底那份孤注一掷的坚定，让他恨得牙痒痒。

江择言咬着后槽牙时，王志豪过来拍了拍他的肩，说："走了，该回去巡逻了。"

"咱俩先回去？"

"嗯，策哥他们几个留下来善后。"

江择言的目光又落在那抹身影上，随后转身离开。

直到警笛声响起，孟轻依才回过头，看着那个她日思夜想的人，尽管只是个背影。

原来不联系的时间里，他终于还是变成了他最想成为的模样。

这些年，孟轻依和萧雨一直有联系。高考结束后，她就和何婷重归于好了，两个人虽然不怎么见面，但感情却只增不减，平日里偶尔视频联络。

每年孟志东的忌日她都会回来一次，然后去江家看一眼二老，再从西港飞回北宁。

两年前何婷和郎昆结婚时，孟轻依提前几天从北宁飞回了西港给两个人帮忙，最后还当了伴娘。

只是她的生活里，江择言的参与感越来越弱，弱到孟轻依以为她可以把他忘记。可是回忆和习惯一样可怕，二十八天可以养成一个习惯，但短短几年真的不足以忘掉一个人。

从栀子孤儿院回去的路上，只有王志豪和江择言坐在车里，两个人靠在座椅上闭目养神。

王志豪只要一闭眼，就是江择言为了那个女心理医生苛责自己时要吃人的神情。

他突然燃起了八卦之心，轻咳一声，试探地问道："你和那个女医生认识？"

江择言缓缓睁开眼，低声回应："嗯。"

"前女友？"

闻言，江择言侧头看着王志豪，眼神变得阴暗，染了一抹不悦，吓得王志豪连忙解释："我没别的意思啊，我只是觉得你俩般配。"

般配？

这两个字让江择言的眉头皱得更深。

他实在是不懂，为什么所有人在见过孟轻依以后都会认为他们般配，他以前没问过别人这个问题，但他真的很好奇。

"你为什么会觉得我俩般配？"

王志豪哑然，这个问题真的有些突然，他挠了挠头，支支吾吾地说道："就是看着就般配，那姑娘虽然今天有些狼狈，但看着温婉又大气，正配言哥你这……种气质。"

"不正经"三个字被王志豪吞回了肚子里，但如果他说完没尴笑那么几声，江择言真的会相信他的鬼话。

江择言重新闭上眼睛，孟轻依橘色的长发、慌乱的神情、白色的吊带长裙和裙下曼妙的腰身，此刻在他脑子里转来转去。

左手的四指握紧，小手指抵在膝盖骨上，如钢针一般定在那里。

三天后，清晨七点，江择言从床上起身，简单洗漱后，出门晨跑。

蓝鲛机动队的工作安排是值班、背班、训练、休息，四天一循环。

两年前他从警院毕业，江家二老就把他从江家大院赶了出去。并不是他的工作性质影响二老的生活，而是老人家希望他赶紧成家。

于是他就住到了启航中学附近，他爷爷几年前就给他备好的婚房里。

江择言对待感情还是小时候那种漫不经心的态度，每次他执勤巡逻时，王策和王志豪都会笑他长了尾巴——他的身后不乏对他崇拜追随的小女生。

现在的江择言更帅了，还是以往的剑眉，海一样深邃的眼睛，英挺的鼻子，依旧是标准而符合美学比例的中庭，只是过了这么多年，五官更加立体，多了成熟男人的魅力。

这样的一张帅脸，再加上肩宽腿长的高挑身材，确实很难让女生不想追随。

孟轻依从楼道里走出来时，正巧碰到一个女人扭动着水蛇般的腰线，对着长椅卖弄身姿，娇媚的声音像小猫一样撩拨人心："帅哥看着眼熟，咱们是不是在哪里见过啊？"

孟轻依看不到被调戏人的脸，只能看到对方修长的四肢和健康的肤色，她特意停下了脚步，想听听这个艳遇的进展。

然后她就听见了男人带着倦怠又慵懒的嗓音响起："我对你没兴趣，我喜欢那样的。"那搭在长椅靠背上的手臂没有动，只有左手的小手指随意一指，不偏不倚，正是孟轻依所在的位置。

搭讪女扭头看向怔在原地的孟轻依——巴掌脸，圆鼻头，细眉薄唇，那双灵动的小鹿眼画着一条眼线，被刷过的睫毛卷翘，妆容简单干净，只有那张唇艳了点。

长发被梳成低马尾垂在脑后,白色吊带,搭配黑色收腰开衩背带裙,带着那么一丝小性感。

和她不是一个类型不说,眼前的一男一女像穿着情侣装,一看就很般配。

懒得自讨没趣,女人扭动着腰潇洒离去。

原本被女人遮挡住的江择言在孟轻依面前露出了全貌。

白色的短袖,黑色短裤,最简单也是他最喜欢的穿衣风格,让他在多年以后还有遮盖不住的傲然和清冷感。

她的视线在他身上游走,他的头发更短了,显得侧颜棱角越发分明。

两道视线相撞,他挑了挑左边的眉梢,眸子里露出少有的玩味。

这样的江择言是孟轻依不曾见过的,桀骜又肆意。

孟轻依的心脏已经开始超负荷运转了,眼看就要爆炸之际,她抬腿就要跑,却被一声似冰的呵令定在原地。

江择言突然从长椅上起身,瞬间靠近,一把抓住她纤细的手腕,悄悄用力把她带到身前。

两个人之间的距离瞬间小于十五厘米。

七月昼长夜短,不知是谁家在大早上就起了炉灶,带水的食材进入滚烫的热油里,水汽拼了命地想逃离,最后变成了遮挡不住的香气。

孟轻依下意识地吞咽了一下。

江择言看着她轻笑出声,然后松开了她的手,将左手背后,眼神幽暗地看着她。

他不得不承认孟轻依真的和几年前不一样了,就像王志豪说的,她就算狼狈也挡不住温婉,打扮后还多了一分媚。

而这份媚不是来源于成熟后身材的变化,而是因为她的头发,如打翻了的夕阳,泼了水彩,耀眼明丽。

江择言嘴角上扬的角度更加肆意,那张性感的嘴唇如多年前一样,说着最为漫不经心的话语:"我是不是在哪儿见过你?"

他以为她会再逃一次，没想到她扬起下巴，双眸泛光地看着他，目光游走在他削利的下颔间，粲然一笑，肆无忌惮地说道："如果你想和搭讪我的话，那我会告诉你……

"在、梦、里。"

最后三个字，她说得一字一顿。

江择言闻言刹时低下头，死死地盯着她的眼睛，近乎咬牙切齿般地质问道："你说什么？"他的目光深不见底，周身却散着灼人的热气。

他与她没有任何肢体接触，只是他的气息都让她受不住，他明目张胆地打量便让她不由自主地战栗。

她以为她敢与他直视，可是当他开口的那一刻，她就似不甘地颔首垂眸，心跳如鼓。

原来过了这么多年，只要是江择言，就还是能轻易让她乱了阵脚。

他们就这样相对而立，仿佛过了很久，其实也只有几十秒，呼吸声在她听来都变得刺耳。

良久后，她长吐一口气，晃了晃马尾，扬起笑脸，眯眼说道："别来无恙啊，江择言。"

俗话说伸手不打笑脸人，孟轻依笑盈盈的表情，实在无法让人下手，但江择言似乎不太吃她这一套，自问自话："知道我的电话号码吗？"

孟轻依皱了皱眉头，觉得他的话莫名其妙，随后目光下垂，摇着头。

他凑近她的耳边，说出那串尾号为"3663"的号码，然后拿着她之前掉落的工作牌在她眼前晃了晃，傲娇地说道："你觉得我还需要搭讪你吗？女、朋、友！"

最后三个字，他说得咬牙切齿。

孟轻依轻笑道："还是需要的。"她轻松地将他手中的工作牌夺回，脸上露出少有的漫不经心，"我们已经分开了，你忘了吗？"

江择言的手臂悬在半空,炎炎夏日,他却如同置于冰窖。他确实忘了,眼前的女孩早就已经不属于他了。

她是真的生他的气了。

第五章 记忆中熟悉的味道

孟轻依和江择言再次有交集是在分别的八个月以后,意料之外的重逢。

九月,夏季还没有完全过去,骄阳当空悬挂,天高云淡,炎热还没有说散就散,清晨的光虽然不灼热,但是晃眼。

北宁师范学院又迎来了一批新鲜血液,进而重新焕发了生机,以往只有夜晚才有人聚集的操场,如今在白日里也热热闹闹的。

新生在完成报到以后的第一任务是军训,以往师院都是从警院请教官到学校训练大家半个月,可是今年学校别出心裁,选一部分新生到北宁警院体验生活,也就是经历真正的军训。

被选中的"幸运儿"们就是孟轻依所在的心理学部。

师院心理学部的女孩比较多,开学当天大部分同学刚刚扛着大包小裹,舟车劳顿地赶来学校,还没从离家的伤感中缓解,第二天就又要坐大巴赶四十多千米的路。

学校安排一个班级坐一辆车,说是为了方便大家彼此沟通,加深理解外,也为了让大家尽量舒适一点。

车上司机放着 DJ 舞曲,吵得人无法安静休息,车技也是飘逸洒脱,没一会儿,车里就响起此起彼伏的呕吐声。

孟轻依在出发前吃了晕车药,并没有不舒服,此时周围除了一个叫王雪的短发小姑娘,其余的女孩胆汁都要吐出来了。

"等会儿!等会儿!换个袋!"

"欸!祖宗,你看着点,要吐我身上了!"

王雪一个人手忙脚乱地照顾着大家,实在忙不过来,有些急躁。

被她照顾的几个女生本来身体就不舒服,被她的大嗓门吵得有些不悦:"你能不能有点耐心?看看人家孟轻依,对待病人要像春风一样温暖,没听说过吗?"

王雪侧头看着孟轻依,冷茶色的头发梳成高马尾,散落的碎发被汗水打湿,贴在脖颈上,吊带裙上沾染了秽物。尽管如此,她还是一脸温和,声音细柔地安慰着左边的女孩,纤细的手臂有节奏地顺着右边女孩的后背,灵动的眼神还在观察着前方同学的动态。

然后她们四目相对,孟轻依抬头冲王雪笑了笑,把身后的水瓶递给对方,打趣道:"歇一会儿吧,辛苦了。"

王雪真的觉得孟轻依瘦弱的脊背有一对翅膀在挥动着,她真切地体会到了什么叫如沐春风。如果可以,她也想加入呕吐大军中。

被孟轻依安抚好的女孩无力地靠在椅背上,虚弱至极,但还不忘夸奖照顾她的天使:"孟轻依,你让我感受到了母爱,看到你,我突然好想我妈啊。"

"别说了,晕车已经够难受了,别再激发思乡之情了。"另一个同样好了一点的女孩说着。

孟轻依微微一笑,把口袋里的薄荷糖分给周围的女孩。

众人把糖塞进嘴里后,觉得舒坦多了。

车厢里安静了下来,连司机都不听舞曲开始专心驾驶了。

兵荒马乱的车内终于变得安宁,忙碌了一路的两个女孩也终于可以卸下重任。

王雪看了一圈,见吃了糖的人都睡了过去,便问道:"薄荷糖能缓解晕车吗?"

孟轻依思考一秒,答着:"不能吧,但是能遮口气。"

她的冷幽默匹配了王雪的交友触角,两个女孩越聊越投缘,即使不聊诗词歌赋、人生哲学,就凭吐槽北方的冬天就可以产生强烈

的共鸣。

后来两人的共同话题越来越多，友谊就在到达警院前的四十分钟里建立起来。

北宁警院，操场上除了在军训的新生，还有操练的学生，绿荫上，他们的动作划一，口号洪亮。

近百个靓丽的身影出现在阳气如此旺盛的场地时，操练和站军姿的人没有受到任何影响，反而是少女的惊呼声不断，少有的男生都被同性的气浪震慑住了。

王雪都忍不住感叹："我们学校所有的雄性加起来都没有这么多吧？"

孟轻依失笑，她本以为王雪也会为了兵哥哥的英姿飒爽发出称赞，没想到是无法反驳的吐槽。

彼时操场上操练的高年级学生解散，被汗水打湿的军绿色身影三三两两结伴而行，漠不关心的姿态还是变成了好奇的打量。

周围女孩子叽叽喳喳的声音更加刺耳，王雪露出嫌弃的神情，她觉得不至于表现得如此娇嗔。

"你就说她们这群浮夸精，怎么能入得了这些正直男儿的法眼？"王雪啧啧几声，顺便打量着孟轻依，"他们肯定更喜欢你这个类型的啊，你和他们当中的大部分人站在一起看着就很般配。"

王雪通过对孟轻依短暂的了解就把她看得通透——性格温和，不张扬，待人也是真诚，但不掏心掏肺，保持恰到好处的礼貌和亲和，文静的外表加上阳光的性格，很难不让人喜欢。

在王雪看来，孟轻依是美的，不是艳俗打眼那种，落在她们学校这种美女如云的地方确实不出众，但还是好看的，是部分男生会喜欢的类型。

她是真的认为孟轻依和坚毅阳刚的汉子很搭。

孟轻依蹙眉淡笑，王雪的话让她无法应承，这种夸奖的话还是会让人不好意思。

只是听到王雪口中的"般配"时，她忍不住会想到记忆中那个清冷又英气的少年，也不知道他过得好不好，是不是和这警院里的新生一样,正接受着严格的训练和考核。

人群靠近,她收回了思绪,打趣道:"咱俩看着也配,我跟着你得了。"

王雪一口答应:"说好了,你可别后悔。"

孟轻依笑得更粲然。

十八岁的女孩,美得不刺眼,是清新脱俗的艳丽,这样的女孩是吸引人的,只可远观不可亵玩。

孟轻依这样清纯阳光又有气质的女孩更让人感兴趣。

一个男生盯着孟轻依看了好久,久到他旁边的同伴都被他灼热的目光燎到了,同伴忍不住问:"兄弟,你看上哪个了?"

"穿黄色吊带裙那个。"男生下巴扬起,指着孟轻依的方向。

同伴也注意到了他口中的女孩,身材高挑,四肢修长,一看就是北方女孩的体态,只是给人的感觉是温温柔柔的恬静,笑时鹿眼眯起,甜美又有亲和力。

"眼光不错。"同伴认可后又追问,"追?"

男生收回目光,神情自若地说:"观察观察,着什么急?"

警院虽然女生少,但也还是有美女和值得追求的女孩的,新生中就有几个不错的,只是经过半个月的观察,很多人都得知那些小女孩部分已经心有所属了。

毕竟这里更不缺乏惹眼的男孩儿。

师院的学生还在津津有味地看着热闹,还没能完全一饱眼福,所有的喧闹声在严厉的命令下戛然而止。

严肃的教官站在队伍前,用洪亮而铿锵有力的嗓音宣告着严格的要求和纪律:"欢迎师院的学生来到特警学院体验军训生活,在接下来的十天里,除了训练内容,各位和所有警院的学生一样,严格遵守作息时间,听从教官命令与安排,训练要认真,态度要端正,不允许无故缺席,迟到早退。大家的表现情况我们会如实记录并反馈给学校,作为你们操行评定考核的参考之一,希望大家在这里能度过有意义且难忘的军训生活。"

断断续续的掌声里,嘀嘀咕咕的交头接耳声夹杂其中,最后都

被一道锋利的眼神压制下去。

"下面请大家到各自的宿舍换好服装,女孩子的妆全部卸掉,所有人的饰品暂时没收,手机上交统一保管,十分钟后集合,解散!"

尽管前路未知,但十分钟就意味着要争分夺秒,一群人一哄而散,毫无秩序而言,冲向宿舍楼。

经过一番整顿,五彩斑斓的靓丽身影最终都变成了茫茫的迷彩海,有的女孩脸上挂着水珠,甚至还有眼眶乌青的,但大家都是素面朝天的装扮。

头顶的太阳开始发威,气温也开始升高,蝉都不愿意叫了。隔壁的方阵开始休息,而师院新生的考验才刚刚开始。

"下面,进行军训的第一项,站军姿。"教官一声"站军姿"的口令下,标志着军训正式拉开了帷幕。

大学新生并不是第一次参加军训,当然知道站军姿就是磨心志、费体力、耗耐心的,起码孟轻依是这样理解的。

"下面让大家看一下标准的军姿。"教官犀利的目光游走在隔壁的方阵里,最后借来了一个优秀的标兵。

孟轻依凭借身高优势可以清楚地看到标兵的样貌,而且比任何人看得都细致入微。

男孩从队伍边缘打头的位置迅速起身,腰背挺拔地小跑而来,侧脸棱角分明,骨感深刻又透着冷峻。

他站定后,正面示人,军绿色的帽子遮不住他眉目的犀利,高鼻薄唇、英气十足的同时也有种自带的孤独感和距离感。

周围是女生压低嗓子的议论声,蒸腾的热气更加袭人,孟轻依有种恍如隔世的无措感,悬垂在她鼻尖上的晶莹汗水在重力的作用下失控坠落。

那双写满震惊的水汪汪鹿眼最后撞进了那游走的深邃眸子里,男孩轻佻一笑,若无其事地收回了视线,没有在她身上再多停留半分。

此刻的她如同被突如其来的波浪卷入了波澜壮阔的海面,无助又激荡。

那是她曾关注过的男孩啊，命运还算慷慨，在短时间里，让他们再次遇见，尽管是以陌生人的身份。

午间休息，孟轻依躺在上铺假寐。她下铺的王雪睡到打鼾，想来是来的路上照顾别人就很不容易，然后军训又站了一上午，确实是疲惫不堪。

警院的宿舍是八个人一间屋子，孟轻依的宿舍在一楼，此刻除了孟轻依和王雪安静无声，其余的女孩子好像忘了早上自己的窘态，毫无睡意叽叽喳喳说个不停，而她们话题的中心毫无意外是江择言。

在大巴上吐得最凶的女孩，此时双眼放光地低声道："你们说怎么会有人长得那么正，还那么帅？"

她对面的女孩也兴致勃勃地附和道："因为正才帅吧，我打听了一下，他叫江择言，是武警北阳指挥学院的。"

"北阳的？那他怎么会在这里啊？"

"好像是因为他们学校要调整组建，今年的新生军训就被安排在了这儿。"

"啊，那他为啥不报北宁的学院啊？"

"他是西港人，北阳离西港近啊。"

"西港？孟轻依是不是也是西港人啊？"

"好像是。"

她们交谈用的近乎是气声，熟睡的王雪没有受到任何打扰，孟轻依却听得一清二楚。

其实她知道江择言考到了北阳，从何婷那里听说的，当时听到的时候她留心过。如果之前不知道这回事，此时突然在这里看到他，她也会很惊讶。

这个世界有时候就是这么奇妙，本在同一省份都见不到的人，却在异地相遇了，明明北阳到北宁的距离比西港到南锦的距离远多了。

脑子里的回忆在打架，从初见那个少年的阴天回忆到了被捐出的那幅画。迷迷糊糊间，她对抗不了困意，慢慢进入了梦乡。

彼时男生宿舍，江择言也正躺在床上休息，他将双臂枕在头下，目光炯然地盯着上铺的床板，木头的纹理都快被他看穿了。

同宿舍的同学知道他没有午睡的习惯，所以没有睡意时都会和他闲聊几句助眠。

今天睡不着的人格外多了些，屋子里变得热闹，一人一句，大家讨论的话题也是围绕着师院的女孩。

"你们说咱们和师院是不是两个极端，咱们学校阳盛，他们学校阴旺，中和一下是不是刚刚好？我们这儿俊俏的男生不少，人家那儿好看的女孩也多。"

"好看有啥用？也就是能让咱们好好看看。"

众人失笑。

无法否认，警院人人都知道，很少有女孩愿意和警院生谈恋爱。毕竟和他们在一起就意味着不能常联系，不能常见面，在一个城市就是近距离异地恋，不在一个城市就是真正的异地恋。

在这个人人都怕孤单，想要有个人撑伞的时代里，哪有人喜欢一个人看爱情电影？

所有人都希望得到自己另一半时时刻刻的陪伴，所以警院里有太多的人都在吃着远距离恋爱的苦，可是能熬到最后真的是少数。

大家讨论的声音此起彼伏，只有江择言一言不发。

迟冉抬腿踹了踹他的床头，问道："择少，怎么了？您还是啥恋都不恋呢？"

起哄声四起，大家的话题中心终于变成了无法被忽视的江择言。

从开学那天起，大家就见识到了江择言的魅力。他身边的追求者就没断过，有想和他形影不离的，更不缺愿意为了他独守空房的，甚至有人为了接近他要和他做朋友的。可无论哪种女生，他都拒之门外。

除此之外，江择言还有一套自己的理论——

在爷爷那个年代，大炮都拆不散两个人，异地恋算什么？爸爸那个年代离婚率只增不涨，时时刻刻在一起又有什么用？管他什么恋,长久最重要。

放在平时,对于大家的哄闹和调侃,他都是一笑了之或者置之不理,难得他今天和大家打趣:"我可能要谈一场黄昏恋了。"

他说得漫不经心,像是在开玩笑,室友都以为他的意思是要孤独到老再找个小老太太相互依靠,却不知此"黄昏"非彼"黄昏"。

有的爱会出现在日落黄昏时。

那个喜欢日落的女孩,再见时比所有人都出众惹眼。

江择言知道孟轻依考到了北宁师范学院,如愿以偿读了她喜欢的心理学专业,他也提前知道了师院心理学部会来这里军训,所以在看到她时他才没有惊讶。

只是这半年里,他一直都想不通他和孟轻依之间的问题到底出在哪里,她不是喜欢他的吗?

孟轻依只睡了一会儿午觉就被集合号唤醒了,她费劲地从床上爬起来时,并不柔软舒适的床铺让她留恋不已。

走在路上,她整个人都是恍惚的,身边的王雪就算熟睡了一中午也还是困倦。

她俩手挽手打着哈欠,突然,孟轻依的另一边多了一股冲击力和浓烈的香气,是她的室友,也就是中午讨论江择言最激烈的林雨晴。

"孟轻依,我问你件事?"林雨晴拉着她的手问道。

孟轻依其实知道对方想问什么,毕竟中午的茶话会,她是隐蔽的旁听者。

想到躲也躲不掉,最后也是无法拒绝,于是她抿了抿嘴唇,点着头回应道:"嗯,你问吧。"

王雪奋拉着眼皮,实在提不起兴致,却还是竖起了耳朵,果然女人都是爱八卦的。

林雨晴神秘兮兮的,笑着问道:"你有男朋友吗?"

"啊?"孟轻依和王雪异口同声,都觉得很惊讶。

王雪是好奇,孟轻依是真的诧异,她以为林雨晴是想问她关于

江择言的问题，实在没有料到问题的中心会是自己，而且还是这么私密的问题。

林雨晴对于两个人如此强烈的反应也有些不知所措："咋的了？我问的问题有问题？"

孟轻依和王雪同时摇头。

孟轻依一时不知道如何回答。王雪瞬间清醒，小眼睛瞪得溜圆，反问道："你问轻依有没有男朋友干什么？"

林雨晴环顾四周，悄悄戳了戳孟轻依的手臂，然后指了指远处，小声说："岳清风让我问的。"

孟轻依和王雪同时抬头，看向对伍前列的男生对伍里。一个正看向她们的瘦高黝黑的男生露出一口白牙，不好意思地笑着。

王雪顿时觉得这纯情少年太过于搞笑。孟轻依倒是面无表情，牵强地扯了扯嘴角。

岳清风和孟轻依不是一个班级的，孟轻依对他都没有什么印象，所以觉得林雨晴的话有些莫名其妙。

但是她只能装傻，含混道："集合了。"

林雨晴撇了撇嘴，但最后还是暂时放过了她，步履轻松地跑到岳清风身边。

岳清风的目光还停留在孟轻依和王雪的方向，也不知道他的高中同学林雨晴说了什么。

孟轻依只是无意看了他一眼，倒是王雪，总是眯着眼睛，有意无意地向他看去。

岳清风黝黑的脸上快要藏不住红晕，心想，这个女孩真大胆，能正大光明地看一个男生，像是审视和探究。

在教官的哨音下，下午的军训又开始了。

午后太阳火辣的程度堪比沸腾的油锅，在这样的温度下站军姿，就如同被炸的鱼，除了未完全断裂的神经末梢可以微微挣扎一下，就只能无能为力地接受着折磨。

刚刚午休时兴高采烈聊八卦的少女们，大多变成了"林黛玉"。

王雪中午睡得极好，此时除了热，她没有感到不适。毕竟是个女汉子，不会那么娇滴滴。

不少娇弱的女孩都受不住高温，一个又一个倒了下去，发出闷闷的碰撞声，听着都疼。

她抬头就注意到了站在前面的孟轻依。

瘦弱的小身板在烈日的炙烤下晃动得越来越明显，似秋末摇摇欲坠的树叶，强撑着最后一丝生机。

趁着教官把晕倒的同学带到树荫下的时候，她压着嗓子喊："轻依，你是不是不舒服？你要晕倒就往后倒啊，我托着你。"

孟轻依听到了王雪的声音，她确实有些中暑，中午没有睡好让她在如此高温下吃不消，但是她不想倒下。

师院的方阵和警院的队伍是交替休息的，不少警院的男生都加入了搬运晕倒女生的大军里。如果此时她晕倒了，可能就会被江择言看到，她不想用这种方式引起他的注意。

她的手指都在抖动，即使用尽全身力气，她都无法做到完全握紧手掌。人在神志不清时，嗅觉好像会变得异常敏锐，九月的桂花香还在飘散，又浓又腻。

孟轻依真的有些撑不住了，想喊一声王雪，但她还没能发出声音，鼻子闻到了熟悉的皂香味。

江择言靠近孟轻依的那一刻，她便侧身跌进了他的怀中，她坚硬的头骨磕在他的锁骨上，不偏不倚。

刚刚江择言坐在方阵的角落里，透过人群的缝隙可以看到孟轻依的一举一动。孟轻依是个很讨厌汗水的人，每每汗水悬挂在她鼻尖的时，她都会噘起唇将其吹落，所以当她的脸颊上都是汗水却无暇顾及时，他就知道她不舒服了，于是在她晕倒前冲到了她的身边。

那张白皙水润的小脸苍白，他抬手将她的帽檐压下，半遮挡住她的脸颊，手臂揽过她的腿弯，没有选择公主抱，而是在王雪的帮助下将她背了起来。

中暑的人中也不乏男生，孟轻依就算晕倒也没有人觉得意外，只是女孩子们多少会羡慕她是被江择言背到阴凉处的。

孟轻依的手臂笔直地垂在他的胸前，温热的鼻息毫无规律地穿透他的迷彩服，传递到他肩颈的皮肤上。

江择言慢慢地将她放在树荫下，蹲伏着转过身子，让她靠在树干上，不会倾倒。

师院的方阵解散了，警院方阵重新集合。

江择言抬起手，食指在孟轻依的帽檐轻弹一下，无奈地笑叹一声后，迅速回到队伍里。

他走后，王雪拿着一瓶冰水急急忙忙地推开人群，跑到孟轻依身边，岳清风比她晚了一步。

王雪看到周围同样虚弱的同学们都是有气无力、眼睛微眯的，只有孟轻依的双眼死死地合上，不由得脸上写满了焦急，语气也急促："轻依，你醒醒，你要不要紧？你别吓我啊。"

岳清风在一旁纠结半天，最后还是靠近过来，问："她是晕过去了吗？用不用报告教官送她去医务室啊？"

岳清风说着话，看到王雪往嘴里灌了一大口凉水，手上比画着让他把孟轻依的帽子移开，她要就地采取行动。

岳清风有些迟疑地说："这样能行？你轻点喷，别喷我脸上啊。"他一只手把着孟轻依的帽子，身子躲远，还特意将头转过去，生怕王雪把水溅到他脸上。

可就在这时，原本垂在地面上的那只纤纤玉手抬起，精准地捏住了王雪蓄势鼓起的腮，手腕带动着她的下巴，在力量泄出前改变了水的喷射路径。

于是喷洒出的水就一滴不落地全部落在了岳清风的侧脸和身上，尽管如此，"肇事者"和"从犯"都没有心思顾及他。

王雪连忙把残留在口腔里的水咽了下去，凑近孟轻依，问道："轻依，你醒了啊？没事吧？你可吓死我了！"

"醒了，但差点被你淹死。"孟轻依的眼睛没有睁开，嘴唇轻启，身体一动不动，如果不发出声音，很难让人觉得她是清醒的。

事实上，孟轻依一直都是清醒的，当她跌进江择言怀里时，虽然心里是抗拒的，但身体却很诚实，她实在没有力气挣脱他给予的依托感。

她趴伏在他后背上时,头脑发晕,全身僵硬,他身上的清香充斥着她的鼻腔。

庆幸的是,江择言把她送到阴凉处片刻后就离开了。无奈的是,当他弹她的帽檐时,她就知道他一直都清楚她是清醒的。

明明上午刚刚碰面时,从眼神里都流露着疏远的人,却在她无助的时候,站在了她的身边。

这样的他,让她无法应对,也不知如何面对,然而暗藏在心底的情愫正在不着痕迹地随着热气逐渐蒸发而出,控制不住。

岳清风尴尬地怔在原地很久,潮湿感越来越明显,让人难忍。

王雪还在一直柔声细语地安抚孟轻依,忽略了他的存在。

"王雪,你是不是该和我说点什么?"岳清风说得咬牙切齿。

王雪转过头瞥了他一眼,目光在他的脸上停留了一秒,蹙起眉头,不耐烦地抬手将他脸上的水渍一通乱擦抹个干净,嘴里还嘟囔着:"一个大老爷们儿,怎么那么多事?"

岳清风有苦说不出,只能任凭王雪揉搓着他的脸颊。

孟轻依睁开眼睛时,眼前的两个人还在吵闹"逗"嘴,让她想起了何婷和郎昆那对欢喜冤家。那一刻她好像明白了为什么有的故事里配角先登场。

再次集合时,大部分人都重新回到了队伍里,没过多久,晚饭时间就到了。

所有人都在食堂里坐好,听候教官发令。

孟轻依的腰背挺得笔直,看似全神贯注的样子。王雪以为她是饿了着急吃饭,却不知这是她紧张的表现。

吃饭前要唱军歌,教官扯着嗓子,毫无韵律感地喊着:"日落西山红霞飞,预备唱!"

空荡带有混响的食堂里歌声嘹亮,孟轻依却不敢大声唱,连呼吸都很谨慎。

教官从她背后走过,突然厉声道:"大点声。"

她也没有听从命令。

这时,一个低沉清洌的嗓音从她正后方沿着脊背传到她粉红的耳朵里。此刻她与江择言背对背,尽管看不到,只是听着声音,也会让她心跳加速,无计可施。

一曲完毕,终于到了吃饭的时间,教官被叫出去开会了,大家安安静静地吃着饭,没有人敢出声。

孟轻依一口接一口地吃着馒头,口腔里的唾液淀粉酶把面粉里的淀粉变成了麦芽糖,甜味开始蔓延,滑过喉间时,食道的蠕动好像突然限制,有气体上逆。

不高不低的"嗝"声在静谧的周遭并不会显得突兀,只是连续不断的"嗝"就很难不引起别人注意。

大家纷纷将目光投到梳着低丸子头的女孩子身上,看到她的身子随着嗝声有规律地抖动。

孟轻依连忙端起手边的菜汤往嘴里送,王雪帮她顺着后背,可还是无济于事。

因为窘迫,她的眼眶开始泛红。

此时身后的椅子与地面产生摩擦,刺耳的声音传来,暂时盖住了打嗝的声音。

但这也只是暂时的,嗝声还在继续。

突然,这不悦耳的声音仿佛被一道力量阻拦住,终于停止。

与此同时,整个世界都瞬间静止了。

所有人还是将目光投向孟轻依所在的地方,视线游走在她涨红的脸颊上的那只指节分明的手掌和背后伫立的男生之间。

孟轻依的双眼一瞬间睁大,眼底微泛涟漪。男孩子掌心间的纹理与她的嘴唇紧紧贴合,她轻吻了他的手掌。

那是记忆中她曾喜欢的江择言的味道。

江择言的手掌心被孟轻依唇间的柔软弄得细痒难耐,同时发痒的还有他跳动强烈的心。他将舌尖抵在上颚,强忍着失控感。

霎时,一道温热的水流顺着他的掌心滑过,水渍残留在纹理间,灼烧烫人,让他不得不下意识地将手收回。

他的掌心有她的泪水。

这世界有那么多的声音，然而此时此刻都被猛烈的心跳声驱赶得无影无踪。

王雪的关注点一直都在孟轻依身上，从头到尾都没察觉到大家津津乐道的八卦氛围。见孟轻依不再打嗝了，她连忙说道："轻依，你好了？"然后抬头看着江择言说道，"谢谢你啊，同学。"她也没有注意到眼前的男孩儿就是下午背过孟轻依的男孩儿。

江择言的左手一直垂在身侧，他偏过头，下颌线因为牙齿的紧密贴合显得更加锋利。

孟轻依眼中的泪最后被莫名的伤感变得酸涩无比，身后的椅子再次因为被拖拽而发出撕扯声。她和江择言一天中有过两次肢体上的亲密接触，次次无言无语。

两个人似乎都忘了怎么开口，明明可以问候，也可以道谢，却不知为什么有些话如鲠在喉。

她又拿起餐盘里的馒头，小口小口地吃着，口腔里甘苦交加。

她突然想到了《诗经》里的一段话——

"彼何人斯？其为飘风。胡不自北？胡不自南？胡逝我梁？祇搅我心。"

教官们开完会并没有回到食堂里，他们站在门口闲聊着，并不知刚刚发生的事情，更不会注意到同学们在七嘴八舌。

师院的女生说着："孟轻依是不是和江择言认识？"

"我觉得他们不仅认识，而且还有故事。"

警院的学生也好奇地问："择言，你认识那姑娘？"

江择言没有正面回答同学的问题，像是敷衍道："帮个忙而已。"

林雨晴坐在孟轻依的斜对面盯着她看了好久，最后还是忍不住八卦，小声地问道："轻依，你和江择言认识吗？"

孟轻依没有出声，只是在教官走进来的同时，轻轻点了头。

她觉得，她说不出不认识江择言的话，如果说了，有愧于心。

而江择言也说不出认识她的话，如果说了，心有不甘。

因为是军训的第一天，师院的新生不用进行夜间拉练，大家吃

完晚饭后站了会儿军姿就原地解散，可以自行安排时间。

警院做这样的安排也是考虑到这些普通的大学生和警院生还是不同的，虽然嘴上说着一视同仁，但是不得不承认他们的身体一下子支撑不住如此高强度的训练。除此之外，也是因为大家今天一到就马上进入了训练状态，没有时间整理自己的行李。

下午的时候，指导员路过男生宿舍时，因屋子里的一片狼藉震怒，于是在晚饭时开会，说第二天检查内务。所以不训练并不是真的放他们自由，而是为了给他们时间收拾房间。

操场上夜训时怒吼的口号声清晰地传到宿舍楼里，宿舍里的人都是心猿意马的，脖颈伸得老长，望向窗外，少有人真的有心思收拾东西。

孟轻依她们宿舍倒是进行得有条不紊，这都要归功于王雪。

本来回到宿舍，其他女生都围堵着孟轻依想打听她和江择言的故事。王雪也好奇，尽管她是后知后觉孟轻依和江择言之间的微妙氛围的。

刚刚江择言特意跑到她们宿舍窗前，给孟轻依送来一杯绿豆汤。

不知道他从哪里弄来的，绿豆汤还是温热的，像是现熬的。

孟轻依当时就站在窗前，江择言却看都没看她，对着屋子里的几个人拜托道："麻烦给孟轻依。"说完，他就潇洒地离开了。

当时宿舍里鸦雀无声，在那些女生准备冲上前要把孟轻依生吞活剥了前，王雪先一步把孟轻依护在身后，强压着自己燃烧的八卦之火和大家商量道："各位女侠手下留情，咱先把卫生搞完再收拾她行不行？总得给她一点准备辩词的时间吧？"

固然大家很难平息想得知真相的渴望，但是为了一探究竟，她们忍了，个个都带着不怀好意的笑开始整理内务，还不忘从各个角落紧盯着孟轻依，并把她困在屋子的最里面，给她分了一个擦玻璃的任务，生怕她跑了。

明亮的灯光与朦胧的月光交汇，洒在她满是心事的脸上，倒映在玻璃窗上。

晚上，孟轻依还是没逃过室友们的盘问。那杯温热的绿豆汤最后也还是变凉了,此刻被放置在屋子中央的椅子上,像是一件证物。

"我和江择言是一个高中的,嗯……后来成了同班同学,嗯……还做过一个学期的同桌。"她模棱两可地回答着。

林雨晴几人双臂环绕胸前,一脸肃穆,在等待着下文,最后在她的一言不发后变成了失望的神情,问道:"没了?"

孟轻依点头,说:"嗯,没了。"

她的双眸下垂,尽管这是她说谎后的心虚表现,但她认为自己已经尽量做到诚恳,有些事并不是非要说出口的。

譬如她曾对江择言一见倾心,再见动心,后来和他一刀两断,可如今也还是放不下。

这些被称作秘密的过往不应该被说出口,只有她自己知道就好。

显然她的回答并没有让大家满意,几个女生也不打算就此轻易地放过她。

孟轻依有些口干舌燥,王雪把绿豆汤插好吸管递给她,说:"行了,她都说没了,你们就别为难她了,过去的事总会涉及个人隐私,人家也没必要拿出来分享,咱们不如期待一下未来的事吧!"

王雪略带深意的话帮孟轻依打了圆场,也将她从水深火热中拖了出来。

孟轻依喝着甜滋滋的绿豆汤,内心如手中不满一杯的液体一般晃荡不已。

期待一下未来的事?她和江择言的未来吗?她和江择言有未来吗?又或者说,江择言的未来里有她吗?

扪心自问,答案是否定的。

林雨晴不打算继续为难孟轻依,她也听出了王雪想要表达的意思,随口问道:"王雪,你是觉得孟轻依和江择言的故事还有续集呗?"

"是未完待续吧。"王雪起身把椅子放回原位,回答道。

她当然能感受到林雨晴关注的中心并不是孟轻依和江择言,而是只有江择言,她不喜欢林雨晴的掩饰。

打着了解对方过往的旗号,带有目的地从对方嘴里不费吹灰之

力得到自己真正感兴趣的答案。

如果喜欢，不如正大光明地说出来，见不得台面就说明自己都知道没有赢的把握。

孟轻依没说话，用力将空了的塑料杯捏扁。

林雨晴身边的女生接话道："虽然不想承认，但是他俩看起来真的很般配。"

"我也是这么觉得。"王雪应和道。

林雨晴轻蔑地看着王雪对孟轻依嘘寒问暖，明明就是刚认识不久的两人，却要演出一副姐妹情深的模样。

事实上，她在午休前就把江择言的一切打听了个遍，只是在听到孟轻依和江择言同样来自西港时，她没来由地有些不安。

所以她利用了岳清风，利用他对王雪的好感，并将那份好感杜撰到孟轻依身上，最后还怪对方没有交代清楚感兴趣的到底是谁。

林雨晴和孟轻依是两种人，孟轻依与人交往时只是看起来不掏心掏肺，林雨晴则是真的不对任何人走心，当然，除了她感兴趣的男生。

王雪没有看错林雨晴的隐藏，只是她错在误以为林雨晴是那种不磊落的女孩。林雨晴不是玩阴招的女孩，只是不打无准备之仗。

至于江择言和孟轻依之间的关系，林雨晴嫉妒但也无所谓，没有定论之时，她还有机会。

林雨晴走到孟轻依身边坐下，挽过她的手臂亲昵地问道："轻依，你和江择言认识那么久，你知道他喜欢什么样的女孩吗？"

孟轻依摇了摇头，说："不知道。"

"那你有他的联系方式吗？我自己问他。"

"没有。"

林雨晴不禁皱眉，问："你们是同学怎么会没有联系方式呢？你不会是不想告诉我吧？"

"如果你能帮我想起来我的QQ密码，我就可以告诉你。"孟轻依笑得坦然。

她怎么会不知道林雨晴的想法，现在的林雨晴就和当初的蒋诗萌一样，对江择言的喜欢张扬又炽烈，生怕别人不知道。

只是林雨晴比蒋诗萌更果敢爽利，她没有再继续纠缠孟轻依，站起身，自顾自地说着："那我自己去问他吧。"

随后，她俯视着孟轻依笑道："放心，如果要到了，我会告诉你的。"

林雨晴看到了孟轻依温润外表下隐藏的锋芒，她就知道孟轻依没有那么简单。

孟轻依没有仰头，也站了起来。她比林雨晴略高一点，视线下垂，轻笑道："谢谢，我不需要。"

她话音刚落，头顶的灯瞬间熄灭，屋子里陷入一片漆黑，熄灯号晚了一步响起，大家借助手机的微光回到了床上。

是夜，辗转反侧的人不只一个。

江择言刚刚也经历了一场"审讯"，因为熄灯号才得以解脱。

晚饭结束后，他利用"美色"拜托食堂阿姨煮了一杯绿豆汤，趁着拉练前的休息间隙给孟轻依送去，后来回到队伍时差点迟到，被教官警告下次注意。

这种事发生在别人身上是常事，但是对于江择言而言就是事出反常必有妖，再加上食堂里发生的那一幕，很难不让人猜测他和孟轻依的关系。

至于他和孟轻依到底是什么关系，他又没讲出一个准确的答案，只是吊着他人的胃口道："有关系的关系。"

今晚没被收上去的手机在枕头下面振动，是一串陌生号码发来的短信：【今天谢谢你，虽然不知道你会不会收到，但还是要和你说一声谢谢。】

孟轻依实在睡不着，总觉得是因为没有和江择言道谢，心有不安。于是在大家都睡着后，她把头蒙进被子里，给烂熟于心的那串号码发了一条信息，想着他收到就收到了，如果收不到也算是尽了心思。

一分钟，两分钟，三分钟，手机暗了又被摁亮，直到五分钟过去，

.146.

孟轻依也没有收到回信。

她在心里想着,看来他已经换了号码。

当她要把手机放回枕头下方时,手机突然亮起,原来她还是期待的。

【嗯。】

简短的回答。

孟轻依眼睛闪烁,手指在屏幕上方悬而不下,心用力敲打着胸腔,控制不住想要逃出。

手机又振动。

【孟轻依。】

随后又是一振。

【你喜欢过我。】

狭小的空间里,心跳声如雷贯耳,它终究还是跑了出来。束缚不住的躁动不安,一时逃出后是茫然和失措。

孟轻依看着无声的文字,觉得这句话江择言不是在反问,他是肯定的语气。

原来他是知道的,可是知道又如何呢?

比起躁动和无措,孟轻依在这一时刻更多的是失落,她觉得她的喜欢让江择言充满了底气。

他们好像又回到了原来的处境,那个曾经她想要逃离的不公平的处境。

他高高在上,她不自信。

文字这种媒介很神奇,有时候会让人充满力量,有时候也会让人产生不同的解读,有时候更会让人会错意。

猜忌和胡思乱想都是因为无声文字的错,不过孟轻依到后来才知道这个道理。

所以她和江择言在一起后,他们基本上不会用文字交流。

当然,除了分手那一次。

翌日,天气阴沉沉的,偶有丝丝细雨从天空飘洒下来,拉着绵延的长线,纠缠不清,丝丝相连。

孟轻依前一晚几乎一夜没睡,被江择言的短信惹得心烦意乱后,本想找部电影打发时间,但找了一部又一部,没有一部与爱情无关,就连狮子王在统治森林的道路上都是先成家再立业的,最后,还是单田芳老师的评书哄她入睡。

清晨的起床号吹响,孟轻依实在是起不来。

王雪洗漱回来后,把她拖下了床,并就此一路拖到了操场晨跑,又拖她到食堂吃早饭,再把她重新拖回宿舍准备接受内务检查。

孟轻依一回到宿舍看见床就想扑上去,王雪死死地将她拽在身边,趁着教官没检查到她们宿舍前,在她迷糊无防备时,灌了她一瓶藿香正气水,刺激的味道可以让人瞬间清醒,也会让人控制不住想打嗝。

"嗝——"绵长又带有味道的发声让孟轻依瞬间清醒了。

队伍最后的张智博走进来时并没有一眼认出孟轻依,毕竟那天在操场边是因为那一袭明黄色的吊带长裙才注意到她的,如今所有人都穿着统一的迷彩服,长相并不出众的孟轻依的确不太有辨识度。

不过他还是会被她外露的气质再次吸引,恬静中又多了一份慵懒,像一只乖巧的猫。

几个严肃的军官检查得很仔细,从被褥的折叠情况到室内的卫生,不放过任何细节。最后除了王雪,其他人都要重新跟警院的学长学习如何把被子叠成标准的豆腐块。

每一个学长负责一个宿舍,张智博主动选择留在了孟轻依所在的宿舍。

等检查的队伍离开后,他把被褥铺放在门口的床上,弯着腰,讲解得十分认真,态度也很友善。女生们很快和他打成一片,在他的指导和帮助下,纷纷开始动起手来。

孟轻依是真的懒得动弹,张智博用作示范的被子正好是她的,为了偷懒,她小心翼翼地把被子捧到了自己的床上,只用手指扯了扯不规整的边边角角,觉得十分完美。

王雪看到后偷偷地给孟轻依竖起大拇指,孟轻依扬了扬眉梢。

张智博当然注意到了孟轻依的小聪明，顿时觉得她更有趣了，他说："小孩，你怎么享用我的劳动成果啊？想不劳而获？"他说着，向孟轻依走去，下巴微扬，略带轻佻地补充道，"总得拿出点东西作为交换吧？"

宿舍里的其他人一边忙着手里的活儿，一边看着热闹。

王雪想帮孟轻依说话都没来得及，就见她那张白皙又有亲和力的脸上露出难得的冷色，人站在梯子中间，手臂用力将刚刚放好叠得整整齐齐的被子扔到地上，豆腐块被摔散，平铺在地面上。

孟轻依从梯子上下来，蹭着张智博的衣襟，不紧不慢地把被子抱到王雪的床上，规规整整地把被子叠成近乎标准的模样，又在王雪的帮助下重新把叠好的被子放到自己的床上，最后像什么事都没发生过一样靠在王雪的肩头假寐。

大家都以为孟轻依是因为张智博轻浮的行为生气了，殊不知孟轻依只是单纯地在闹觉。

张智博倒是被孟轻依表现出的冷漠弄得一时有些窘迫，正当他不知道怎么缓解尴尬的气氛时，在一旁看了半天戏的林雨晴走了过来，帮他解围："学长，别介意，孟轻依同学今天身体不太舒服，并不是故意针对学长的。"她笑得柔媚。

林雨晴当然知道，张智博刚刚只是想借机和孟轻依搭讪，至于到底是出于什么目的她虽无从得知，但是可以做个顺水推舟的人情把孟轻依的名字不经意间说了出来，能不能把握住机会还是要看张智博自己了。

张智博当然能领会到林雨晴的好意，他勾勾嘴角，说道："我叫张智博，今年大二。学妹怎么称呼？"

"林雨晴。"

两个人你来我往地交流着，在外人看来或许没有任何问题，王雪却把那隐晦的意味尽收眼底，小声地在孟轻依耳边说道："你小心点，林雨晴又帮你招惹来蜜蜂了。"

王雪说的"又"，只有她和孟轻依知道其中的含义。

昨晚军训结束后，岳清风特意要了王雪的微信，搞得王雪差点误以为他是渣男,想要暴打他一顿。她后来才知道,岳清风感兴趣的人根本就不是孟轻依,而是自己,是林雨晴搞错了,造成了乌龙。可这场误会到底是有意为之,还是无心之举,不得而知,但孟轻依确实就只是个催化剂,加快了反应的速度而已。

林雨晴和张智博还在聊着,只是话题的中心从孟轻依变成了江择言,为了打听到心仪男生的联系方式,她不会放过任何机会。

孟轻依始终紧闭着双眼,果然有江择言的日子就是不得安宁,以前是蒋诗萌,现在是林雨晴。不知道为什么,这些喜欢他的勇敢女孩都要和自己产生瓜葛,是因为作为胆小鬼的她好欺负吗?

脑子里的想法越来越偏激,越来越惹人心烦,为了摆脱这种莫名其妙而来的烦躁,孟轻依决定从今天起远离江择言,于是一场猫捉耗子的游戏开始了。

内务检查完毕后,新的一天的军训又开始了,好在今天是个阴天,没有太阳的照射,就算是没睡好觉的孟轻依也没有觉得任何不适。从站军姿到停止间转向,她都不会觉得吃力,后来学习齐步走和正步走时她也还是游刃有余。

后来的几天,无论天气如何,孟轻依都有一套对付江择言的策略。她在训练时,他在休息,她都会在心里默念"看不见,看不见";到她休息时,他训练,她又会默念着"不看他,不看他";在食堂吃饭,他还是坐在她的身后,她就默念"不回头,不回头"。

江择言想方设法地靠近她,她就想方设法地躲避加逃跑,利用束缚他的严格制度,她一次又一次脱险成功。

好在他没有再给她发过消息,让她规避了一个难题。

这场游戏顺利进行着,一直持续到周末休息的那一天。

第六章 千方百计正中你心

警院是没有双休的,学生们只能在周日放一天的假,说是休息,其实就是养精蓄锐,储存好精力迎接新一周更加魔鬼式的训练。所以难得获得的清闲,没有警院生会想着外出,除了在宿舍睡觉、打游戏,连床都懒得下。

师院的学生当然不知道警院生的作息规律,好多人都起了个大早,搞得走廊里吵吵嚷嚷的,让人无法休息。

迟冉正在梦里和女神约会呢,就被吵闹声强制唤醒了。烦躁的他下意识地用力蹬着腿,当脚底板碰触到铁质的床尾感到疼痛时,他才想到会吵到还在睡觉的室友。

他连忙捂住疼痛的脚底,小声说道:"不好意思,择言,吵到你休息了。"

隔壁床的室友被他逗笑:"你是吵到择言的床休息了。"

迟冉迷迷糊糊地抬起身子,看了一下脚下,江择言的床上除了豆腐块,空无一人,于是问道:"择言呢?"

"打球去了。"

"这么早?"

"准确地说是清晨五点就出去了。"

迟冉摸出枕头下的手表看了一眼时间,八点。宿舍里的人都知道江择言周末休息会去打球,但也从来没有这么早就出去过。

"他受刺激了?"

"手机被没收了,烦躁吧?"

那晚江择言和孟轻依聊天聊到一半,教官才想起没有收手机,冲到各个宿舍把大家的手机收走后,还以没有人主动上交为罪名,惩罚他们一周不许碰手机。

江择言每天临睡前都会问一句还有几天发手机。

其实所有人都挺煎熬的,没有手机就意味着周末除了睡觉和运动只能外出,所以现在宿舍里只剩下迟冉和他隔壁床的周子君,其余的人都不知道去哪儿了。

怪不得刚才走廊里那么大动静,可能大家都跑到校外网吧打游戏去了。

迟冉这样想着,看了一眼周子君,问道:"你咋没出去呢?"

周子君闭着眼睛,疲倦地说道:"睡觉啊。"

"你也是被吵醒的?"

周子君摇头,说:"我是听择言说梦话一宿没睡。"他翻过身,双眼泛光地看着迟冉,"迟子,我跟你说,择言和那个师院的姑娘绝对有事,昨晚他说梦话,叫了八遍那姑娘的名字。"

"真的假的?"

"我骗你干吗?"周子君一脸正色。

江择言偶尔会说梦话,宿舍的同学都已经习惯了。男生终究是粗枝大叶一些,没人在意他是不是呓语,在他们看来,说梦话和磨牙、打呼是一样的性质。

迟冉一笑而过,他平躺在床上准备续上美梦,眼睛刚闭上就突然起身开始换衣服。

周子君一愣,问道:"你干什么去?"

"看戏啊,你觉得择言大早上去打球能和那姑娘没关?"

迟冉才不觉得江择言是因为手机被没收了烦躁呢,就算是烦躁也是因为没有手机联系不到小姑娘烦躁。

周子君觉得迟冉的话非常有道理,他也顿时睡意全无,套上裤

.152.

子,和迟冉一起冲出了宿舍。

两个人一路狂奔到球场后,不只看到了江择言,还看到了孟轻依,更是看到了一场精彩绝伦的对决。

江择言五点起来是生物钟驱使,再加上没有手机,实在无趣,他穿好衣服就去了球场。

他站在三分线一步开外,抬手投篮,篮球刷网而入。此时六点,连续打了一个小时没有下场,对手换了一批又一批,他丝毫没有感到疲倦。

想到那条因为手机被收走而没有写完就发了出去的短信,他就心烦。

篮下,他纵身起跳,长臂挥动,送给对手一记大帽。过了七点,已经打了两个小时,球衣湿了又干,干了又湿,他还在继续。

林雨晴站在球场边,张扬地给他加油助威,逮到熟人就问他的联系方式。

江择言听到她的声音都觉得烦。

太阳升起,阳光明媚,早起的学生陆陆续续去到食堂吃完饭,路过球场时,难免会驻足。

躲了他好久的孟轻依也站在场边,一脸漠然,偶尔与他对视时,目光里都是哀怨。

一个男生站在孟轻依的身边亲热地和她打着招呼,她勾了勾嘴角,礼貌地回应了对方。

江择言持球突破,晃倒对方的防守人,将球投入篮筐。已经到八点了,三个小时,场边看球的人越来越多,他已然杀疯了。

迟冉和周子君赶到球场的时候,江择言正在和张智博对峙。他控球在罚球线外,张智博对他的防守密不透风,接队友挡拆。江择言顺利杀到篮下,张智博快一步挡在他上篮的路径上,扬手想要将球拍掉,他却将球抛到侧后方底角的队友手里。

最后三分绝杀。

在观众的感叹和欢呼中,张智博和江择言相视一笑,一个眼中是探究的玩味,一个眼中是不屑和阴戾。

林雨晴跑到球场中央,将事先准备好的水递到江择言手里,他连看都没看,目光紧随着张智博的背影。

张智博跑到孟轻依面前,从她手中接过手机,不知道说了什么,孟轻依又一次勾了勾嘴角。

江择言抬起一边的眉梢,舌尖扫过后槽牙,接过林雨晴手中的矿泉水,向场边走去。

"听说你想要我的联系方式?"站定后,他慵懒地说着,声音不大不小,场边的人都能听到。

"嗯。"林雨晴快速点头,顺便掏出手机,准备记录。

那道清冷的嗓音不紧不慢地报出一串数字,是他的QQ号,九位数的账号,他一直死死地盯着孟轻依的眼睛。

一秒一个数字,一共九秒,这个时间人体内会发生超过九十万次的化学反应,心脏会将大约五百四十毫升的血液输送到体内。

孟轻依觉得身体里的肾上腺素的含量已经远远超过了多巴胺和内啡肽,呼吸加快,心跳也不由自主加速。

林雨晴晃了晃自己的手机,表示加好了,让江择言尽快通过。

江择言漫不经心地说道:"手机上交了,等着吧。"

"好。"林雨晴爽快地答应,"你去吃早饭吗?一起去好不好?"

江择言没有应声,低头松开了篮球鞋的鞋带,把那瓶没有开封的水丢在地面上,叫上迟冉和周子君,头也不回地离开了。

林雨晴连忙追上他的脚步。

他单手插兜,另一只手的手指敲打着腿侧,孟轻依知道那是他烦躁的表现。

她的目光一直跟随着他的背影,直到张智博挥舞着手臂从她眼前扫过,她才蹙起眉头,收回了思绪。

"我们也一起去吃早饭吧?"张智博提议。

孟轻依冷言道:"吃过了。"

"那午饭一起?还是晚饭一起吃?"

"我和你很熟吗?"孟轻依的水眸里写着疏远二字,"学长,下次记得自己保管好贵重物品,我没有义务帮你看管手机。"

说完,孟轻依就拉着王雪从张智博的身边径直离开。

她并不是特意来看谁打球的,只是和王雪吃过早饭后回宿舍时路过球场,随意瞟了一眼就看到江择言,刚要离开,又碰到了张智博。

想到前不久内务检查时的不愉快,孟轻依根本不想多停留一秒。

对方热络地和她打着招呼,并挡住了她的去路。

孟轻依忍住不悦,勉强回应着。

下一秒,张智博却把手机塞到她的手里,让她代为保管,自己迅速跑到了球场上。

孟轻依来不及将手机丢下,江择言就和张智博展开了对决。

其实她大可把手机交给别人,自己转身离开,但是看到球场上的江择言时,她恍惚间回到了西港启航高中的那个球场,曾经无数次从那里路过,都会看到他恣意挥洒着汗水,听到他不正经的插科打诨。

未被尘封的记忆让她忘记了逃跑,聚精会神地看完了一场球赛,当然也没有错过心机女二追求男主的桥段。

孟轻依无意识间把林雨晴定位为女二,或许是因为内心无比地渴望女主是自己。

林雨晴一直跟着江择言他们三个男生走到食堂,打完饭后,她端着餐盘却怎么都找不到江择言的身影。

食堂后厨,江择言又凭借着"美色"让阿姨给他们找了一个僻静的位置。

迟冉搅动着碗里的白粥,眼神时不时和周子君交流着。不一会儿,两个人又齐刷刷地盯着江择言的头顶,欲言又止。

江择言低着头默不作声,反正着急的不是他,吊人胃口的感觉,他觉得很爽。

最后还是迟冉沉不住气先开了口:"那个,择言,你是不是和师院那姑娘有事?"

"是。"江择言回答得坦然。

周子君接着问道:"那你俩啥关系?"

"我要追她。"江择言将筷子立在餐盘里,抬起头,眼神是深不见底的幽暗。

迟冉面前的白粥里掉进一只飞虫,在黏稠的米汤里拼命挣扎着,最后沉溺于此。

午间,孟轻依为了避免出门吃饭碰见不想见到的人,以没有胃口为由一个人留在了宿舍,后来是王雪去食堂打了饭回来陪她一起吃的午餐。

林雨晴从早上出门到中午都没有回来,一下午也没见人影,临近晚饭时才回到宿舍。

她红肿着双眼,声音沙哑地对孟轻依说道:"江择言找你。"

她的眼神很复杂,有委屈,有不甘。

宿舍里的女孩都围过去安慰她,除了王雪。

王雪扯了扯孟轻依的连衣裙裙摆,问道:"我陪你一起去?"

孟轻依有些怔然,她的心情也很复杂,但是比起留在宿舍,她和王雪都不如离开。

"走吧。"

两人出了宿舍楼,看到江择言站在树荫下。他的肩膀宽厚,腰背挺直,在孟轻依的印象中,他永远都是这样孤冷傲世。

在王雪看来,江择言有种不明觉厉的阴郁,他的眉眼太过锋利和英气,整个人看起来很高冷,真不明白怎么会有人喜欢这样的男孩,还不如岳清风那样傻乎乎的直接又爽朗。

不过她也不得不承认,江择言是帅的。

尤其是他看孟轻依时的眼神会柔和很多,如同寒冷的冰峰被太阳照射后有了温度,又不失光芒。

但他看自己的眼神充满了排斥和嫌弃,为了避免尴尬,王雪最后还是没有陪在孟轻依身边,跑去找岳清风解决晚饭去了。

临走前,她还算暖心地对孟轻依说道:"你加油,如果需要我带饭,记得电话通知我;如果不需要……"

她的眼神飘到江择言身上,接着打趣道:"那就祝二位用餐愉快。"

王雪欢脱地逃跑后,孟轻依没有走向江择言,她看了他一眼,向校园里僻静的角落走去。

江择言就在孟轻依身后不远不近地跟着。

后山上的藤蔓沿着漆黑的岩石向上无止境地攀爬,蓬勃又不受控制,没完没了,逆流而上。

"你再走,不怕我把你卖到山里去吗?"

如泉水清冽的声音响起,孟轻依停住了脚步,她的双手始终紧握着,掌心全是汗,这种黏腻感让她不禁皱眉。

"你找我有事?"她问道。

江择言双手揣在裤兜里,侧头看着她,说:"有,我那晚的话还没说完呢。"

孟轻依饱满的额间仿佛鼓起一座高山,山势在不断增长,压在她心里的不满和委屈在江择言的言语作用下,犹如岩浆一般喷涌而出。

不知从哪里来的勇气,她吼道:"还有什么好说的?你不是已经确认了吗?现在再问我一遍是想怎么样呢?是想炫耀喜欢你的人多到连我都逃不过?"

见她瞬间红了眼圈,江择言的眉皱得更深,慢慢向她靠近,问:"你在说什么?我什么时候确认了?再说了,谁喜欢我跟我有什么关系?我只想知道你是不是喜欢过我。"

"还有什么知道的必要?你把林雨晴拒绝了,就像当初伤害蒋诗萌一样的吧?现在呢?也想伤我一次吗?"她的泪堆积在眼底,一触碰就会决堤。

江择言低下头,用力咬了咬牙,说:"我拒绝她们就叫伤害是吗?那你放心,我不会拒绝你,而且我也没有资格拒绝你。"

他的话让孟轻依费解,她正在气头上,没有精力和他咬文嚼字,只顾着发泄情绪:"你想拒绝人家,那给人家联系方式干吗?你怎么这么喜欢欲拒还迎啊?"

"我欲拒还迎?那你是什么呢,孟轻依?撩云拨雨吗?"江择言的眉梢挑起,眼神里满是冷戾。

孟轻依哑然，她不是无话可说，而是觉得江择言不可理喻。

见她沉默，江择言接着说道："我是给了你那个室友联系方式，只不过从你不回我留言开始，我就没再用过那个软件。还有蒋诗萌，你用你的脑子好好回忆回忆，我什么时候正眼瞧过她？"

孟轻依这回是无话可说了，江择言是不正经的，但他从未和任何人暧昧不清。

在她的印象里，他从来没有发过脾气。此刻她能感受到他在隐忍着情绪，没有彻底爆发。

"那你想知道我有没有喜欢过你又是为了什么？"

江择言失笑："为了什么？"他的目光顺着孟轻依的耳朵望向她身后的青山，随后又把视线落在她的眸间，"不如我问你几个问题吧。"

他笔直的长腿抬起，走一步就问出一个问题。

"实验中学对面那家奶茶店的奶绿那么好喝吗？你每周都要喝一杯。"

"你觉得你妈妈剪短发比留长发更适合吗？"

"康康拿回家的说是他同学家长送的樱桃好吃吗？"

"还有，你十八岁生日时收到的那朵向日葵喜欢吗？"

山间的清泉到了变冷的时节，风也开始肆虐。

一阵风吹过，将山间藤蔓上心形的绿叶吹落下来，缓缓飘荡，经过半空时，一滴晶莹带有咸味的温热液体砸在叶片上，让叶片加速，落在了两个人的中间。

叶脉里满是泪痕。

那年三月，孟轻依刚回南锦不久，天气还没有转暖，每天吃过晚饭后路过实验中学门口那家奶茶店，她都会买一杯热奶绿暖胃。

其实那家店的所有新品都不是很好喝，只有奶绿和曾在启航中学喝到过的奶茶味道很像。

四月，春天到了，何莉突发奇想，换了一个发型，把留了多年的长发剪短，还烫了一头小卷，自认为很美。

其实并不是很好看,因为和孟轻依外婆的发型太像了。

五月末,孟未扬有一天放学带了一箱樱桃回家,说是同学家自己种的,品相看着不错。

其实那樱桃的味道并不是很好,还没有完全成熟,果实不够饱满,水分太足,终究还是差了点时间。

6月24日,孟轻依迎来了自己十八岁的生日,那天正好是高考成绩公布的第二天,她特意从南锦跑到西港,到墓园里告诉孟志东自己的好成绩。

回家的路上,有一个小妹妹送给她一朵向日葵,花里面夹着一张卡片,上面龙飞凤舞地写着一行字:【见你如见骄阳,有你无人入眼。】

孟轻依知道对方想表达的是:入目无他人,四下皆是你。

但其实向日葵真正的花语是:沉默和没能说出口的爱。

所以她也并不是很喜欢那朵花。

江择言的每个问题都在说明他曾去过她的身边。

不知不觉间,江择言已经向孟轻依靠近了四步。

他身上的气味刺激着孟轻依的嗅觉,同时也让她有些眩晕。

记忆或许出现了偏差,像是那家奶茶店的奶绿很好喝,妈妈的短发也还可以,康康拿回家的樱桃美味至极。还有,她非常喜欢那朵向日葵。

果不其然,凡事如果和江择言有关就都会失控,让她说不出"不"。

"如果我没来警院军训呢?"

如果她没来这里军训,他们就不会再见面,见不到还谈什么追求,讲什么喜欢?

就算是他为她做过那么多事,她也有可能永远不会知道。

孟轻依的脑子突然清醒得很。

可是江择言的回应让她的心再次起落,他说:"你不来我怎么可能来?"

警院的文件下达时就通知这次军训是多校联合，要从北阳指挥院选一批新生到总院训练，而北宁师范学院的心理学部就是其中合作方之一。所以孟轻依不来，江择言怎么可能拼了命地想到北宁来？

她的明眸荡漾着水波，声音终于柔软："你到底想说什么呢？"

江择言轻叹一口气，孟轻依突然的笨拙让他有些无奈："我想说你有没有喜欢过我都不重要了。"他说着又向前走了一步，"孟轻依，我要追你，这次就不会再让你跑掉。"

最后一步走完，他们之间的距离小于同桌间的距离。

孟轻依不敢抬头，盯着他白色短袖的领口，问："你也暗恋我吗？"

"你觉得呢？"

"那你为什么要追我？就因为我喜欢你吗？"她的视线滑到了他的喉结上。

"喜欢我的人太多了，我都要追一遍吗？"江择言觉得可笑。

"那是为什么？"她的眼睛最终还是掉进了他似海的眸间。

"因为你是孟轻依。"

他眼里映出她的脸颊，是娇羞与愕然的红润。

风又开始作祟，鼓吹着山林里还有生机的植物，非要制造一些声响。

而江择言用一句话代替了他所有的辩白。

他的确没有暗恋过孟轻依，他本是一个对于感情迟缓的人，喜欢于他而言太过于缥缈，无形且不易察觉。

以前郎昆问他喜欢什么样的女孩时，他会随口一说喜欢身材好的，后来经过验证事实并非如此。

当初人人都说他和孟轻依般配时，他总是不以为然，却还是不经意间会被她吸引。那张笑起来像小太阳的脸，是他在她离开后，每每想起都会心悸的来源。

如果孟轻依不离开他，或许他永远都不会知道，原来自己喜欢她。

用何婷的话说，他不只是迟钝，还不知道什么珍贵。

回去的路上，依旧是孟轻依走在前，江择言稍落后她几步。

她总会频频回头想看他一眼，次数多了，他忍不住逗她："怎么，害怕我追不上你？"

不正经的江择言又上线了，孟轻依难以招架，脸颊上的绯红久久散不去。

等她回到宿舍后，见到林雨晴红肿的眼睛时，难免尴尬。

林雨晴倒是表现得大方，先开了口："回来了？"

孟轻依微微一笑，点了点头。

两个人擦肩而过后，神情都瞬间变得淡漠。

林雨晴还是不甘心，她本想洒脱地对孟轻依说一句祝福和恭喜，但她实在说不出口，作为输家，没有人会不遗憾。

她好羡慕孟轻依，不管孟轻依曾为江择言做过什么，有过多少酸楚，如今离窥见天光就只差一步，终是苦尽甘来了吧。

实际上，林雨晴也不是会轻易放弃的人，只是下午她再碰到江择言时，因为他的一席话她才知道，在他心里，这个世界上没有人可以比过孟轻依。

因为他说，孟轻是照进他地狱般生活里的一束光。

这个世界上没有人会拒绝光，也没有人可以取代光，光实在是太耀眼了，且万物无法抵御。

更何况他用的是将来时，那份笃定是他非她不可的宣言。

孟轻依是他的天选，外物皆多余。

夜深人静时，孟轻依躺在床上，心情平静得很，喉间会随着呼吸涌出不久前吃过的话梅糖的滋味。

孟轻依想到何婷前不久问过她为什么要离开西港，又为什么不再和江择言来往，当时她只回答了两个字：贪嗔。

她不喜欢因为喜欢江择言而变得贪嗔的自己——

不由自主地想占有他，想常伴他左右，怪他身边莺莺燕燕，怨他在自己失去至亲时没有及时出现，怨他没有把她放在首选。

可是仔细想想，她又凭什么那样要求他呢？明明那时的他也并不是她心里的首位。

当时无路可退的她一心只想考北宁师范大学，她要规避一切障碍，所以她去了南锦把自己关了起来。相比于成为更好的自己，其余的事物，大抵不过是得之我幸，失之我命。

沿途的风景是美的，可她偏偏就是要到终点看看的人。

人不可沉溺于当局中，那不过是自己用臆想堆砌的满是幻想的假象，跳出所谓的困境，不抱有期待时才能找到自己当初喜欢一个人时最纯粹、炽烈的初心。

然而，孟轻依又是矛盾的，就像对于当初父亲的离世，她还是会不舍，终究是想念大于悲痛。如果江择言真的选择了别人，她还是会有遗憾，只是情愿大于不甘。

这世上啊，矛盾的又何止她一人？每个人都是矛盾的个体，所以五毒六欲七情八苦是人性，与生俱来，难改，难逃，难隐藏。

一个胆小鬼，终究还是渴望被爱的滋味。

翌日，魔鬼训练开始。北方九月中旬的天气真的很让人头疼，清晨出早操的时候冷得人打寒战，站军姿才站一会儿，太阳当空，那热度恨不得要把人烤熟了一般。

这个时节的秋天被叫作秋老虎，就好像猫科动物看似懒洋洋的，实际上战斗力猛烈，不容小觑。

一套队列训练下来，迷彩服里面的打底衣已经湿透了，接下来的战术训练更是要人命。

战术训练通常有三种姿势，分别为低姿、高姿、侧姿匍匐。

今天师院新生训练的内容只有低姿匍匐，操场边的绿荫沙地上，"扑通"的声音连续不断，那是身体正面砸向地面，并与地面紧贴，然后利用手脚的合力来快速爬行，做完一个折返。

不只是孟轻依，几乎所有人都吃了一嘴的沙土。

休息时，王雪喝了一整瓶水，她觉得自己今天能涨二斤，或许不止两斤，因为沙子与水在肚子混在一起会更沉一些。

她沉闷地抱怨:"明天的高姿匍匐可怎么活?还有后天的侧姿匍匐,我如果学会这些,是不是就可以上前线了啊?"

"可能还不行。"孟轻依站在一旁替她理性地分析着,"但大后天学完自动步枪的瞄准与射击,大大后天学完投掷手榴弹,你就可以向革命先烈致敬了。"

王雪丢给孟轻依一个白眼,说:"我求你盼我点好。"

"好不了了,周六还得行军呢。"旁边的同学补充道。

听到此话,王雪哀号不断,声音比警院方阵打军体拳的口号都响:"我的天,能不能让人活了?啥时候是个头啊?"

同学拍了拍王雪的肩膀,安抚道:"周一汇报演出完就到头了,咱们就可以打道回府了。"

王雪没有感到开心,她的第一反应是看向孟轻依,附在她的耳侧,小声道:"那你和江择言……"

孟轻依和江择言前一天到底发生了什么,王雪无从得知,就知道这姑娘昨天晚上宁愿待在宿舍啃玉米也不愿意和江择言去吃晚饭。可晚上江择言给她打包了一份粥,她又一滴不剩地喝完了。

今天吃早饭的时候,江择言悄悄地把煮鸡蛋塞到了她的衣兜里,此时她正鼓着腮吃得喷香。

但要是问她和江择言是什么情况,她就会瞪着一双清澈含情的大眼睛说道:"没啥情况,就是他说他要追我。"她嘴角勾起,是藏不住的笑意。

"啥时候开始追?"王雪带着期待随口问道。

孟轻依嘟了嘟嘴:"已经开始了啊,你没看出来吗?"

她委屈巴巴又一本正经的样子让王雪哭笑不得,这傻姑娘真的是好骗又好哄,江择言追不上她就怪了。

不过事实上,孟轻依不是好追,而是她了解江择言,以他现在的情况和他本身的性格而言,除了能让她吃饱穿暖,也做不到什么浪漫和惊喜。

结束了三天的战术训练,宿舍里大家躺在坚硬的床板上,哀号声不断。王雪更是听到操场传来的哨音，出于应激反应，就会下意识地翻过身子，准备匍匐前进。

所有人都被虐得体无完肤，蓬头垢面，不少人还瘦了好几斤。在大家都苦不堪言时，只有孟轻依优哉游哉地晃荡着小腿，叼着棒棒糖把嘴咂个不停。

甜腻的橙子味随着她嘴巴一张一合飘散到屋子里的各个角落。

林雨晴吸了吸鼻子，吐槽道："孟轻依，你再吃糖就要得糖尿病了，少吃点吧，行不行？"

孟轻依皱了皱眉，没有应声。

她和林雨晴已经打破了僵局，对方早就从对江择言爱而不得的失落中走出来了，最近正和同班的一个男生打得火热。

对于对方见一个爱一个的行为，孟轻依不做任何评价，不过是观念不同，做不了朋友，但还是同班同学。

"她得不得糖尿病我是不知道，只知道我要被这橙子味的棒棒糖熏得快得过敏性鼻炎了。"王雪说着伸腿碰了碰孟轻依的后背，"江择言说追你就是每天送一根棒棒糖？你不觉得很没有诚意吗？"

孟轻依摇头，她不光不觉得，反而还吃得美滋滋的。

见她那副被江择言吃定了的神情，不光是王雪，连林雨晴都恨铁不成钢地说："孟轻依，你可想好了，先不说他追你有没有诚意这件事，你要是真的和他在一起了，可就不能像现在一样天天看见他。军训结束，他回北阳，你留在北宁，异地恋不说，还有可能常常失联，你能受得了？"

孟轻依手指转动着唇间的糖棒，明眸闪动，说道："不试试怎么知道受不受得了？"

他都为她来了，她为什么还要站在原地呢？

彼时的孟轻依单纯地以为这个世界不会有一种关系比暗恋还要难挨，她只想让遗憾被成全，能得偿所愿。

其实林雨晴说得并不是全无道理，如果不是这段时间每天可以在警院看到江择言的生活，孟轻依或许永远都不会理解他，她也会和大部分的女孩子一样，想要鲜花，想要陪伴，想要时时刻刻聊天。

可是这些江择言都做不到。

他每天从早上五点开始训练到半夜，每一项训练内容都是规定好的，对应一个准确的时间，不容许有差错。

他因为责任和使命，少有自己的时间。

对于孟轻依而言，江择言已经尽他所能，给予他能给她的所有。

追求只是他对她的宣言，并不是明目张胆、大张旗鼓的炫耀。

以孟轻依不张扬的性格，江择言藏在细节里的示好正合她意。

早餐的鸡蛋、天热时的绿豆汤、枯燥难忍日子里的棒棒糖、每次路过她窗前的停留、夜晚临收手机前的晚安问候等，她已经觉得心满意足了。

收到带有爱意的付出，怎么会不感到知足呢？

孟轻依能感受到江择言的心意藏在细节里，然而并不是所有人都能如她一样懂他。除了她的身边人，江择言的同学也没看出他追求人的诚意。

"择言，你确定这样能追到人家小姑娘？这姑娘要是就这样被你追到手了，你厉不厉害不说，她对你肯定是真爱。"

江择言正和孟轻依发着微信，听到迟冉的话，忍不住蹙眉，问："怎么，追人有模板？我有自己的方式不行？再说了，孟轻依都没说什么，你们哪有那么多事？"

"你怎么知道她是不是不好意思吐槽你呢？"周子君插嘴道。

"她？"江择言哼笑，"她吐槽我的时候可好意思了。"

众人起哄，空气中飘来淡淡的狗粮味。

玩笑过后，迟冉还是忍不住多嘴："择言，你考虑过你俩在一起以后要面临什么吗？你觉得她能陪你熬过去吗？那姑娘多好啊，到时候你们要是分手了多可惜啊。"

"除非我死了。"江择言敲打着手机屏幕，冷言道。

"啥？"迟冉反问。

江择言放下手机，坚定地重复了一遍："不可能分手。"

他这句话是说给迟冉听的，同样也是说给孟轻依听的。

天气预报说下周一有极端的恶劣天气,师院和警院商量后,把军训结束的日子提前了一天,这意味着周日上午孟轻依和江择言就会离开这里。

为了完成训练计划,教官们不得已把训练项目做了合并,因此周四上午改为学习手榴弹投掷。

其实这项训练并无意义:一方面,训练时并不会让师院的学生碰触到真正的作战武器;另一方面,就算学会了这项任务,但对于这群学心理学的人来说好像并没有什么实际的用途。

就好比高中怎么学都学不透彻的三角函数,除了高考,在现实生活里基本派不上用场,还不如九九乘法口诀表能在买菜时用来算清楚钱。

这项训练看似对于师院心理学专业的学生们来说是无用的,但是没有被取消是有原因的,主要是为了让他们可以真切地感受到那些为了保家卫国却不幸患上创伤后应激障碍的英雄,到底经历了怎样的心理历程。

或者说,那些为了保护他人的英雄,像警察、军人和武警官兵,每天都要面对什么样的危险任务。

在这里还只是演习,不远处的那扇大门外的世界,就是他们即将面临真正的枪林弹雨的地方。

或是穷凶极恶的歹徒,或是刻不容缓的救援任务,抑或是硝烟弥漫的战场,都是普通人很难想象又鲜为人知的真实世界。

这个世界总会有见不得光的黑暗角落,可总有人会像光一样出现,掀开蒙蔽真实的面纱,劈开包裹某种势力的坚硬外壳,挡在无情无义的刀火面前……这些人会被大家称作英雄。

罗曼·罗兰说,世界上只有一种英雄主义,就是看清生活的真相后,依然热爱生活。

孟轻依觉得自己对江择言的了解好像又更深了,以前她也会通过外界去了解他的一切,但她能够分辨哪些是真的,哪些是假的。她记忆中的他与真实的他有出入,耳听为虚,眼见为实,她目睹并体验过他的部分生活,他要吃尽苦,受遍伤,稳住心,义无反顾地

把时间和生命都奉献出来。

他的未来充满了危险和未知数。

可他终究是站在黑暗里的英雄。

孟轻依看着正在做演示的教官,心头发紧,眼睛发涩,鼻尖发红。

远处的江择言还在做格斗术练习,每个人都铆足了力气做着一招一式。

教官的喊话响彻云霄:"在这里你对你的战友少施力一分,走出去他身上有伤的肌肤就会多一寸。如果你想害他,就尽情仁慈;如果你想帮他,就用尽全力。"

王雪注意到了孟轻依的异样,拉了拉她的手臂,关切地问道:"轻依,你不舒服吗?又中暑了?"

孟轻依轻轻地摇了摇头,说:"没有,沙子迷眼睛了。"

"那我给你吹吹?"

孟轻依拒绝了对方的好意。

在无人注意时,她低下了头,泪珠瞬间坠落到地面,无声又带有重量。

等她再次抬起头时,江择言正看向她,面露担忧。她冲他微微摇了摇头,随后他的嘴角上扬。

阳光透过树梢,掠过叶片,投射到地面上,形成了影子,影子汇聚在一起,有了阴凉。

警院的方阵到了阴凉处休息,大家忍不住想放松。

江择言脸上的汗水如雨滴落下,满眼疲惫。

孟轻依好想抱抱他,给他一点能量,然后让他继续发光。

站在黑暗里发着光的,都算英雄。

孟轻依其实不喜欢英雄,但如果江择言是被赋予英雄主义的人的话,她只能祈祷上苍,世界可以少爱他一点,但让她爱他久一点,不求他战功赫赫,只要他身心无恙。

午休时,孟轻依难得没有睡觉,她拿着手机在网上查了好多问题，从警院生的日常最后查到了如何解决异地恋。

某网站上有个帖子的题目是：【异地军恋怎么谈？】

孟轻依认真仔细地从头读到尾，对于字里行间交代的详细做法，她并没有留意很多，只是记住了最后那句话——

【如果确定那个人会一心一意永远爱你，很爱很爱很爱你；如果你觉得为他付出值得，很值得很值得很值得，那就放手去爱他。等待没有失去难过，他负不得天下人，那你就做他一个人的后盾。】

正午，烈日灼心，南飞的雁尽力挥动着翅膀，想要尽快达到温暖的地方，却恨不得甩掉身边炽热的骄阳。但云没有躲避，无论太阳多么滚烫，它都愿意向它靠近一点，一点，再一点。

对于孟轻依而言，她顾不上江择言对她的爱到底有多深，但她知道，为他付出，自己可以做到心甘情愿。

于是在这一天，她把微信签名改成了"我喜欢的人，很值得很值得很值得"。

下午的训练项目与前一天的战术训练没什么两样，只是身体终于不用一遍又一遍地与地面发生摩擦，省去了动作，但要求做到纹丝不动的静。

训练项目是瞄准和射击，因为孟轻依他们并没有接受过正规的训练，所以今天的训练内容必须得在警院生的帮助下完成。

此时，孟轻依已经趴在地上维持这个姿势将近半个小时了，沉重的器械把手指压到变形，肩膀上也传来阵阵疼痛，干枯的细草戳着鼻孔扫过脸颊让人觉得奇痒无比，她无论怎么挤眉弄眼都缓解不了面部的不适。

"别动！"清冽的男声在她耳边响起，紧接着，身边传来热气。

江择言借着帮她调整器械的工夫，将粗糙的手掌轻抚过她的脸颊，帮她缓解了痒意。

那张白嫩的小脸，红润又带着笑意。

他陪她一起趴伏在地面上，然后听见她小声问道："你怎么来了？"

江择言勾了勾嘴角，说："说得你不希望我来似的，我来你应

该开心死了吧？"

孟轻依佯装生气瞪了他一眼，却被他严厉地呵令："别动！"那语气像是那枪口对准的并不是靶心，而是她的腰间。

江择言正言道："让你瞄准，有偏差怎么可能打中靶子？"

"我又不是专业的，打不中靶子又不会丢人。"孟轻依嘟囔着。

江择言又帮她正了正位置，沉言道："你打不中，我丢人。"

"跟你有什么关系？"

江择言挑眉看着她，问："你说呢？"

"别上头，我还没同意你的追求呢。"孟轻依的脸蛋染上了粉红色。

"你觉得被我瞄准的东西，跑得掉吗？"他毫不讲理地试探，让她的脸变成了红色，他又接着说道，"打个赌。"

"赌什么？"

"我正中靶心，你就归我。"

孟轻依瞪圆眼睛，问道："凭什么？"

"那公平点，你只要打中靶子，我就再追你两天。"

"为什么只有两天？"孟轻依撇嘴。

她的脑子没有江择言转得快，一时没有想到两天后军训就结束了。

江择言耐心地解释道："孟轻依，军训结束后，我就不能陪在你身边了。我不是不想继续追你，而是迫不及待地想正大光明地对你好一点，懂吗？"

孟轻依没有了继续瞄准的心思，她的目光闪躲，轻声细语地说："我不和你赌。"

如果她和他赌，她没有勇气和底气，可是她又迫切地希望得到他的好。

教官的口令下达，训练场此起彼伏响起枪声。每个人打三发子弹，前两发孟轻依都脱靶了。

最后一枪射出前，她无助地看了一眼江择言。

他抵不过她变相的撒娇，于是靠近她，手臂绕过她的肩膀，扶正她的手臂,温热的呼吸在她耳畔围绕。

子弹飞出,后坐力震得她浑身发麻,她的耳尖划过江择言的唇边,他倦怠的声音里染上了从未有的性感:"追你也是用尽千方百计想要正中你心。"

场地上的打靶声震得人头皮发麻,热血沸腾,好像皮肤上的每一个毛孔都被打开,释放着体内的躁意。

孟轻依浑身都在发烫,鼻翼上多了一层薄汗。

旁边同学打出的三发子弹颗颗有力,如同江择言的声音。

"砰!"

"孟轻依——"

"砰!"

"我——"

"砰!"

"喜欢你。"

声声不断,耳膜像是被穿破了一般,荡着回响。

孟轻依偏过头,一颗眼泪还是从她的眼角溜到了她的嘴角。

江择言帮她拭去留在她脸颊上的水渍,笑着问她:"还要我追你吗?"

他说得漫不经心,像是一场笃定了会全胜的战局,无论如何都是他赢。

孟轻依摇了摇头,因为刺耳的响声,她将脸颊埋进了江择言的肩颈处,轻柔地说道:"不要了,我想让你抓紧时间对我好。"

江择言的身体僵了一秒,良久后,他把下颌抵在她的背上。骨骼相抵时,感官上的痛意在提醒着他们此刻的真实。

当初全世界都知道我知道你喜欢我,可惜只有你不知。

我们错过了吗?

好像并没有。

只是这句"喜欢",从来不及到说出口,真的过了好久。

周遭终于没有打靶声了,只有乱撞的心敲打着心门。

"你要不要说一句喜欢我?"

"我喜欢你，江择言。"

江择言和孟轻依在一起了的消息，伴着渐起的秋风很快被传到了警院的各个角落，不少人对他们表示了祝福，就连江择言的教官都不忘调侃他到北宁来一趟是不虚此行。

当然还有酸涩的反调——张智博在得知这个消息时是恼的，自找的烦恼，从他见到江择言那天起，他就看到了这个男孩身上有着难以磨灭的傲骨，是吸引人的，是可以让大多数异性的目光紧紧跟随的。

而孟轻依的目光不是紧随，而是沉溺，她水润的双眸早就融在了他如海般深邃的眼里。

在感情里，左右不了的是蛮不讲理的一见倾心和步调同频的两情相悦。

如此一来，得不到的人并不应该将自己的失意称作遗憾，倘若觉得遗憾，或许是证明了自己内心的喜欢并不是那么纯粹，只是单纯的嫉妒。

众多声音中，只有迟冉对江择言说的话是叮嘱："好好对人家姑娘，别辜负了人家的大好青春。"

他说这话的时候语气淡然，但是神色是说不出的落寞。

让人领悟的，往往不是过往的痛苦，而是打败过他的现实。

被预报的极端恶劣天气在周五那天提前登场，冰雹加雷雨闪电，在僻静偏远的近郊区，显得更加离奇。

行军也就被取消了，师院的学生被安排在活动厅接受思想教育，教授和导师讲的课题涉及各个方面。

从上午讲到中午，吃过午饭，又从下午讲到了晚上，孟轻依睡了一觉又一觉，脑子都是不清醒的。

江择言他们的训练并没有被天气影响，照常进行，此时平日里周身带着热气的男孩子难得指尖都是凉意。

他微冰的指腹游走在孟轻依暖烘烘的脸颊上，惹得她在迷迷糊糊间嘟囔着："阿择，别闹，痒。"

孟轻依并未完全清醒，只是鼻尖熟悉的味道告诉她，江择言在她的身边。

清凉感从皮肤上消失，随之而来的是温热的、萦绕在耳边的气息，还有一个嘶哑又低沉的声音敲打着耳膜："孟轻依，你叫我什么？再叫一次。"

孟轻依瞬间清醒了，鹿眼睁圆，睫毛频闪。

周围的人在陆陆续续退场，只有他们依然坐在活动厅的角落里。

微弱的光投在罩着鲜红色布料的座椅上，江择言靠在孟轻依的右手边，唇峰不经意间摩擦着她的耳郭，让她浑身都似通了电。

因为刚在一起不久，连牵手的都只有一次的两个人，突然之间如此亲密，她真的觉得不可思议。

江择言眼底染上的并不是情欲，而是一种莫名的情绪。

孟轻依侧过头，将额头埋在他的肩颈处，殊不知这个姿势显得更加亲密，她小声嘟囔着："说什么啊？我刚刚说梦话了，你应该知道，梦话都是无意识的，我不知道我说了什么。"

她的话让江择言身体一僵，他敲了敲她的脑门，问："什么叫我应该知道梦话都是无意识的？你怎么会知道？"

孟轻依的脸一皱，刚刚启动还没运行通畅的脑子一下子进入了宕机状态。她想用沉默回应江择言的问题，可是她知道逃不过。

他扳过她的身子问道："什么时候知道的？"

"早就知道了。"她莫名其妙地有些没底气，像是秘密被人发现的小孩，还有些委屈，"我不能知道吗？"

"能。你告诉我你什么时候知道的。"

"高中，画板报那次。"她如实回答。

江择言回想起那天他的确是睡着了，但孟轻依表现得很自然，所以他以为他那天是正常的，原来她都是装的。

他没有想过瞒着她，只是希望找个机会告诉她，现在既然她知道了，也省得日后解释。

他把她重新揽进怀里，凑近她耳边，说道："你的梦话听着让人挺心动的，再说一遍呗。"

.172.

孟轻依红了脸，扭扭捏捏半天才开了口："我饿了，你带我去吃饭好不好？"她稍作停顿，接着呢喃道，"阿择。"

江择言用额头蹭了蹭她的耳侧，声音温柔："可以带你去吃饭。"他也学她停顿了一秒，"但我现在想吃你怎么办？"

他的眼神里是占有，带着沙粒感的嗓音催情又动听。他指腹不断揉搓着她的掌心，惹得她战栗，连连娇嗔道："还是先吃饭吧，好不好？"

"好。"他坐直了身子，放过对她耳朵的挑拨，拉过她的手，云淡风轻道，"事先说好，明天之前，我必须得亲到你，你做好准备。"

那天的晚饭吃了什么，孟轻依没有记住，只知道离开江择言时，她跑得飞快，生怕会被他生吞活剥了一般。

次日，艳阳高照，碧空万里，秋意渐浓，凉风习习。

警院的绿茵场上人头攒动，整齐划一的方阵在陆续入场，接受最后的检阅。无论军训的日子有多苦，好像最终都是为了此时此刻。

入场早就意味着站军姿的时间要长，入场晚就要等很长一段时间。孟轻依和王雪站在太阳下面有些睁不开眼，两个人都是哼哼唧唧的。

"啥时候到咱啊？"王雪问道。

"倒数第二个。"

"咱们后面就是江择言他们方阵吧？可惜了，无法一睹你男朋友的英姿。"

孟轻依害羞一笑，说："他在第一排，转弯的时候还是可以看到的。"

王雪真是服了恋爱中男女缜密的小心思，这一定是经过多次实践才得出的真知，不可能是惊鸿一瞥的意外收获。

随着汇报表演的进行，师院的学生在热烈的欢呼声中走过主席台，口号响亮，步伐一致，精神百倍。

转角处，孟轻依用余光看到了江择言，他神情坚毅，状态激昂，认真严肃，帅气逼人。

她忍不住为他感到自豪。

所有的一切在一声"再会"中宣布结束，绿荫场上再也没有一排又一排七扭八歪做着正步分解动作的身影，沙地上再不会传来一声声娇气的惨叫，人生难得体会一次真正的军训生活，难忘，所以不舍。

因为明天就要离开了，孟轻依在傍晚时应江择言的邀约，在上次谈话的后山等他。

她时不时咬紧下唇，心里难以抑制兴奋和紧张，幼稚的消消乐游戏都不能顺利通关，只好通过唱歌来缓解。

……
我发誓要更努力
更有勇气
等下一个天亮
去上次牵手赏花那里散步好吗
有些积雪会自己融化
你的肩膀是我豁达的天堂……

歌声悦耳，飘荡在山谷之间。突然，一个低沉富有磁性的声音从头顶传来，盘旋回荡在她耳边："左边。"

时间瞬间停止，游戏幼稚又欢快的背景音乐盖不住吵闹如擂鼓的心跳声，孟轻依的肩膀僵住，手腕处清晰的骨骼仿佛在书写着紧张二字。

血液加速直冲头顶让她一时间有些眩晕，除了急促地呼吸，她不知道该如何是好。

江择言慢慢蹲下身子，坐在她的旁边，伸手将她的手机拿到手中，指尖灵活划动，在一声声"amazing""unbelievable""great"的感叹后，顺利通过了她玩了三次都没能过去的关卡。

他把手机还给她，她低着头接过，连眼神都不敢飘动，只有睫毛透出她难挨的躁动不安。

江择言垂目，琥珀色的眼睛里倒映着孟轻依的侧颜、泛红的耳尖、呼吸时抖动的鼻翼、忽闪的睫毛、下意识抿起的嘴唇。

她不言，他也不语。

如果不是喜欢，那话或许就可以多一点。

热浪的余韵在城市的上空盘绕，烈日靠近薄云，将其烧成赤红的霞光，然后供人欣赏。

"孟轻依，和我看日落，你开心吗？"

她轻轻点头。

江择言笑了笑，侧过头看着她，目光温柔深情，说："依依，在某一个天亮，我会和你牵手、赏花、散步、看海，你等我好不好？"

落日的光被折射成无数道耀眼的光线，洒向各个角落，有一束落在了江择言左手的小拇指上。

他的肤色变成了暖黄色，整个人被染上了一层光，耀眼又润泽，惹得孟轻依不由自主地想将那光斑偷到自己的手上。她伸出小拇指勾住了江择言的指节，那像是闪耀的黄色宝石的点缀，落在了她白皙细嫩的皮肤上。

"说好了，不许反悔。"她粲然一笑。

江择言觉得今天的日落格外懂事，像是替他为孟轻依准备的一份定情信物。他盯着孟轻依的手背，良久后哑着声音问道："我想吻你，好不好？"

孟轻依来不及反应，少年轻薄温热的唇就吞噬掉了她柔软的唇，她齿间的橙子香气传播到他的口中。

青涩又让人心动的初吻比糖甜。

令人贪恋。

江择言的舌，趁她娇喘间，深入她的口腔，与她的舌尖追逐嬉戏。

孟轻依轻闭着双眼，朦胧间看到了落日落在江择言的肩上。

日落百看不厌，浪漫得让人忍不住喜欢。

周日这天，天雾蒙蒙的，潮湿空气带着凉意和黏腻，体感不适，秋风也恼人。

江择言拉着孟轻依的手,准确地说是拖着她,走向师院回学校的大巴,她满脸都写着不情愿。

她离开后,江择言并不能马上回北阳,他要到北宁的某个地方进行全封闭式管理的特训,连十一国庆节都没有假。

孟轻依皱巴巴的小脸几乎快把眼眶里的泪水挤出来了,声音里带着哭腔:"别送我了,你也快集合了,回去吧。"

她不开口还好,一开口,情绪随着吐露的话语一道流露出来,完全不受控制。

江择言心疼她,如果知道自己会让她流这么多眼泪,他或许不应该把心意说出口,可是他又不可能再放弃她。

"依依,别哭了。"哄着她时,他的心开始七上八下的。

江择言知道她在别扭什么,本来两个人说好十一假期一起回西港的,如此一来,计划就泡汤了。刚刚在一起才几天,他就不能信守约定,她不高兴也是应该的。

孟轻依不是因为江择言不能和她一起回西港不高兴,而是舍不得他刚刚军训完就得回去继续接受更加艰苦的训练,她心疼他。

她蹙眉不喜,分别的眼泪很常见,又不是只有她在哭,师院的女孩子和教官道别时都流下了泪水。

"你说什么呢?我就是不放心你。你记得好好照顾自己,注意安全,别让我担心。"她声音轻柔地说道。

江择言将孟轻依揽在怀里,手掌扶着她的后脑勺,唇凑近她耳边:"放心吧,我的小仙女,等我回来。"

他突然肉麻的称呼让孟轻依从悲伤的情绪中缓解出来,她从他的怀抱里挣脱,伸出左手的小拇指勾住他的,回道:"这次说好了,别食言。"

江择言拉着她的手,竖起大拇指和她盖了个章,说:"嗯,说好了。"

两个人分别坐上了离开警院的大巴,一个往北一个向南,开始了异地恋。

孟轻依回到学校后，把自己和江择言在一起的事告诉了身边亲近的人。

何婷和郎昆都兴奋不已。

萧雨觉得孟轻依是个高手，终于把那个不食人间烟火的钢铁直男降伏了。

江家二老欣慰得不得了。

孟未扬更是高兴得直接改口叫江择言为"姐夫"，尽管没能让他听见。

何莉倒是没有表现出很满意，其实她对江择言是没有意见的，帅气又正义感十足的男孩子和她女儿是般配的，只是她觉得孟轻依会很辛苦。

一段刚刚萌芽的感情，应该是在彼此的陪伴和付出中慢慢长大的，可是孟轻依和江择言在一起相处的时间太少了。

江择言肩负的责任会越来越重，那就意味着孟轻依的付出和委屈会越来越多，何莉作为母亲，是不忍心的。

孟轻依不觉得这些是问题，她选择和江择言在一起不是为了可以牵手、拥抱和亲吻，而是他们在一起是舒服的，是彼此内心觉得好的选择。

最后她还是让何莉默许了她和江择言的交往，并承诺自己不会受伤，江择言也不会让她们失望。

而事实和时间帮她证明了这一切，证明了她和江择言是合适的，是曾经别人口中的般配。

和江择言在一起的日子里，孟轻依一直在努力做一个满分女友，而在那之后四年的时间里，她真的做得很完美。

她始终明白，江择言不只是她男朋友的身份，他还有他的责任，而他在完成自己应该完成的使命的同时，他给予了她安全感。她作为他的女朋友，愿意理解他、信任他和包容他。

她一个人也可以做很多事，如果觉得孤单，她可以和朋友一起吃饭、逛街、打游戏，这些事都不一定非要江择言陪她一起。

她从不一个人参加危险的活动，从不一个人走夜路，也从未接受任何陌生男生的示好，和江择言在一起越久，她的边界感越强。她依旧是温温柔柔的，善良且疏远，善良是她的本质，疏远是因为他不在身边，她对自己的一种保护方式。

在这段感情里，她也给江择言留足了空间，不应该打扰他的时候，她从来不去打扰他。

给他发消息后，她从来不会傻乎乎地守着手机等着他的回音，她知道他看到就会回复，不会忽略她的消息。

江择言几乎没有什么假期，暑假他要留在北阳下基层，孟轻依为了陪他，就在他管辖的社区里租个房子，找一个课后班兼职教小朋友写作业。

寒假他休息一个月的时间里，会陪孟轻依待在西港两人天天腻在一起，等到春节时再把她送回南锦，顺便看望她的家人。

他的手机里除了孟轻依认识的女性，没有任何其他异性的联系方式，面对别人的搭讪他都会当面拒绝，他给足了孟轻依安全感。

每天训练结束他都会第一时间联系她，告诉当天发生的事情，吃了什么菜，队员闹了什么笑话，自己有多么想她。

整整四年，一千多个日日夜夜，他通过手机对孟轻依说了近千次的爱，无法触碰地亲吻了几百次，真正能够在一起相互依偎的时间他始终觉得难能可贵。

每一次他都保证不会再食言。

所以他们之间，并不是他在一味索取，她在一味付出，他们都有期待，期待听到对方的声音，期待通过视频看到对方的脸，期待真正的见面，珍贵又充满仪式感。

不取悦对方，让一切自然而然进行。

后来，江择言被分配到了西港刑侦支队实习，孟轻依也通过了研究生的面试，要继续读两年的临床。

这是她和江择言商量过的，他工作了以后虽然会很忙，但是不会像在指挥院时那么受限，他们见面的机会会多一点，平时沟通的时间也增加了不少。

江择言说，他让孟轻依等了那么久，老天爷已经够仁慈了，只

让他再等两年，他心甘情愿，也心满意足。

这一年的暑假，孟轻依终于可以留在西港和江择言度过一个完整的假期。

这一天午间，阳光耀眼，孟轻依端着水杯站在窗前看楼下的小朋友打闹，光倾洒在她的发丝、她的鼻尖，滑过下颌，照得她颈间的白皙皮肤熠熠生辉。

当手机铃声响起时，她笑得柔媚。

江择言刚刚接到上级下发的指令，要出一次特殊的任务，给孟轻依打电话时，他正忙着收拾行李。

她说："嗯，怎么了？"

听到她柔和的声音，江择言不禁放缓了动作，解释："我要出紧急任务，来不及回家了，一会儿就要出发，只能打电话告诉你了。"他有些愧疚和落寞。

紧急任务就意味着要保密，可能会失联，不知去向，不知归期。

"你要去很久吗？"

"不确定。你晚上一个人住会害怕，如果你不愿意回大院，回南锦也行，但我没办法去送你，你自己可以吗？"

孟轻依迟疑了几秒，还是应了他："可以的。"

听她答应，江择言轻叹一口气，放下手中的东西，倚靠在窗台上。他背着光点燃了一支烟，烟雾驱散了他的清冷，说话也有了温度："依依，又没能陪你在西港度过一个暑假，抱歉啊。"

孟轻依轻声宽慰他："说什么呢？你不用担心我，我回南锦等你就好。"

"嗯，那你注意安全。"

无声的交流像是无法言喻的思念和不舍。

手中的透明玻璃杯已经空了，可以让阳光从杯口穿过杯底，然后在窗台上映出一座水雾环绕的小山，只要手指轻轻一碰，那山就会被翻越。

孟轻依拿着水杯走向厨房，倒满一杯水后，重新走回窗前，将杯子放在带着热度的窗台上，水珠溅了出来。

她用指尖轻柔地碰触着逃出的水滴,声音又变得温柔:"阿择,等你回来后我们去趟小镇吧,你都好久没有陪我看日落了。"

"好,我回来一定带你去。"江择言没有一丝迟疑。

"还有……"她的手指又开始在杯体上游走。

他耐着性子和她对着话:"还有什么?"

"注意安全。"

他低笑几声,阳光从他身后照过来,让发梢上多了一层光晕,他回应着:"好,等我回来。"

"嗯。"

装满水的杯子,将阳光折射出绚烂的光影,如雨过天晴后的彩虹,让人看了忍不住弯了眼角。

孟轻依知道江择言的职责是什么,这一次她也没有问他要去哪里,何时才能回来,好像遇见他后,她最擅长的事情变成了等待。

等某个天亮在他怀里苏醒,和他牵手、赏花、散步、看海。

如约定那样,他护家国,她等他回家。

然而九月末,在他们在一起四周年纪念日这一天的清晨,孟轻依收到了一条消息,她以为是江择言的甜蜜问候。

殊不知是意料之外冷冰冰的分手通知。

【就当我死了吧。】

第七章 解脱不是谁犯了错

孟轻依坐在办公室里,桌面上放着她的工作牌,耳畔回响着江择言说过的每一句话。

唯独没有一句是对过去两年的解释。

"咚咚咚"的敲门声响起,孟轻依轻抬眼皮,收回了思绪的同时,办公室的门被推开。

"孟医生,病人来了。"护士交代着。

孟轻依笑着点了点头,说:"让她进来吧,辛苦啦。"

护士走后,她低头将工作牌别在胸前,起身打开了窗户。蝉鸣聒噪,这个时节桂花还没盛开。

临近中午,孟轻依离开了医院,去到了栀子孤儿院。洁白的花丛间,吴月香还是穿着一身黑裙坐在那里。只是这次她不是一个人,身边还跟着一个小姑娘,是来看望她的同学,雷雪。

雷雪很有礼貌,表示自己马上要进入大学学习心理学,所以想陪在吴月香身边体验一下心理咨询。吴月香没有排斥,孟轻依也不介意有人旁听,所以雷雪被允许留了下来。

吴月香现在的情绪波动不是很大,但还是处于郁郁寡欢的状态中,她依旧无法从何花的离开所带来的悲痛中解脱出来。

午间燥热的风吹着,两个少女的额前有微微的薄汗,孟轻依看着脸颊慢慢变红的小女孩们,突然笑了笑,然后问道:"你们平时在学校最喜欢做什么?"

"我们?"雷雪指了指自己和旁边安静的吴月香,她明白孟轻依问的还有何花,"最喜欢坐在一起吃冰激凌吧。"

"那我请你们吃冰激凌吧。"说着,孟轻依就起身了,带着两个一脸茫然的女孩走出了孤儿院。

孤儿院附近树林里的长椅上,三个青春少女并肩而坐,一人手里拿着一支可爱多。

香草味的冰激凌在唇齿间游走,殷红的嘴唇被冰得更加鲜艳,孟轻依看着远方,突然感叹道:"真羡慕你们现在这个年龄,无忧无虑,随心所欲,有时间犯错和浪费,对一切好奇,有憧憬有热爱,活力满满,大好青春啊!"

"姐姐,你还是很年轻的,也没那么老吧。"雷雪上下打量着孟轻依,感觉她有些过早地恐老。

孟轻依摆了摆手,语气里带有惆怅:"人没老,心老了,我现在连看到那些男团都没有什么心动的感觉了,想当初我也是个追星少女啊!"

吴月香在一旁小口小口地吃着手里的冰激凌,依旧一言不发,倒是雷雪找到了自己感兴趣的话题:"姐姐,你追哪个团?"

"之前追。"孟轻依说完不自觉地笑了笑。

她想起了七年前《咆哮》正火时,她和何婷天天下课都会一起唱"饿了狼,饿了狼",后来连郎昆也被洗脑了,加入了她们。

那时江择言每天都被折磨得痛苦不堪,有一天他看到孟轻依放在桌面上的笔记本,拿起来端详半天嘟囔道:"孟轻依怎么会喜欢他们呢?"

那时三个人异口同声地冲着他喊道:"E不发音!"

雷雪微颔首道:"听过,但是不熟。"

孟轻依反问道:"那你们现在都追谁啊?"

雷雪十分激动,说:"现在已经不流行追男团了,而是追优质男偶像,像花花和香香她俩都喜欢。"

雷雪说的明星孟轻依认识，毕竟她也是看电视剧的人，只是她没想到流行换代这么快。

她试探地问道："那你们知道周杰伦吗？"

雷雪点了点头，说："知道，我有个表哥总听他的歌，你们的青春。"

孟轻依尴尬一笑，果然和她还是有代沟，不可跨越的岁月长河啊！

她转头看向吴月香，问道："月香有喜欢的偶像？"

吴月香僵硬地点头。

"何花也有？"孟轻依又问。

吴月香又点头。

孟轻依勾了勾嘴角，说："真好，还有你们记得何花喜欢什么。"

吴月香没有再理会孟轻依。

雷雪觉得孟轻依有些奇怪，一个心理医生不在咨询室给病人治疗，带着她们跑出来吃冰激凌不说，谈的话题也是无关重点："姐姐，你想说什么啊？"

孟轻依看着雷雪眨了眨眼睛，似乎在感激对方在适宜的时候与她产生了话语上的同频，不紧不慢地解释道："这个世界上大部分人只是自己世界里的明星，虽然没有镁光灯，没有万众瞩目的追捧，但总有人会记得我们的喜好，时时刻刻站在身后为我们应援。这些人可以是亲人、朋友，甚至是路人。能被铭记，总比被人遗忘了幸运。"

雷雪听得云里雾里，一时体会不到孟轻依话里的深意，但吴月香把每个字都听到了心里去。

因为她与何花并不是幸运的人，她们没有亲人，身边也少有朋友，多为点头之交，她们这样的孩子没有被很多人铭记，如果再被遗忘就会更加不幸。何花离开了，如果那一天自己随她而去，这个世界上不会有人记得自己，连何花也会慢慢地被淡忘。

可吴月香永远不会忘了何花，更不会忘记自己所犯的无法弥补的过错。

在孟轻依的引导下，吴月香慢慢打开了心扉，讲到那年南方发生了特大地质灾害，大部分人的亲人被永远埋在了废墟之下，当地政府在国家和各个地区的支援下，带着大家一步一步地渡过难关。

灾后重建工作进展的同时，空巢老人和孤儿是要优先被安置的群体，当地的福利机构一时无法接纳那么多人，有不少人就被寄托到了其他地区的慈善机构，其中一部分孩子被送到了西港，而何花和吴月香被送到了栀子孤儿院。

六岁的她们在经历了一次死生离别后更加珍惜生活，其实她们是幸运的，尽管背井离乡，失去了所有亲人，但在栀子孤儿院她们可以继续接受正常的教育和获得高于其他福利群体的物质条件。

只是灾难所造成的心理阴影不能一时被驱散，她们经常在夜里惊醒，暗黑的夜像是无止境的深渊，密不透风又让人无处可逃。有人甘心在黑暗里沦落，有人却试图寻找那微乎其微的光亮。

两个女孩子就此成为了彼此眼中的光，她们在一起度过了十二年的时光，形影不离，并说好要考同一所大学。

十几天前，高考出成绩了，吴月香发挥稳定，上个普通的一本院校不会有问题，但是何花失利了，这就意味着她们不能一起走进大学校园。如果何花可以复读的话，她们还可以有同校的机会。

"那天，何花陪我去学校参加志愿报考指导讲座。到了学校后，她说想一个人去河边走走，还要我讲座结束后去找她，我没有多想，……可是等我赶到时，她已经……"吴月香说着，大颗大颗的泪顺着脸颊流淌而下，神情里是内疚与痛苦。

孟轻依理解她的痛苦，从口袋里拿出纸巾递给她，说："所以你以为是你没有阻止何花，她才会发生意外的，对吗？"

吴月香没有否定，继续哽咽道："是我太自私了，只想着自己报考的事，忽略了何花的情况。她连能不能复读都不知道，我还让她陪我去学校，是我刺激了她！"她越说越激动。

在福利机构里，大多的资助都是有限制的，何花的情况确实有些特殊。

孟轻依揽过吴月香耸动的肩膀，说："傻孩子，你错了，何花复不复读与她能不能得到资助无关，在你们院，助学金的年龄限制

是二十五周岁。刘院长说何花一直没有申请复读,因为她已经失败了一次,她不知道自己还可不可以,所以不是你刺激了她,是她自己有了心理压力。"

"那她……"吴月香不懂,如果事实如孟轻依说的,那何花为什么会结束自己的生命,"院里的护工说,她和杨雨姐姐一样。"

孟轻依听到吴月香的话忍不住蹙眉,在一旁一直没有出声的雷雪连忙说道:"何花是意外失足啊,警方特意在今早的发布会上宣布了尸检结果。"

案发前一天的夜里,西港下过一场暴雨,岸边湿滑,何花走在河边时,脚底打滑跌入了河中,她不会游泳,河流又湍急,周围也没有路人,等被发现时就已经没有生命体征了。

吴月香的身子一震,然后整个人开始抖得更加厉害。她此刻的心里更多的是后怕和庆幸,后怕自己如果真的没了生命怎么办,庆幸自己还有生命。

孟轻依拉住她的手,轻声说:"那朵落在你黑裙上的花告诉你,不要拿生命开玩笑,你要带着她那份好好活着。"

治疗结束后,孟轻依把吴月香送回了孤儿院,雷雪还在她耳边叽叽喳喳个不停:"姐姐,你好棒啊!可我还是有个问题想问你。"

孟轻依没有被她缠得生厌,伸了伸细腰,懒懒地说道:"问吧。"

"你刚才用那样的治疗方式,没有想过会更加刺激吴月香吗?这不是让她揭伤疤吗?"

孟轻依淡然一笑,解释道:"有心理疾病的患者确实很容易失控,仿佛一念之间有一股力量将人推向地狱般的深渊。而我作为一个心理医生,就是要借助这种失控感,在病人看不到希望的时候再推他们一把,或许他坠入的就不是地狱,而是云端。"

这就是孟轻依当初成立"赤云"的初衷,让云端变成暖巢,让人得到解脱和救赎。

雷雪被孟轻依流露出的笑容晃了眼睛,那笑明媚得像初春的阳光,温暖又不刺眼。这个世上多数女孩是温柔的,可是少有女孩像孟轻依一样温柔不失光芒，圆润又有感染力。

这样的孟轻依让雷雪产生了好像在哪里见过的熟悉感，于是问道："姐姐，我是不是在哪儿见过你啊？"

这是孟轻依今天第二次听到这句话，只是问的人不同，让她有了不同的态度。她微微一笑，反问道："在哪里呢？"

雷雪快速回忆着，几分钟后，她突然想到了，说："在我表哥的钱夹里。姐姐，你是启航中学的吧？高三（10）班对不对？"

孟轻依点了点头，问："是，所以你表哥是？"

她的话音刚落，身后传来汽车的喇叭声，一辆山灰色的奥迪缓缓驶来，停靠在她身侧。

副驾驶座的玻璃降下，车里微散的烟雾为江择言的脸添上了一丝朦胧感。他说："上车。"

孟轻依看到早上才见过还不欢而散如今又出现的人，难免觉得他莫名其妙。

雷雪看到更加熟悉的面孔，愣了一秒，喃喃道："择言哥？"

江择言的目光一直都在孟轻依身上，被突然出现的小女孩弄得有些怔然："你是？"

雷雪扯扯衣角，眼神里添了一丝落寞，说："我是雷雪，夏阳的表妹。"说完，她低下头抿着嘴唇。

孟轻依听到这个久违的名字倒是有些出乎意料。

见她的神情不自然，江择言从车上下来，站在她身侧，她的脸颊上瞬间没有了阳光。他扬了扬眉梢，看着雷雪说道："哦，你好，你哥还好吗？"

江择言从郎昆那儿听说夏阳高考结束后整个人更加病恹恹的，大学生活也是坎坎坷坷，总是休学，好像今年才毕业，毕业了以后又住进了医院。

雷雪点了点头，说："还好，说是可以做手术了。"

"那还不错。"江择言回答着。

雷雪"嗯"了一声，她还是没有抬头，目光死死地盯着眼前穿着一模一样的帆布鞋的两双脚。如果她的目光向上，就会发现这两

.186.

个人连衣服的搭配都很像。

像是情侣装。

她不能再多看一眼,再看或许她会忍不住流眼泪,于是在情绪失控前,她连忙说道:"哥哥,姐姐,我还有事先走了,再见。"

孟轻依来不及问夏阳的情况,就见那小姑娘跑得飞快,只留下一个背影。眼前的这一幕让她想到了几年前,自己好像也曾如此从江择言面前逃离过。

这个年纪轻轻的小姑娘或许也是江择言身边的第三种女生。

孟轻依忍不住翻了个白眼,觉得身边的这个人就是个祸害。她下意识地也要转身逃跑,却被江择言一把牵住了手腕。无论她怎么挣扎,最后还是被他塞进了副驾驶座。

她手指用力地抠住车门,想趁他上车之际逃跑,又被他冷声呵斥:"别动。"

这两个字与当初他向她告白那天如出一辙,没有任何温柔可言,霸道又不容许别人拒绝。

"凭什么?"

"凭我是你男人。"

孟轻依蹙眉,她已经不再是以前那个无条件顺从江择言的小姑娘了,虽然她不知道该怎么面对他,但难得有了底气:"你有病吧,江择言,早上咱俩说的话你是没听清吗?没听清,我就再说一遍,咱俩分手了。"

江择言侧过身子,眼神幽暗地看着她,问道:"谁说的?"

"你!"孟轻依吼道。

江择言扬起一侧的嘴角,问:"哦?我什么时候说的?"

孟轻依从背包里翻出手机,找出他们的聊天记录,像是证据一样亮在他面前,质问道:"两年前你说的,还想抵赖吗?"

江择言微微弯腰,眯着眼看她的手机屏幕,半天后才漫不经心地问道:"哪有分手两个字?"那语气要多无赖就有多无赖。

孟轻依觉得自己要被他气炸了,手指向上滑动,没多久又找到了一条消息——当初他说过的那句:【不会分手。】

江择言目光炯炯有神,说:"嗯,是我说的,但这和分手有什么关系?我又没死,而是活生生地坐在你面前,为什么我们就分手了呢?"

"江择言!"孟轻依气得浑身发抖,她从来没有觉得她面前的男人这么不可理喻。她曾经以为她无比了解他,可是现在看来,她真的一点都不了解他,尽管他们在一起四年,但他从来都没有给她能够全面认识他的时间。

她懒得和江择言发脾气,平静了一会儿,冷言道:"那我现在告诉你,我们分手吧。"

江择言眼睛都没眨一下,同样平静地回答道:"我不同意。"

孟轻依再一次被他的态度惹恼,提高了声音:"谁管你同不同意?我是在通知你,我甩了你,明白吗?"

"分手原因是什么呢?"

"我不喜欢你了。"

江择言不由分说地将身子前倾,突然凑近到她的耳边,咬牙切齿地说道:"你不喜欢我,还存着我的号码?还撒谎说不记得我的联系方式?还连备注都没改?

"孟轻依,你什么时候改掉一撒谎就不敢直视我的毛病以后,再来和我谈分手比较好吧?"

孟轻依被江择言说得身子不由自主地战栗,是她低估了江择言的洞察力。她的眼眶红得似能滴血,语塞的她突然很想推开江择言,然后狠狠甩他两巴掌。

她还没来得及这么做,江择言的身子贴得更近了。他的手臂从她身侧抬起,那根小拇指仍然翘起。

孟轻依紧紧把双手抵在胸前,不悦地问道:"又干吗?"

"你的裙子夹门里了。"他说着伸手把车门打开,又帮她把裙摆整理好后,重新关上了车门。

孟轻依不得不承认,江择言是细心的,尽管他有时候很不讲理,让她在他面前像个弱者一样任他操控,但是他很少让她真的觉得丢脸。

·188·

两个人都没有了对话的打算，江择言替她把安全带系好，自己坐直了身子，准备系上安全带。

这时，孟轻依又发出了声音："我们去哪儿？"

"大院，奶奶让我接你回去吃午饭。"

"你怎么知道我在这儿？"

"去医院找你没找到，猜的。"

"你准备什么时候告诉二老我们分手的事？我没必要一直陪你演下去吧？"

孟轻依和江择言分手的消息几乎身边所有人都知道了，唯独江家二老是被隐瞒的。

其实也不是特意隐瞒，江择言从没有说过他和孟轻依已经分手的话，消息都是孟轻依自己发布的。

她当初也想过告诉江爷爷江奶奶的，只是那时候江择言还在出任务没回来，江奶奶急火攻心，住了很久的院。从那以后，为了避免刺激老人家，孟轻依还像以前一样，每到假期都会去一次江家，替江择言尽孝心。

就连他不在的两个春节，孟轻依都没让二老孤零零地在家里过年，特意从南锦跑过来陪他们吃完饭再连夜赶回。

她一直想说出来，但是一直都没有找到合适的机会。本来她打算这次回西港和二老说清楚，但她没想到江择言已经回来了。

以往两个月都见不到一面的人，今天一天见到了两次，如果当初就是这样的相处模式，或许她就不会怪他。

车内的空调随着车子的发动开始运作，潮湿又冰冷的气体很快蔓延到整个封闭的车厢里，像是要钻进毛孔降服体内的怒火。

江择言长叹一口气，又重新把车子停在道边，眉头蹙起。头痛得像要爆炸似的，他将手肘抵在方向盘上，抬手揉搓着眉心。

过了很久，他还是忍不住心中的不悦，低声吼道："孟轻依，你没完没了了是吗？非要说分手是吗？不说分手就和我没有话说是吗？"

好不容易平息的战火又被点燃。

"是!"孟轻依比他的嗓音高很多。

"江择言,你有什么和我吼的底气?你觉得你什么错都没有吗?当初是你因为紧急任务一走了之,还给我发了那么一条消息,之后就失联了。如今你回来了,就可以当作什么事都没有发生过吗?"

"我可以找时间跟你解释,但不是现在,你非要急于这一时知道事情的真相吗?等等不行吗?"

"等?凭什么我还要等?我等了你那么多年,等你发现我,然后等来了一段苦得要死的异地恋。最难熬的那四年我也熬过了,你却把话说得那么绝,我还要继续等你?江择言,我认识你这么多年,做得最多的事就是等你。但等你让我觉得更加难挨!你知不知道?"

孟轻依越说越委屈,多年来压抑在心底最深处的苦楚终于在这一刻爆发。

江择言被孟轻依说得哑口无言,他当然知道她的辛苦,所以他曾经千方百计想弥补她,却从来都没有填补对她的亏欠。

无数车辆和路人从他们身边擦肩而过,他们缄默无语,一个伤透了心,一个毫无底气。

"你后悔了吗?"江择言压着声音问道。

他的问题让孟轻依潸然泪下,后悔吗?后悔吧。

哪有人愿意谈一场伴侣不在身边的恋爱?哪个女孩子不喜欢花?不喜欢惊喜?不喜欢明目张胆地偏爱?

后悔吗?不后悔啊!

每次她要放弃时,都会想到江择言的不易,都会被他藏在细节里的爱打动。即使他不能时刻与她联系,但永远都让她先挂电话,不能及时回复她的信息,他都会找时间逐条回复,从不敷衍。

因为当初江择言和她一样,从来没有放开过对方的双手,所以那份不易的感情才得以持续很久。

但是他先放手了,所以她该不该后悔呢?

孟轻依自己都不知道。

路边的槐树下,叽叽喳喳的麻雀围成一团,像是在议论着不远

处那两只依偎在一起的小鸟。

这一幕让孟轻依难过不已,她哽咽道:"亲近的人都习惯叫我安安,只有你叫我依依,我以为你知道我名字里的含义。"

轻依轻依,得一个可靠的肩膀轻轻依靠。

车载音响里放着江择言最爱的歌,是那首《乱世情侣》。

牵手需要心怀壮志,
成就了爱侣变烈士……

江择言失了魂般地靠在座椅上,难得眼底泛红,声音有些低沉和颤抖:"依依,我突然很后悔当初为什么没真的死了,这样的你,简直让我生不如死。"

车里,歌还在唱着,孟轻依在一旁默默流着眼泪,然后她听到江择言说道:"你走吧,我不会再缠着你了,爷爷奶奶那里我会告诉他们的。"

他俯身凑近,解开了她的安全带,沉默片刻,最后他孤勇般地吻去滑落在她嘴角的泪珠,口腔里满是苦涩,不舍和难过最后都化成了一句话:"这些年辛苦了,现在你解脱了,孟轻依。"

孟轻依不记得那天自己是怎么离开的,只知道江择言说完那句话后,自他眼眶里砸下的热泪烫伤了她的虎口。

那是她第一次见到江择言的眼泪,那个在她心里傲然恣意的少年在说放手的那一刻,为她流了眼泪。

过去那句分手没有明确说出口时,心存不安,但真的说出口后,原以为是解脱,却没想到会是如此心痛。

可是那天到最后,他们谁都没有回头,因为彼此都知道,他们之间已经产生了裂痕,如果继续纠缠下去,往后的日子会被无尽的争吵填满。

抱怨一旦撕开口子就会控制不住,如同思念一样,一旦迸发就很难收住。

孟轻依和江择言又回到了互不打扰的状态,她每天都是医院和家两点一线,他还是每四天轮一次班。

西港这座不大不小的城市,终究不能让人老死不相往来。江择言值班巡逻时,孟轻依还是会经常看到他,那身特警作战装备穿在他身上很帅,她则还是喜欢在这炎炎夏季穿各色各样的吊带裙突显她还算曼妙的身材。

他身边依旧不乏追求的小女孩,她也开始慢慢接触不同的男生,好像这一次他们真的做了干干净净的了断。

可彼此心里都清楚,他们断不了,也断不干净,两人只是都需要时间去缓解内心如洪水猛兽般的情感和情绪。

半个月后的某天,某家小酒馆里,郎昆和江择言相对而坐,桌子中间摆着一盘花生米,周围铺满了酒瓶。

郎昆难得和江择言出来喝顿酒,尽管江择言因为工作性质不能沾酒,自始至终都是郎昆一个人在喝,他也觉得舒坦。

郎昆最近压力特别大,何婷现在怀有身孕,整个人都很焦虑,情绪不稳定,又哭又闹外加无理取闹。郎昆理解她,也心疼她,在她面前从来不发脾气。

但他也是人,一直吸收坏情绪和累积负能量,得不到排解的话,他怕他会忍不住突然爆发,到时候伤害到何婷不说,两个人也会真的产生矛盾。

就像江择言和孟轻依一样,彼此压抑在心里的情绪都很多,等到爆发这一天就会一发不可收拾。

从进门到现在一直都是郎昆一个人在说话,江择言始终转着手中的空杯,安静地听着,也不知道是不是真的听了进去。

郎昆宣泄得差不多了,才将话题的中心转移到江择言身上:"你和轻依这次真的分手了?"

江择言搓着手中的杯壁,沉声道:"暂时的吧。"

他的语气里满是不确定,神情也颓然。

郎昆认识江择言十几年了,上次见他如此沉郁的状态还是十二年前他父母出事那天。原来,失去孟轻依对他而言如同失去至亲般

难过。

"我就不明白了,你宁愿和她大吵一架,也不告诉她实情是为啥啊?"郎昆情绪难免激动。

江择言抬手为郎昆倒了一杯酒,平静地说道:"以前是因为岭东那堆烂摊子,后来是因为这个。"说着,他晃了晃自己原本放在桌子下面的左手。

五根修长的手指,只有小拇指看起来有些僵硬,另外四指弯曲后,可以看到手指内侧有一条长长的刀口,从指尖到指骨末端,如一条蜈蚣趴伏在那里,而束缚住这条"蜈蚣"的是手指里的六根钢钉。

江择言说得云淡风轻,但郎昆知道这根看似不起眼的小拇指曾经差点要了江择言的命。

"岭东的事不都解决了吗?而且你的手指头还可以手术,又不是就废了。我就不明白了,你俩都挺过了那么多年,为啥就坚持不下去了?"郎昆激动得拿酒杯直敲桌面。

江择言被郎昆吵得心烦,一把抢过他手中的酒杯,手指在杯口游走,目光也随着游离,不再坚定:"我都耽误她六年了,再继续下去就是在消耗感情,与其那样还不如现在分开,大家该冷静冷静了。"

"你俩都冷静两年了,还冷静?"

"这两年,你觉得她冷静吗?"江择言实在没忍住,一口干了杯中的酒,"这些年我一直以为只有我自己辛苦,没想到让她受了那么多委屈,现在想想自己挺不是人的。"话音落下,满嘴苦涩。

郎昆没有阻拦他喝酒,把两个空杯都斟满。

江择言看着酒杯中晃荡的褐色液体,啤酒的味道从口腔蔓延到鼻腔,然后整个脑子似陷入了微醺状态,稍有混乱。

"我就问你一个问题,如果有一天孟轻依和别人结婚了,你舍得吗?"

江择言紧闭着双眼,无奈一笑:"不舍得啊。"

稍停顿后,他又补充道:"但如果真的有那么一天,我会祝福她。"

郎昆恨不得抄起手边的空酒瓶抡向江择言的头顶,或许疼痛能让他清醒，清醒地明白自己最真实的内心。

此时，何婷和孟轻依坐在地毯上也在对饮。

郎昆出去了，何婷一个人在家无趣，就把孟轻依呼唤到家里小聚一下，只是她喝不了酒，只能喝热汤，孟轻依一个人对瓶吹。

何婷看着眼前还冒着热气的牛肉汤，这是郎昆走之前给她煲好的，看到汤就像看到郎昆的人一样，让她忍不住吐槽："郎昆指不定跑出去和哪个狐朋狗友说我坏话去了。"

孟轻依用纸巾擦拭着啤酒瓶上的水珠，笑道："你心里焦虑有脾气对他发泄，他又不是垃圾桶，就算是垃圾桶也要倒空了才能继续装吧？你也体谅体谅他。"

"你倒是心疼他，你不觉得他是出去找言哥了吗？他俩谁当谁的垃圾桶还一定呢。"何婷说着，把垃圾桶递给孟轻依。

孟轻依笑而不语，把湿透的纸巾扔了进去。江择言应该有一肚子的话要往外吐露吧，不像她已经彻底倾倒而出了，最后换来了他的成全。

冰凉的啤酒入喉，刺激得喉间发酸，眼眶也忍不住泛红。

真的分手了，孟轻依不难受吗？她难受得要死，只是表面看上去洒脱，她半个月瘦了很多。

何婷看着她发尖的下巴都觉得心疼，问："安安，择言要是和别人结婚了，你甘心吗？"

甘心吗？孟轻依可以坚定不移地否定。

她拿着酒杯无奈一笑，眼泪也流了下来，问道："婷婷，你还记得你结婚那天我为什么痛哭吗？"

何婷当然记得，她和郎昆的婚礼是在2018年的国庆节举办的，那时候江择言已经给孟轻依发了那条短信。

孟轻依那段时间状态非常不好，她不是接受不了和江择言分手，她只是接受不了这么不清不白地结束她苦苦经营了四年的感情。

但是婚礼那天孟轻依还是来了，不是因为她知道江择言不会到场，她巴不得他可以来，虽然最后他还是没能赶回来。

当孟轻依穿上伴娘服的那一刻，本是合身的礼服大了整整一圈，见到镜子里的自己，她失声痛哭。

当何婷赶到她身边时，她除了抱歉还说了一句让人无法释怀的话。

"婷婷，我真的等不来为他穿婚纱的那一天了。"

别人无法理解孟轻依的苦楚，何婷却再清楚不过。过去的几年里，孟轻依有过无数次崩溃的时刻，次次坚持不下去的时候，她都是自我缓解，实在缓解不了就跟何婷打个电话宣泄一下情绪。

每每她想和江择言抱怨时，伤人的话都到了嘴边，最终都还是被她硬生生地咽了下去，因为她说那是好不容易期待而来的见面机会，连说爱都来不及，怎么舍得用宝贵的时间来吵架？

如果说他们在一起那四年，孟轻依靠着自己对江择言的爱在苦苦坚持着，那之后江择言失联的那两年，谁也不知道她是怎么挺过来的。

或许是凭借着想再见江择言一面的期待。可是真的见到了，理智被情绪限制住，那句分手是在过去几年里早就该说出口的宣泄，没想到成了真正可以解脱的成全。

思忖一阵，何婷犹豫不决间还是开了口："安安，我偶然间听见郎昆和江择言打电话，提到了岭东和什么手术，你知道是怎么回事吗？"

孟轻依手中的酒瓶差一点滑落，问："岭东？"

何婷点了点头，吞吞吐吐地说道："好像和他父母有关，主要是他父亲吧，具体怎么回事我也不知道。"

孟轻依知道何婷没有撒谎，她是真的不知道，关于江择言父母的故事，她都是两年前才从江奶奶口中得知的。

那时候老太太在医院里，像是不告诉她会有遗憾一样，把鲜为人知的家事说了出来。

孟轻依再也坐不住了，她把酒瓶扔下，问道："他们在哪儿你知道吗？"

"应该是在老六那里吧，怎么了？"

孟轻依顾不上一脸茫然的何婷，来不及和对方解释，直接冲出了屋子。

她的心突然开始隐隐作痛，她似乎知道了江择言失联那两年到底做了什么，也知道了为什么江奶奶会突然大病不起，为什么会在那个时间点对她说那番话——"阿择从小就没见过他的父母，直到他母亲去世，他才看到了她的遗体。他长大后每年都会去岭东，他不说去的目的，但我知道，他是想找到江峰，那个素未谋面，但在他心里是英雄并且无法被遗忘的父亲。"

他果真去了岭东。

第八章 落日余晖

南粤省岭东位于我国的南方，属亚热带季风气候，夏季漫长，日照充足，雨量充沛，潮湿中带着温热，终年无低温。

这里的夏天比西港更加潮湿，除了咸咸的海风，还有连绵不断的阴雨天滋润万物和每一寸土地。

江择言是第一次在夏季来到这里，以往他都是漫无目的地走在这里每一条陌生的街道上，只为了寻找他所谓的英雄父亲。

这次受组织安排，他在任务中的身份是接线员，负责警方与卧底的信息交流和传达。为了工作顺利进展，他成了一家酒馆的"老板"，也换了一个名字，余晖。

如果没有意外，他的工作算是轻松安全又不引人注目。

酒馆的规模不大，除了他还有两个帮手，梁康和李佳，从隔壁县城到岭东来打工的一对年轻小情侣。

因为年龄相仿，他们三个人相处得十分融洽，准确地说是余晖要把三个人的相处变得很和谐。

依旧是个阴雨天，梁康带着一脸愠色走进了店里，身后跟着委屈巴巴的李佳。两个年轻人都没打伞，头发湿漉漉的，肩上的水渍很清晰。

梁康走到后厨拿出一条毛巾丢给李佳，看都没看她，一屁股坐在自家老板对面，顺着老板的目光一起看向窗外。

屋子里氛围低沉，让余晖不得不收回目光，看向眼前一坐一立闹着别扭的两个人，问："吵架了？"

梁康没有应声，还在生着闷气。

李佳把擦得半湿的毛巾扔到他头顶，红着眼眶说道："不是吵架，是分手了！"

余晖努了努嘴巴，笑而不语，这是他这周第三次听到分手宣言了，平均一天一次半，每次的原因都让人哭笑不得。

走路没牵手要分手，吃饭没坐到一起要分手，说话没有及时回应要分手，天气好了要分手，天气不好也要分手……或许是天天腻在一起不知道该怎么珍惜，他们太喜欢把分手挂在嘴边了。

这一点余晖十分不理解，以往他都懒得问理由，但这次看着有些不同，梁康那沉郁的神情不像是小打小闹。

余晖眼皮轻抬，伸了伸放在桌下的腿，踢了踢梁康的脚边，问道："因为啥？"

梁康用毛巾胡乱地揉搓着头发，沉默不语，像是有些无可奈何。

还没等梁康开口，李佳一把拖过他身边的椅子，金属材质的椅子腿与大理石地面摩擦发出刺耳的声音，让人听了不禁皱眉。

李佳坐下后，将手机摆在桌面，沉着脸说道："当着晖哥的面，咱把话说清楚吧。"她说着把手机翻过来，推到餐桌中央，三个人可以清楚地看到屏幕上的照片，是一幅油画。

女人站在落地窗前，窗外是一片橘红色的夕阳，她穿着酒红色的吊带裙，露出纤细白皙的手臂，冷茶色的长发被梳成低马尾悬在后颈上方，半遮着她赤裸的曼妙背影。

"晖哥，这幅画是你的吗？"

余晖看了梁康一眼，眸子里藏着深不见底的意味深长，他沉吟半响，才低声道："是，有问题吗？"

李佳继续问道："我能问一下这画是哪儿来的吗？"

"网上随便买的，怎么了？"余晖随意地答着。

李佳眉头蹙起，被老板的坦荡和漫不经心搞得有些不知所措：

"真的？"

余晖眉梢抬起，冷言问道："不然呢？你以为是什么？"

李佳连忙摇头，一时语塞。

梁康终于忍不住开了口，冷笑道："她以为是我在外面养的女人。"

李佳顿时满脸羞红，说："哪个女孩在自己男朋友手机里看到这样一张照片都会误会吧？"

"误会什么？我都跟你说了是晖哥买的装饰画，我觉得好看就随手拍下来了，你怎么都不信。"梁康将手机举起，指着上面的女人说道，"这样的尤物除了在画里，现实生活中哪能看到？"

"你怎么就知道没有？晖哥没准就见多了这样的女人才看不上来店里献殷勤的小姑娘呢？"李佳完全忘了自己刚刚的失态和失落的情绪，顺利地把话题转到了自己的老板身上。

梁康也顺着女朋友的话茬说道："原来你喜欢这样的啊？清纯中带着性感，但又不媚俗，你眼光也太高了吧？"

余晖犀利的目光扫过两人，问道："还不干活去吗？"

小情侣见好就收，手牵手斗着嘴走向了后厨，像是刚刚的一切都没发生一样。

余晖坐在酒馆的窗边，看向外面雨雾蒙蒙的景色，脑子里的那幅画挥之不去。

实际上那是他亲手画的定制填色油画，画中的人是孟轻依，那是他们第一次欢愉前的傍晚。

3月5日，北方一到惊蛰，气温回暖，雨水变多，万物也开始生机盎然，这一天恰好是江择言二十岁的生日，也难得是个周六。

彼时的孟轻依刚刚开学不久，她一大早就从北宁坐动车出发，到北阳的时候已经是午后了。

出站后她就看见了江择言，黑裤、黑色工装外套，里面是黑色的衬衫，领口露出一小截白边。孟轻依不用看都知道是他万年不变的白T恤。

而她穿了一件黑色的长款大衣，里面是白色的高领打底衣，黑色铅笔裤，马丁靴。

她和江择言总会在穿衣上莫名其妙地很搭，或许是源于情侣间的默契。

明明前不久两人刚刚见过，孟轻依还是会在看到他时扑到他的怀里，柔声问道："想没想我？江择言同志。"

江择言双臂环在她的腰间，用下巴蹭了蹭她的额间，宠溺道："当然想了，从十九岁想到了二十岁。"

"哎哟哟，小嘴甜得。"孟轻依说着亲了亲他的嘴角，踮起脚，在他耳畔说道，"看在你说话这么好听的份上，晚点送你个特殊的生日礼物怎么样？"

江择言垂目看向她，勾着嘴角哑声道："别晚点了，就现在吧。"

孟轻依从他的怀里挣脱出来，一脸傲娇地说："不要！我要先去吃饭，饿死了。"

江择言抬手落在她的屁股上，轻挑眉梢，玩味一笑："那就先喂饱你再说。"

孟轻依突然觉得自己是羊入虎口，而且还是自己屁颠颠送上门的。

一顿不按时吃的午饭，他们从下午两点吃到了快四点。江择言早就吃饱了，孟轻依比他饭量还要小，可从进门开始，她手中的筷子就没放下过，一粒米饭恨不得咀嚼八百下再吞下。

她故意拖延时间，江择言也不闹，就安安静静颇有耐心地坐在对面看着她，那眼神里是能拉丝的蜜意。

吃到实在吃不下了，孟轻依放下了筷子，拿起手边的餐巾纸盒跑去了卫生间，这一去又是近二十分钟。

等他们从餐厅出来时，太阳已经开始慢慢下沉，孟轻依突然着急起来，拉着江择言就往酒店跑。

办理了入住后，天边的云彩有了淡淡的粉意，江择言从卫生间出来时，孟轻依穿着一身酒红色的绸缎长裙，背过身子，站在窗边。

她后背露出的V字直到腰间，脊骨露在空气中，节节分明。

空调让室温处于舒适的状态，江择言却觉得燥热难耐。

天边变成了孟轻依最爱的暖橙色，一点一点，逐渐向绯然递进。江择言拿出手机拍下了她欣赏日落美景的背影。

她也成了他眼中的美景。

他一步又一步向她靠近，当他的手触碰到她丝滑的肌肤时，两人的身子都不禁一震。

酥麻感从指尖蔓延到全身，他低沉的嗓音在她身后响起："我的手是不是太糙了，弄疼你了？"

"没有。"孟轻依微微摇头，颧骨上带着如火烧云般的红意。她慢慢转过身，目光落在江择言的喉结上，"阿择，我美吗？"

江择言咬着牙，抬手挑起她的下颌，声音里带着缱绻的暧昧："美，像日落一样美。"

"那如果在日落下让你真正拥有我，你会不会觉得我比日落还美？"孟轻依的鹿眼里荡漾着粼粼水波，让江择言沉溺不已。

内心和血液里的躁动让他有些失控，但他还是问道："依依，你想好了吗？"

孟轻依缓缓地点头，说："都让你等了这么久了，再不让你把我吃到嘴里，我怕你被人拐跑了。"

江择言失笑，他其实也没等多久，只是从十八岁等到了十九岁，又从十九岁等到了二十岁。

孟轻依和他在一起不久后，国内开始普及预防女性宫颈癌疫苗，他好不容易给孟轻依预约上了，为了她的身体着想，他一直都在忍耐着。

面前的女人，阳光、纯粹、干净又柔媚，他是条汉子，但不是个圣人，如果不吃了她，就等于给别人拐跑她的机会。

黑色的衣裤一件又一件落在了地上，那件酒红色长裙如开在黑礁石上的野玫瑰，随着海浪的扑袭，然后荡在海面之上，摇摇晃晃。

是吻，让喘气声盖过了室内空调运作的噪声；是碰触，让肌肤的颜色红过了天边的晚霞；是深入，让体温超过了三十七度。

江择言从不认为日落动人，可在他二十岁生日的那一天，他觉得日落美艳无比。

江择言正被思念烧得口干舌燥之时，店门被推开。进来的女人一头长发，身材高挑，秀美中带着英气。

梁康和李佳见到来人礼貌地问候道："嫂子好。"

曲琳琳对两人粲然一笑，说："嘴真甜，比你们老板强多了，不像他总是阴沉个脸。"

她说着坐在江择言的对面，见周围没有外人，低声笑道："怎么，想她了？"

江择言低头默认。在离开西港的几个月里，他比以往更加想孟轻依，比过去几年当中任何一次分别都想念，真的很想念。

曲琳琳看他的神情就知道自己猜得没错。怎么会不想念呢？如果不想念，她也不会从北方跑到岭东，只为每天和齐尚见一面，像陌生人一样见一面。

江择言拿起旁边的水壶倒了一杯水，推到曲琳琳面前，问道："你怎么过来了？"

曲琳琳随意地环视着店内的装饰，从灯盏到摆件，无一例外都是暖色系的橘红色，与经营者清冷的气质天差地别。她听到江择言的声音笑着回神："哦，林木最近两天来过吗？小雪已经两天没有来幼儿园了，我联系不上她父母，也联系不上林木，所以过来问问你。"

曲琳琳目前是附近片区一家幼儿园的园长，她大学毕业以后通过特岗考试来到了岭东，她口中的林木是齐尚的化名，而齐尚就是与江择言接头的警方安排在犯罪团伙中的卧底。

而小雪是齐尚目前所在的犯罪团伙的头目的女儿，小女孩一直以来都是交由齐尚照料。往常齐尚每天接小雪从幼儿园回来都会路过酒馆门口，要是有消息传递，他就会进店里取一瓶清酒，除此以外，平日里他不会与江择言有过多的交集。

"林木最近没有来过，店里的清酒断货了，明天应该会到货，明天如果看到他我会帮你问问情况的。"江择言回答时，手指有规

律地敲打着桌面。

曲琳琳明白江择言话中的深层含义,她起了身,目光偏向在后厨门口忙着工作的两个年轻人,说:"行,那麻烦你了,我还要去别的孩子家家访,每天忙得要死,你哥要是再不回来看看我,我就没有电量支撑下去了。"说完,她露出苦涩一笑。

在外人的眼里,曲琳琳的丈夫是在国外做酒品进出口贸易的岭东本地人,一直与江择言打着交道。曲琳琳远嫁到此得江择言照顾,两个人自然互称叔嫂关系,但其实并不熟悉。

但实际上江择言也该叫她一声嫂子,这些年她和齐尚分分合合好多次,终究没能彻底断干净。每每齐尚结束了一个任务都会说要和曲琳琳结婚,可是任务一个接一个,无法完全将职责和使命置身事外,他俩像对苦命鸳鸯一样。

以往曲琳琳做不到如孟轻依那般能够理解自己另一半的难处,甚至她有时候觉得孟轻依和江择言的爱情过于克制。

直到她来到岭东,看到齐尚行走在刀尖上的生活,她才了然,简简单单小打小闹的喜欢是放肆,杂乱苦楚自挨的相互衬底是克制。

齐尚说,这次任务顺利完成的话,他跟了多年的团伙就会被一网打尽,他也就可以回到西港给曲琳琳一个家。

要是在过去,曲琳琳会兴奋不已,她从小喜欢齐尚,为了和他在一起不顾家人的反对。因为和他在一起,她变得越发不可理喻,她不如孟轻依对爱看得通透,只是时间的沉淀才让她对感情晚来顿悟。

好在还不算晚,如今她已然做好了和齐尚一起并肩作战的准备,只要可以看到安然无恙的他,他在哪里,哪里都可以是她的家。

岭东的天阴雨蒙蒙,乌云密布,像罩着一层无影的灰纱,偶来的光想要穿破云层划破薄纱,还这一方天空蔚蓝晴朗。

江择言无从得知曲琳琳的心思,他淡然一笑,似安抚道:"快回来了,再等等吧。"

这句话,他希望在北方的孟轻依也可以听到。

次日清晨，供货商早早把事先订好的酒品送到了店里，江择言从中抽出一瓶清酒，将它摆在靠窗的桌上，侧头看着湿漉漉的柏油马路上的行人来来往往。

曲琳琳从酒馆门口走过时，佯装讲着电话，嘴里说着否定意味的话语，还摇了摇头。

具有中国文化元素的白瓷瓶与他相对而立，从天色朦胧的未明转到了无光的暗，直到梁康和李佳把各自的工作收好尾后下班离开了店里，一瓶一人还在原处。

按照曲琳琳之前说的，齐尚已经失联三天了，江择言和组织上的任何一个同事都没有接到他传递出来的消息。

如今的情况只有三种：一是风声鹤唳，他在谨慎行事；二是时机未到，他在按兵不动；三是……

三是他进退维谷，希望只是进退维谷。

暖橙色的灯光洒在江择言的脊背上，他的脖颈弯曲，下颌抵在锁骨与胸口之间，频率混乱地做着深呼吸。

体内有团暗暗燃起的火焰，慢慢地，热量烧红了眼，手腕上的健康监测手环又发出了"嘀嘀"的警报声。

今天已经不知道响起多少次了，手环是孟轻依送给江择言的礼物，主要是为了监测他的睡眠状况，如今除了血糖是正常的，他的各项指标都在红色灯区闪烁。

夜渐深，江择言就这样拎着那瓶清酒走出了酒馆。

某工厂门口，看门的几人围坐在一起打着扑克，吵吵嚷嚷，但是武器不离手，看似心不在焉，其实时刻保持着警惕。

黄毛专注于眼前的一手烂牌，直到声音从背后响起，他才知道身后的阴暗里站着一个人。

那个低沉又凛冽的男声戏谑道："你这牌真的就是一堆带着图案的废纸壳啊。"

黄毛后背一僵，随后便恢复正常。倒是周围的小弟纷纷抄起身边的木棍，面对着黑暗胡乱扫着，责问道："谁？"

男人扬扬嘴角，随口回道："是我。"

众人见是熟人,便松了一口气,不满道:"晖哥,你走路不能发出点声音吗?大晚上的不吓人吗?"

余晖轻笑一声,说:"你怎么不说是你骂爹喊娘的声音盖过了我的脚步声?"他说着,抬脚勾过一把塑料座椅,慢悠悠地坐下。

小弟们对于余晖是熟悉的,知道他是附近一家小酒馆的老板,生意经营得马马虎虎,为人和身手却是不同寻常,与黄毛有过命的交情。

其中一人见到余晖手中的酒瓶犯了馋瘾,问道:"晖哥,带好酒来给哥几个解馋啊?"

余晖微微一笑,说:"你觉得我是那么大方的人?想喝去店里,只要钱到位,酒你随便喝。"

"无奸不商啊!"他的逗趣让那人顿时觉得无味。

黄毛还在专研着手中的烂牌,漫不经心地问道:"那你来干吗?"他和余晖说话倒是随意,没有小弟们的恭维。

余晖将桌面上的底牌拿起,插进黄毛的手里,沉言道:"送酒。"说完,他顺手抽出一张小闲牌丢到桌面上。

黄毛顿时觉得手中的牌好到爆炸,吩咐小弟坐下继续进行牌局,边打牌边问道:"给林木?"

余晖挑了挑眉梢,沉默地表示肯定。他的目光扫过,除了黄毛,其余几人的脸上都是不自然的神情。

黄毛说着把手中的牌一把扔出,是从三到A的长顺子。他面无表情地说道:"那你可能白跑一趟了,那小子不见了,现在是生是死都不知道呢!"

"哦?怎么,你们老大帮你清理门户了?"余晖笑着问道。

他和黄毛是通过林木认识的,那一天林木来店里取酒,回去的路上遇到黄毛和手下。尽管林木是一个人,但是能让老大把亲生女儿托付的人,实力和能力都不容小觑。

再加上黄毛几人都是染毒之人,根本不是林木的对手,就在黄毛快被林木灭了之际,余晖出面救了他。他虽然捡了一条命,但他和林木的旧恨未解,新仇更深。

黄毛在林木没来以前一直是头目眼中的得力干将，可以说是一人之下，万人之上。可他是那种得志则飘的人，就此老大越来越看不上他，一直默默无闻的林木便开始崭露头角，很快取代了他的位置。

失意则颓的黄毛从二把手变成了看门狗，向堕落的深渊无尽地下坠，食了禁品，却把最后的过错都归结到林木的身上。

一直以来他和林木明争暗斗都处于下风，前几日好不容易让他借刀杀人报了私仇。

"你觉得我们老大舍得动他？当然是我自扫了门前雪。"

余晖的眼底变得幽暗，他深知林木不会轻易栽倒，至于黄毛用了什么手段，他无比好奇地问："说来听听？"

黄毛在余晖面前没有隐瞒的必要，因为他自认为两个人交情不浅，说："这小子唯一没有防备的人就是那臭丫头，而那臭丫头对谁都没有防备，所以棒棒糖里加点'冰'她也觉得无比美味，林木也觉得好吃得不得了。"

"加点'冰'？"余晖对对方口中"点"的定义捉摸不定。

黄毛咧开嘴大笑道："准确地说是'冰'里加点水果味。"

所以他是清了两场雪。

余晖面露敬佩："你们老大没查到你？"

"你觉得呢？"黄毛戏谑道，"查到我，跑的就不是林木那小子了。不过他还算走运，老大现在救女心切，还没有腾出时间收拾他就让他跑了。可是岭东就这么大，他跑不掉的。"

"恭喜你一把烂牌打得如此精彩。"余晖说道。

"必要的时候还需要别人帮忙的嘛。"黄毛笑得猖狂又肆意。

余晖没有多留，把酒留下说是给黄毛的贺礼。

离开后，他的牙都要被咬碎。林木跑了，他也不能轻举妄动，如果不尽快联系到组织，所有的一切都可能功亏一篑。

酒馆的后巷里，野猫的嘶叫声猖獗刺耳，让江择言听着烦心。

他脊背笔直，手臂线条紧绷，绕开堆放的杂物来到角落深处。

野猫的低吼声不断，隐约间盖过了急促的喘息声。

昏暗间，趴伏在墙壁上虚弱不堪的人怒骂着："滚！"毫无底气和生气。

江择言喉间酸涩，良久后，他愤怒地将脚边的铁桶奋力踹起，发出的响声吓跑了妄想成豹的猫。

他抬手抚在额前，紧闭着双眼，嘴里大口大口地吐着气息，指甲不知不觉间陷入太阳穴处的皮肤里。

疼痛感让他不得不承认眼前的一幕是现实，不是梦境。

齐尚苟延残喘地蜷缩在角落里，而他的身上是奄奄一息满脸是伤的曲琳琳。

曲琳琳这几天借用家访的名义四处奔波打听着齐尚的消息，但是一无所获。想到昨天江择言的话，她来到了酒馆期望着可以等来齐尚，却未料到江择言也不在。

压抑着内心不安的情绪，她绕到后门，还未等找到江择言放酒馆备用钥匙的地方，就听见角落里痛苦的呜咽声。

她颤抖着双腿靠近暗黑中的一隅，细微的脚步声还是引起了角落里的人的警觉。待齐尚瞪着猩红的眼回过身看向曲琳琳时，她不知是该庆幸还是该悲痛。

她此刻只能感受到脸颊上的刺痛比不过胸腔里钻心的疼。

齐尚与她相对而坐，小心翼翼地给她处理着伤口，却不敢直视她那双红肿且饱含复杂情绪的泪眼。

他稍稍一走神，手上失力，让曲琳琳吃痛。她不禁皱眉"嘶"了一声，那声音轻得要命，却还是刺激了齐尚的听觉神经。他瞬间将头埋下，手掌用力地握紧，似乎以此来控制着情绪。

木质棉签棒被他轻松折断，断裂处的尖锐扎进他的掌心，未浸药水的棉头被鲜血沾染。

曲琳琳一把捞过他的手臂，心疼地哽咽道："齐尚，你看看我好不好？"

齐尚无奈地苦笑着说："我怎么有脸看你？"

江择言一直靠在门边看着他的两位挚友，心中苦涩不堪。斗室里静得让人心慌，最后还是他打破了沉默："我安排你们回西港吧。"

"择言，可以吗？"曲琳琳抬头看向她，眼神中是欣喜。

齐尚还是一言不发。

江择言走近，瞟了一眼齐尚的背颈，说："我会和组织汇报齐尚的情况，然后尽快安排你们离开。"

他的话音刚落，齐尚猛然起身搜着他的手臂走出了房间。客厅里两个人对峙而立，谁都不肯妥协。

最后还是齐尚败下阵来，说道："黄毛一定会安排人手在出入岭东的大小车站蹲伏我，我们怎么离开？"

"走水路。"江择言平静地回答。

齐尚的舌尖抵着腮帮内侧，久久不能言。

他从工厂跑出来后就一直躲在江择言的酒馆附近，利用黄毛对江择言的信任，他知道对方不可能来此处寻他，当初他和江择言配合演的那出戏码不过就是为此。

本以为案子的进展会很顺利，没想到自己翻了船，被算计了不说，在曲琳琳找到他时，他正处于犯瘾失控状态，将拳头挥向了自己的爱人，如今看来又要把危险的工作留给自己的挚友。

沉默几许，最后他哑着声音道："阿择，麻烦你了。"

江择言抬手握住好友的肩膀，说："客气了。"他的喉结滚了滚，补充道，"这些年辛苦了，齐尚，接下来的事情交给我吧。"

意料之外的变数让警方一时间陷入了被动的处境，齐尚不能再继续担任卧底，要想再安插一名同志进入犯罪团伙中困难无比。

但了解到江择言和黄毛之间的联系，领导想让他以特殊卧底的身份通过黄毛渐渐深入敌方内部，然后找机会将涉案人员一举拿下。

江择言义不容辞地应了下来。

几日后，齐尚和曲琳琳坐上了江择言给他们安排的轮渡。与江择言道别后，齐尚状态不佳将自己关在舱室里。

曲琳琳无法靠近他，便跟随江择言一同下了船，显然她也是有话说。

"怎么了？"

曲琳琳犹豫半分，略带纠结地回道："阿择，我好像看到江叔了。"她的尾音发虚，但见到江择言怔然的神色时连忙补充道，"但我不确定，我只是感觉像他。"

"你在哪里见到的？"江择言正色问道。

曲琳琳咬了咬嘴唇，说道："我觉得齐尚厂子里的一个货车司机的背影很像江叔。"

江家男人的脊背都是同样的挺拔傲然。

江择言沉默不语，船舶的汽笛响起，似催促着离开的人即将启航，送行的人闻声也不再过多挽留。

"快走吧，回去照顾好自己和齐尚，辛苦了。"

曲琳琳领首，走了几步后，一边回首，一边挥手。前路漫漫，希望大家都可以各自安好。

轮渡离开，江择言一人坐在海边，任凭海风肆意刮着，看到沙滩上未被完全熄灭的柴火堆又重新燃起，回忆也开始在脑子里沸腾。

20世纪90年代中期，南粤省是我国毒品走私的中转地，制毒、贩毒活动蔓延迅速且猖狂。

毒品犯罪案中的毒品数量也不断增大，吸毒人员从城市甚至扩大到了农村，国家为了打击越来越猖獗的毒品违法犯罪活动成立了专案组。江择言的父亲江峰刚从警院毕业，就被选派到了岭东参加行动。

组织上给他安排的身份不是一名缉毒警，而是隐藏在毒犯身边的卧底，也就是那一年，他在一次行动中结识了江择言的母亲言月。

言月是来自南粤省某偏远农村的一个年轻小姑娘，那个村很贫穷，不知从何时起，制毒成了村民致富和赖以生存的唯一依靠。

言月的父母也同样深陷在那片泥沼之中，后来更是因为吸食毒品丧失了生命。她为了逃离黑暗，从村子里逃了出来，后来跑到了岭东，找了一家洗发精工厂上班。

刚到厂子的时候一切都很正常，言月为自己能够来到一片净土而感到庆幸。可是在厂子待的时间越久，她就越感觉到不对，这里

的好多设备是她曾经在自家村落里看到过的。

后来她才知道这是一家打着洗发精工厂名号实际上生产毒品的秘密窝点,羊入虎口容易,逃脱困难至极。

言月逃不出去,她唯一能做的就是不参与生产和不被毒品污染。毒是厂子里真正生产的商品,同时也是控制住这些女工的致命利器。

言月在工厂工作时,总是不言不语,像个小透明一样。管理者都以为她是个哑巴,她也因此逃过了被操控的命运。

但现实永远很残酷,就在专案组摧毁工厂的前一天,言月她们这些无辜的女工被注射了大量的毒品,那剂量是可以致死的。幸运的是她被救了下来,而救她的人是江峰。

得救后的言月没有觉得自己得到了上天的眷顾,她心里充满了恨,她恨的是江峰。如果他早来一天,她就不会被注射毒品;如果他晚来一秒,她就不用痛苦地活着。

戒毒所里,言月毒瘾发作痛苦难忍时会对江峰破口大骂,试图用宣泄情绪来抑制毒瘾,然后筋疲力尽地倒在他的面前,就这样一次又一次地扛了过去。

在江峰的视角里,他身为警察,救人是职责是使命,他觉得言月是个不知好歹还无理取闹的疯女人。尽管如此,但他还是在言月被关在戒毒所的那一年多的时间里每天都去看她,任由她骂,最后陪她走出了那间闭塞昏暗的小房间。

言月戒毒成功后,先是在码头做苦工,挣了一些钱后就自己开了一家小吃店。她是一个温婉的女孩,长相清纯,性格也不刚烈,所以来往的男客人总会时不时对她骚扰一番。

每当这时江峰都会出现,或许因为亲眼见过她的不易,他一直都在暗中护她周全。

慢慢地,言月被江峰打动了,甚至对他产生了情愫。她知道江峰身份特殊,并没有想过和他结婚生子,觉得他们就这样彼此照应过一辈子似乎也不错。

后来江峰在一次任务中被暗算,好在是脱离了虎口,但他被下了药,那一夜是言月救了他,不早不晚。

.210.

不久后，言月知道了自己身体上的变化，她本想着离开岭东去一个没有人认识她的地方一个人把孩子抚养长大。

但是江峰没有给她这个机会，他娶了她，让孩子顺利出生，并给孩子取名叫江择言。

江择言出生后就被秘密送回了西港。言月本也应该被送回去的，但她选择留在江峰身边。

他们的开始或许是个错误，但是既然说好了相互照应一辈子，就该信守承诺。

命运使然，言月和江峰在一起是命中注定。

他们越来越恩爱，借助开小吃店的幌子，江峰的工作开展得很顺利。

可是好景不长，江择言十二岁那年，警方在破获一起特大贩卖毒品案时，江峰暴露了身份，言月为了掩护他，死在了毒犯的刀下。

后来案子侦破，江峰也生死未卜，他与言月的爱恨情仇始于他选择救她，最终她也选择救他。

多年后，江择言从指挥学院毕业，以特警的身份被招入西港刑侦大队，那时上级考虑到诸多因素，他一开始接触的都是刑事案件。

对此，江家二老和孟轻依都还算安心，然而警察就是警察，没有任何一个警察可以挑选警种和任务。

接到紧急特殊任务的那一天，其实江择言并不在名单里，只是在听到任务地点是岭东时，他义无反顾地主动请缨。

"择言，我知道你的骨气，但你的情况有些特殊，你爸爸到现在还杳无音信，你这次要去完成的任务，也是凶多吉少，你还是要让你爷爷知道实情的。"大队长很欣赏他的做法，但还是要他和家里商量过后再决定。

江择言按照领导的指示和爷爷说明了自己的想法，老爷子没有阻止和反对孙子的决定，就像当初他支持江峰一样，他甚至还答应会瞒着孟轻依和奶奶，不让她们担心。

老人家当然知道缉毒警的危险，警察本身就不是安全的职业，不管任务的凶险系数如何，总要有人去做。

就算不是江择言也会是别人，那为什么就不能是江择言？

江择言记得很清楚，他出发的那一天，爷爷特意从大院赶到了警队为他送行。

爷爷那双苍老的手难得没有带着责备的力道打在江择言的身上，只是用力握住了他的肩膀，往常严肃的神情也变得慈祥万分。

爷爷的眼眶有些泛红，声音坚定又柔和："阿择，你永远是爷爷，是江家来之不易的宝贝，一定要顺利完成任务，平安归来。轻依那孩子还等着你呢，我和你奶奶还等着四世同堂呢。"

江择言迅速站直身子，抬起右手，向爷爷敬了个礼，笃定道："保证完成任务！"

爷爷马上用同样的方式回应了他，老人家虽然年事已高，但精神依旧矍铄，腰背永远挺拔。

爷爷从小就教诲江择言，江家的男儿都是顶天立地的汉子，要用脊背为人民撑起一片广阔的天地，血可流，命可丢，腰板要永远挺立，这也是中国人不可丢的骨气。

很多人都说江家支撑着西港公安系统的半壁江山，事实非也，每一座城市的一方天地都是由一个个带有英雄主义的普通人撑起的，慢慢地，这些人有了家国情怀，于是无数个无名之辈支起了国家碧空万里的广阔天地。

江老爷子从不认为自家的孩子是特殊的，他们可以是碌碌无为的普通人，永远实现不了自身的成就，但终究要为成就社会献出自己的力量，尽管只是绵薄之力。

他自己曾经战斗在战场上，后来又亲手把自己的儿子送到了不见底的深渊，如今又要把唯一的孙子交给国家，虽有不舍，但甘之如饴。

后来江择言才知道，爷爷在回大院的路上，坐在车里一直默默流泪，直到到了家门口都没平复情绪，让老曲绕了西港一圈才回家。

那天爷爷走后，江择言先给奶奶打电话，说明自己要外出的情况："奶奶，我又要进大山里执行任务了，和上次的妇女绑架案差不多，不能和家里联系，这次不知道要去多久，不过您放心，任务

结束我会马上回来,然后带依依回大院报到。"

江奶奶笑道:"不用你带,依依认识家门。你自己要注意安全,奶奶虽然已经习惯了你的工作性质,但是啊,你要和依依说清楚,让她安心,别让她为你提心吊胆的。"

"我已经说过了,您放心吧。"

江奶奶沉默半分,柔声道:"阿择啊,奶奶虽然不知道你出的是什么任务,但是你忙的同时要知道心疼依依,这些年她不容易的。"

"奶奶,您想说什么啊?"奶奶的话说得隐晦至极,江择言却能感觉到她话中的别有用意。

江奶奶当然知道自己孙儿的任务不会如他刚刚说的那么简单,她做了几十年的警察家属,从自己的丈夫到自己的儿子,如今再到江择言,她似乎已经形成了准确无误的预感,只是看破不说破而已,不想让他们在外还要挂心家里。

在所有人中,奶奶是最能体会到孟轻依不易的人,老人家只是希望下一辈的人少走一些弯路,珍惜眼前人。

老太太嘿嘿一笑,打趣道:"婚房也住了,你准备什么时候把女主人娶回家啊?"

江择言终于明白了奶奶话里话外的深意,不禁失笑。

如今七月洋槐开了花,雪白色的,散发着淡淡的香气。

每到这个季节闻见槐花香,江择言都会想到孟轻依,那个给了他无限理解和坚定支持的女孩,温柔淡雅,让他忍不住倾心。

他勾了勾嘴角,沉声道:"您放心,这次任务完成回来我就把她的名字填到房本上。"

江奶奶最后叮嘱道:"别让她等太久。"

槐,寓意美好,有"守候归来"的憧憬之意。

眼前的篝火越燃越烈,火光烧红了未被晚霞笼罩的另半边天。

江择言收回思绪,他的母亲、他的好友,都因为他们的另一半被推到了险恶的深渊之巅,而他也是站在深渊边缘的人。

他不敢想象一旦事态严重,他遭遇到不测,他爱的人该如何。

理智和情感在打架,最后双方达成了和解。

他拿出手机,换了手机卡,思忖半分,红着眼眶,艰难地敲打键盘。

看到信息发送成功后,他仰天长叹,滚烫的泪滑过鬓间,喃喃自语:"依依,如果可以,我一定让自己活着见你。"

海风鼓吹着熊熊火焰,所有留有关于孟轻依痕迹的物品逐渐燃成了灰烬。

从此岭东无人知晓江择言,他只是余晖。

第九章 是我非你不可

　　孟轻依乘车赶到江择言所在的小酒馆时，他面对着门口坐在软座里，头微微后仰，双目微合，剑眉蹙起，看似不悦又略带倦意。

　　老六扶着已经醉得不省人事的郎昆，嘴里正骂骂咧咧，见孟轻依走来，瞬间噤声，露出标准的微笑，说："弟妹来了。"

　　孟轻依勾了勾嘴角，礼貌地回应，然后走近江择言身侧，承接着他不偏不倚倾在她小腹上的头部。

　　她的手顺势搭在他的后颈上，看着他的头顶，无奈地摇了摇头。

　　郎昆跟跟跄跄、东摇西晃的，但他似乎完全没有注意到孟轻依的身影，开始胡说八道："不是我说你……"话说了半截，他打了一个响亮的酒嗝，酒气在空气快速传播，刺鼻难闻。

　　老六侧过身子躲避最直接的气息的攻击，江择言的眉间皱起，流露着嫌弃。

　　孟轻依垂下头，皱了皱鼻子，她搭在江择言后颈上的手一下又一下轻轻地揉捏着，像是在安抚。

　　三个人的关注点并没有停留在醉醺醺的郎昆身上，似乎没有谁对他没说完的话有浓厚的兴趣。

　　迷蒙间的郎昆也没想要博得关注，继续自言自语："你为什么不告诉孟轻依你去岭东是为了完成任务？"

"为什么不告诉她你手指头差点让黄毛废了?

"为什么不告诉她你爸爸牺牲了?

"为什么不告诉她你是好不容易才活着回来的?

"为什么……"

郎昆越说情绪越激动,江择言的眉头也皱得越深。孟轻依空着的那只手越握越紧,本就纤细的小臂上经络突起,身子逐渐开始抖动。

老六见状连忙捂住了郎昆喋喋不休的嘴,挂着尴尬的笑容打着圆场:"弟妹,你别听他胡说八道,他喝多了,说话不过脑子,我这就送他回去。咱们一起走吧,我先送你们,帮你把择言送到家。"

说完,老六瞥向靠在孟轻依身上的男人,见他眼皮微微抖动着,睫毛也跟着颤抖。

孟轻依没能马上应声,暖黄的灯光照在她橙橘色的发丝上,熠熠光辉扫过卷翘睫毛的边缘,落在眼底。

她躲藏起来的双眸里荡漾着水波,泛着涟漪,她不得不微微侧仰起头,迅速抹掉未能抑制住的泪水。

稍作平静后,她扯着嘴角说道:"麻烦了。"

车辆在城市的霓虹间穿梭,马路上有轨电车的轨迹隔开的是传统的过去与现在的灯红酒绿,让人有种穿越的错觉,也让西港这座城市充满着迷人的矛盾感。

郎昆在副驾驶上睡得酣然,老六专注地开着车,时不时通过后视镜看一眼后座两个人的情况。

江择言依旧闭目,他的脊背直挺挺地贴着后座椅子,右手手肘抵在车窗边缘,脖颈微偏,而他的左手被孟轻依环抱着,她白嫩的手指与他的相互缠绕,两人的小手指紧贴在一起。

这样的画面落在旁人的眼里,好像他们从未分开过一般,是亲密无间相互依偎的恩爱伴侣。

孟轻依转过头看向窗外,茶色的车窗被黑夜衬托着,人影映得更加清晰,稀碎的点点灯光落在她的水眸间,似繁星坠入大海。

老六帮忙把江择言送到屋子里后才离开。孟轻依去厨房烧热水,

江择言就保持着被丢在沙发上的姿势，双目依旧微合。

整间屋子浸在微弱的光里，那是借来的城市灯火，是安居者与尘俗人共同送给同一片黑夜的晶亮点缀。

小时候的孟轻依非常喜欢坐车看夜景，和江择言住在一起后，她开始着迷于从高楼俯瞰的感觉。

水开了，热水壶的开关自动跳回了原处，缕缕白雾从壶口跑出，慢慢升空后消散无影。

孟轻依收回远眺的视线，专心忙着手里的。

透明玻璃杯的杯底有一层浅浅琥珀色、反着水光的黏稠液体，被热水融化后，飘来一阵甜腻的槐花香。

她拿着水杯从厨房走回客厅，随意地抬脚，点亮了放在沙发侧边的落地灯，橘黄色的暖光照在她的脸上，白墙上映着她俯身的倩影。

"起来，喝水。"她说着，将玻璃杯放下，杯体与同种材质的茶几桌面碰撞，发清脆的响声，如她的嗓音一般让人无法忽略。

倚在沙发一隅的江择言闻声没有回应，他仰靠在沙发坚硬的边缘，颈部线条被拉得修长，喉结在颈间微微游走，轻柔的呼吸间带着淡淡的酒气。

见他无声，孟轻依似乎预料到了一般，没有在意，安静地在沙发的扶手上落座。她低着头，用左手拇指的指甲抠着右手食指的指甲。

良久后，江择言终于耐不住孟轻依的性子，闭着眼睛，顺利地找到她的手臂，慢慢摸索着，最后他的大手包裹住她的掌心，缓缓地睁开双眼，苦笑地哑声道："我真的是败给你了。"

孟轻依任由他牵着，没有打算理会他的"投降"宣言，只是瞪着明眸与他那清澈的双眼对望着。目光碰撞间，丝毫看不出他的醉意。

其实江择言根本没醉，他只是没忍住喝了那一杯，他趁着好容易得来没有郎昆胡言乱语的清静，闭目养神的同时想理清楚混乱的思绪。

然而他没有想到的是孟轻依会突然跑来，当她带着身上淡淡的花香味凑近他时，他只想倾靠在她怀里，想借此般示弱来讨她对他没有完全消失掉的关心。

好在她没有无情地推开他。

只不过出乎江择言预料的是，孟轻依在听到郎昆的酒后真言后表现出的淡定和从一开始就知道他在装醉且没有戳穿的配合。

两个人各怀心事地对视着，许久后，孟轻依眨了眨发酸的眼睛，拿起茶几上已经变得温热的水杯重新递给他，柔声问道："想和我聊聊吗？"

江择言没有松开她的手，用另一只手接过水杯后，反问道："你怎么知道我没醉？"

"你喝没喝醉我会不知道？"孟轻依的回答不是出于自信，而是了解。

她太了解江择言了，是真正的了解。

了解他，她用了九年，听着是一个不长不短的时间段，却是一个从用耳朵，再到用眼睛，最后到用心的漫长过程。

事实上，了解一个人是要不带有盲目感性的无情，你要剥开包裹着他的华丽糖衣，看到他最真实的一面，好的坏的、完美的带有瑕疵的，所有的一切都要全盘接受。

以前的孟轻依并不是嗜糖的人，她曾经以为自己不再是得到甜食就可以满足的小女孩，只是在认识江择言以后，她希望真实渴望的甘美都与他有关。

暗恋时，他会送棒棒糖哄她，交往后，他给予她比糖果更甜的爱情，那是属于他们的爱情。

孟轻依不愿意和江择言争辩眼前的细枝末节，现在看来，这些都是无关痛痒的小事，她希望他们可以坦诚地、冷静地好好谈一谈。

江择言喝了一口蜂蜜水，槐花蜜很甜，会有略微酸的回味，酸酸甜甜的味道像极了爱情。

他的手指摩挲杯壁，侧过头，眸中含情地看着孟轻依，问道："聊什么？"

"你去岭东为什么不告诉我?"孟轻依问得很直接。

江择言淡淡一笑,无奈道:"我不告诉你,你不是也知道了吗?"

他把手中的水杯放下,手臂搭在沙发背上,悠然地问道:"你什么时候知道的?"

"从一开始就知道。"短袖的衣角早就被她揉搓得皱巴巴的,"我不是不谙世事的小姑娘,也不是百事通,只不过多的是你不知道我知道的事罢了。"

孟轻依不知道的事有很多,知道后要装作不知道的事更是不少,而这其中她别有用心想隐瞒的人,只有江择言。

虽然小的时候她曾错以为他不知道她的喜欢而觉得酸楚满腔,但不知从何时起,她爱他的方式,她希望只有他不知。

孟轻依的眼睛难得不带柔情地看着江择言,语气无比平静地反问:"江择言,你觉得我为什么非要和你分这次手,闹这么一次别扭?"

没有得到他的回应,她只能接着问道:"被突如其来赠予的单身生活,你觉得是种解脱吗?"

江择言还在思忖孟轻依说的那些他不知道而她知道的事到底有多少,她接二连三的犀利问题让他的神情转而变成一贯的恣意傲然,他说:"我知道这些年你受了不少委屈,所以不管你现在想要如何宣泄自己的情绪,我都任由你。但是依依,你我都很清楚,我们分不开。"

"我,江择言,除了追人不会失手,更不会让任何人轻易地从我的身边逃离。你从成为我的女人的那一天起就应该知道,你跑不掉的。"他越说越显露出不容拒绝的神情。

孟轻依听到他的话不禁失笑。她扬起下巴,望着天花板上的影影绰绰,垂下的发丝比身旁的地灯更有柔暖之意。

"江择言,我等你,不是因为我逃不掉,而是我不想跑。当然,我也是非你不可,因为在我看来,只有你的存在,才让我的喜欢显得无比有意义。"

她的话让江择言第一次感受到什么叫作荣幸之至。

在他看来，他的爱人是孟轻依这个结果是那么的理所应当，一个出现即自愿成为要陪伴他终身、可遇不可求的好女孩，毫无道理地被他、被所有人贴上了和他般配的标签。

过去很多人问过他的择偶标准，他都给不出一个准确的描述和答案。

原来所谓爱就是永远没有标准，不过是因为一个人的出现，正好符合心中本有的理想和眼光。

那是幸运。

江择言用舌尖抵着上颚，轻声一笑，指节分明的手指挑起孟轻依一绺橙色的发丝，与他手指上的薄茧纠缠羁绊，不舍不离。

而后他那令人安稳带着沙粒感的嗓音响起："孟轻依，你有没有想过，是我非你不可？"

他转过头，准备用甜蜜又温柔的目光迎接孟轻依投过来的视线。

在四目相对的那一瞬间，他的眼神突然又变得炙热。

当初他豁出了一切而被上天眷顾，换来再次宠幸，多得来的一条命，为了见到她而不得不输得一败涂地，他又何尝不是心甘情愿。

孟轻依的右手撑在沙发的扶手上，顺着发丝间牵引的和柔力道，她转过身子跌入江择言的怀里。

泫然欲泣的双眸凝视着那双深邃的眼眸，波涛汹涌。

江择言的右手揽住孟轻依的细腰，缠绕着发丝的左手贴在她的肩胛上，棉质布料吸着他掌心的汗，然后将热意传递到坚硬的骨骼上。

孟轻依以前也瘦，但瘦得很匀称，四肢和腰身都是刚刚好的程度，所以身材看起来只是修长，但不算姣好。

而如今她展露出的曲线，让她看起来凹凸有致。

茶几上江择言的手机里突然传来熟悉的粤语男声。

爱一个字也需要及时
只差一秒心声都已变历史
为何未放肆见我爱见的相知

要抱要吻要怎么也好

不要相信一切有下次……

《爱得太迟》,从江择言拥有手机的那天起就是他的手机铃声,以前他选取的段落是第一段的副歌,后来和孟轻依在一起后就换了刚刚听到的这段。

这首歌似乎始终低唱着他的心声,同时引发着脉搏、胸腔以及体温的共振。

不多情且长情的人,一点一点失了分寸。

酒精开始让人躁动,迷蒙了神经和眼神,也让耳朵屏蔽掉了声音。

温热的呼吸交织缠绵,气息越发灼人。

孟轻依的身子微微晃动,不自觉地向江择言凑近。他的左手迅速扣住她的后脑勺,吻住了她的唇。

那是品尝过无数次的柔软,也是时隔几百天后再次吞噬的甘甜。

客厅里的暖灯推着两个人的背影进了卧室,并将照明的任务托给了月光。

江择言将孟轻依放倒在床上,覆在她的身上,唇开始在她的肌肤上游移。

皎洁的月光洒在她白皙的皮肤上,慢慢地染了红晕。

江择言再次贴着她的耳朵哑声道:"就算你主动投怀送抱,也要事先说好,咱俩还没和好呢,我只碰我自己的女人。"

他的克制无非是挑拨孟轻依的失控感。

她仰起玉面,娇媚道:"阿择,我们和好吧?"

木地板上多了附着物,房间里的氧气也在被一丝一丝抽干。

一场肆意的愉悦从深夜持续到了凌晨,月亮都感觉到了羞涩,躲在云层后面很长时间。

江择言喜欢用再一次的轻吻表达他体内的畅然。他的唇落在孟轻依的嘴角,她哼哼唧唧地任他亲着,乖得要命。

他亲够了,她便转过了头。

孟轻依把玩着他的手指,小拇指上的伤痕让她无法忽略。

他的坚强让人忽略了他也是一个脆弱的血肉之身。

所以留在他手指上的伤痕背后刻有的故事不管有多么残酷和真实,孟轻依只想知道,他该有多疼。

她转过身子,蜷在他的怀里,吸了吸鼻子,柔柔地问道:"阿择,你疼不疼?"

江择言举起手看了看,笑着回应道:"不疼,也没什么感觉。"

他说得越轻巧,孟轻依就越心疼。她低头亲了亲他的指尖,看着他,试探地问:"你要告诉我吗?"

江择言回看她的眼神里满是宠溺,他抚摸着她的秀发,清冽的嗓音把那段她无从得知的故事娓娓道来。

齐尚和曲琳琳离开后,犯罪团伙的头目魏北一门心思都扑在女儿身上,无暇顾及生意上的往来,于是黄毛重新得了势,他把岭东翻了个底朝天也没能找到他所认识的"林木"。

林木的消失让黄毛做事开始变得谨慎,随着他接手的工作越多,那些被光鲜包裹的黑暗一口又一口地吞噬着他。

他和余晖依旧走得很近,隔三岔五就去小酒馆里喝上几杯,只是两个人只谈花天酒地,从来不会涉及黄毛不会说,余晖却迫切想知道的机密。

这场看似不温不火实则暗流涌动的战斗,直到一年多以后的冬天才迎来了转机。

黄毛的毒瘾一直都没能戒掉,随着他手头的权力越来越大,他吸食得也越发猖獗。

当初魏北在焦头烂额之际一时找不到合适的人选接手,才给了他第二次机会,见他在生意往来上并无差错,也就对他吸毒的事睁一只眼闭一只眼。

2019年的圣诞节前,魏北的女儿小雪完全康复,魏北回归,重新主持大局后的第一件事就是收拾黄毛。

理由很简单,黄毛无用了,他现在就是个只知道吸毒的行尸走

肉，而且他知道太多不该知道的事情，所以他活不得。

然而在魏北动手前，黄毛就听到了风声，选择了跑路。他没有去投靠余晖，而是跑到了码头，因为那里有他需要的东西。

逃亡的路上，除了担惊受怕，戒不掉的瘾会把黄毛折磨得生不如死。

毒品就是一个无形的黑色恶魔，它只会让人无限地堕落，永远不会让人得到所谓的"快活"。

在他几近绝望之时，只能铤而走险去码头截一批对魏北来说最为隐晦也是最重要的货。

送货的人叫老金，是林木出事前不久被招进厂子做司机的，长得瘦弱干枯，面目有些狰狞，又是个聋哑人。

听不见说不出，只会闷头干活，又不惹事，这样的人最适合在魏北的手底下工作了。

黄毛东山再起后，把这批货的运送交到了老金手里，除了老金的先天条件，黄毛每次见到老金时总有种莫名的熟悉感。

又因为对方是被蒙在鼓里，冒着掉脑袋的危险在工作，黄毛私下里给老金的额外报酬并不低，这一年多以来，两个人也算是熟稔起来了。

当黄毛出现在码头时，老金并未感到意外，还以为他是前来检查工作的。毕竟老金是真的两耳不闻窗外事，并不知道他如今的处境。

黄毛顺势以查货为借口跟着老金走向自己所需的东西，却不料在那里等着他的是魏北和一群准备取他命的人。

魏北怎么可能让黄毛轻易跑掉，他重持大局后没有马上换掉老金就是等着黄毛自投罗网。

"黄毛，这些天都不见你，怎么躲着我呢？"

黄毛颤颤巍巍地嘴硬道："躲你？我现在用得着躲你吗，魏北？你做的那些见不得人的勾当我可都知道，你想找到我不就是想让我彻底闭嘴吗？但我告诉你，你想都别想，我要是死了，警察也不会放过你的！"

魏北戏谑一笑。

他身后的小弟忍不住嘲讽道:"黄毛,你什么时候开始相信警察了?"

黄毛吃瘪来不及反驳时,一道清冷的男声从他背后响起:"他一直都很相信我。"

余晖从黑暗中慢慢露出身影,因为他背对着光,魏北看向他时不得不眯着眼睛,问:"余老板的意思是?"

"你理解的意思。"余晖带着阴戾的笑,举起手中的枪,将枪口对准魏北,冷言道,"你被逮捕了。"

他的话音刚落,魏北身边的人纷纷抬手,瞬间无数个枪口对向了余晖,却没有一个人敢轻举妄动。

黄毛被惊吓和惊愕搞得头昏脑涨,原本在他身后的老金也突然没有了踪影。所有人都在生死对峙中,他却颤声问道:"你和林木什么关系?"

"同事,战友,"余晖微做停顿,无比正色地补充道,"还有兄弟。"

他的话音刚落,黄毛疯了一般将他直接扑倒在地,他手中的枪瞬间走火,飞速射出的子弹不偏不倚穿过魏北的腹部。

黄毛和余晖厮打在地,一声枪响换来的是一批又一批警察循声而来。

警匪交战的时刻,江择言再也不是余晖,他是警察,是江择言。

黄毛猩红着眼,失控的毒贩之所以可怕,是因为他们知道自己彻底失去了生的希望,丧失了理智。

江择言的左手刚刚碰到掉落在地面上的枪,黄毛见状迅速斜扑到他的身上。

他上身和右手被黄毛死死压在身底,脖颈被对方的腰压住。

就算如此,江择言的左手指依旧死死将枪扣在地上,抵在枪柄边缘的小拇指突然落空,黄毛抓住他的手一下又一下地往下砸。

钻心的疼痛让江择言的大脑瞬间空白,不久后,手不再传来知觉。在他快要窒息之际,黄毛的拳头没再落下,只是黄毛温热的血

一滴又一滴地落在江择言的手背上,然后整个人泄了力彻底倒下。

江择言呼吸着新鲜的空气,渐渐地听到一个含混不清的嘶哑声音:"你没事吧?"

中年男人面目狰狞,但是眉眼间可以看出英气,面部轮廓有强烈的线条感,左下颌边缘有一颗黑痣。即使他蹲伏在地上,腰背依旧挺直。

江择言颤声喊道:"爸。"

与他的呼唤声同时响起的是一声闷哼。

深夜,江择言富有磁性的嗓音让孟轻依实在抵不过困意,她的鼻尖磕在男人坚硬的锁骨上,红了。

或许是因为太疼,她的睫毛根部沾上了湿意。

"困了?"江择言蹭了蹭她的鼻尖,问道,"那睡觉吧,好不好?改天再说。"

孟轻依点头回应他,转身时喃喃地说了一句什么。江择言只听清了"看谁"两个字,不想闹她,就猜测着她是想去看爷爷奶奶。

江择言的胸膛紧贴着孟轻依的背,落了一枚轻吻在她的头顶,却没能注意到她散落的头发上已经湿了一片。

第二天清晨,江择言晨跑时特意去了趟孟家,帮孟轻依取了换洗的衣物和她的化妆包,回来后又给她准备了早餐。

待他进入卧室想要叫她起床时,却见她正闭着眼睛跟着自己的手机闹铃嘟囔:

哎嗨——哎嗨——哟
大棉袄来二棉裤
里头是羊皮外面裹着布
哪怕外面零下四五十度
穿上它咋冷咱也不打怵
开山劈岭伐大树
这就是我说的劳动保护

哎嗨——哎嗨——呀……

当年赵本山老师在春晚上表演的明明是热闹欢快的东北民族风歌曲，可此刻从孟轻依嘴里唱出来却像是催眠曲一样，丝毫没能起到唤醒她的作用。

江择言躺在床上，把孟轻依捞到自己怀里，密密麻麻的亲吻落在她的耳后，痒得她不停地扭动着身子，眼皮抖了抖，还是不愿抬起。

孟轻依赖床的毛病江择言老早就领教过，她要是没睡到自然醒，不管他怎么闹她，她都能忍耐，迷迷糊糊间等着再次深度入睡。

除非……

江择言蹭着她的耳尖，热气萦绕着暧昧："依依，你要是实在不想起，就别起了，咱俩做……"他停顿一下才又继续说道，"爱做的事吧！反正我今天休息，我可以替你请假，你觉得……"

他的话音未落，孟轻依就迅速从床上跳到了地面，背对着他胡乱地套上上衣，一声不吭地走出房间。

江择言不用看就知道她此刻正噘着薄唇，眉头紧皱，肯定还在腹诽。

他也从床上起来跟着她走了出去，靠在客厅的沙发扶手上，双臂环绕抱在胸前，看着她一脸倦怠地走进卫生间，睡眼惺忪地站在镜子前，连头都懒得抬起。

在这个世界上，能让孟轻依气恼的事不多，觉睡不够可以算一个；能让她自主起床的外界干扰很少，江择言的不正经的耳语永远屡试不爽。

满心不悦的她耷拉着脑袋，挣扎半分钟后，气鼓鼓地叫了一声："阿择。"

江择言勾了勾嘴角，早就知道她会这样，于是慢悠悠地走到她身边，替她挤好牙膏，然后把牙刷放进她的嘴里，动作轻柔地上下活动着手臂，充当她的人肉手动牙刷。

帮她洗漱完毕后，他又给她换上了干净好看的明黄色吊带长裙。

好不容易哄着她自己开始化妆，他也没有离开，一直陪在她身

边，时不时还献吻一枚，顺便夸奖她的美貌。

孟轻依彻底没有了脾气，美滋滋地对着镜子开始更加用心地打扮着自己。

两个人吃完早饭，江择言驱车把孟轻依送到七院门口。她迟迟不肯下车，厚着脸皮跟他讨要糖吃。

"阿择，我要吃糖！"她平时清脆的嗓音带了些娇滴滴的嗲意。

平日里江择言根本不会控制孟轻依摄入的糖量，她莫名其妙的撒娇让他觉得有趣至极。他抬手看了一眼手表，时间还来得及，便陪着她继续逗趣。

"不行。"他捏了捏她的鼻尖说道。

听他拒绝，孟轻依的眼中露出一抹狡黠。她眨了眨眼，慢慢地凑到江择言面前，蹭着他的鼻尖说道："就给我吃一块吧，好不好？"

江择言似乎觉得她还不够娇，贴着她的唇，坏坏地反问道："那我把你一块儿吃了，好不好？"

往常他如此打趣孟轻依早就红了脸，还会佯装生气地想要快点从他身边逃离。可眼下她脸不红心不跳地说道："谁吃谁还不知道呢。"

江择言被她逗笑，揉了揉她的头，从储物箱里拿出一根橙子味的棒棒糖，剥下糖衣。

孟轻依伸手刚要接过，他低头噙住她的下唇厮磨。半分钟后，两个人的嘴角都带着水渍，依依不舍地分开。

江择言抵着孟轻依的额头，喘息间笑着问道："怎么从昨晚开始你就变得既黏人又磨人了？"

孟轻依转头含住江择言手中的糖，嗔怪道："别说得像你不享受其中一样。"

她的话让他无力反驳，要不是她今天有病人，他真的会把她扣在家里，做尽他爱做的事。

从他的眼神里，孟轻依就知道他又在想不健康的东西，男人果然都是一个样。

眼看着就要迟到了，她把棒棒糖从嘴里拿了出来，凑近亲了亲江择言的嘴角，快速和他道别后跑下了车。

孟轻依跑进医院大楼，躲在角落里，满是不舍地站在原地看着他离开后才收回视线。

心理学中有种倾向叫作婴儿依恋，本是指婴儿在同母亲较长时期的相互作用中逐渐建立的感情联结。

可是那其中从信任到偏爱的发展递进很像她和江择言的关系进程。

是他私有的温柔和宠爱给了她变本加利肆意妄为的底气，女生本身都会撒娇，是否愿意表露要看是否有人吃她那一套，然后告诉她自己会无条件为她撑腰。

江择言的车里飘荡着青橙味，连他的唇周都沾染着果香的甜蜜。

他的心脏在胸腔里强有力地跳动，如果不是这一点，他甚至怀疑从昨晚到现在的一切都是幻境。

从分手到复合，这一切发生得突然又顺利，然而江择言心里再清楚不过，孟轻依不和他继续闹下去，不是因为她没有原则，而是因为她对于他无限的宽容，又或许是被他还没讲完的故事触动。

触动不等同于感动，触动是在理智的牵制下做出正确的选择，是心被拨动但未失控。

山灰色的车从城市的中心飞驰而过，一个多小时后停在远郊的某处，这里是离西港市区最远的殡仪馆。

江择言在骨灰寄存处找到了属于江峰的位置，透过窄窗可以看到里面狭小的木盒，而那里面装着的并非江峰的骨灰。

在那场抓捕行动中，化名为金讧的江峰中枪倒在了江择言面前，经过多日抢救，最后还是牺牲了。

2019 年的最后一天，江择言的父亲真的死了，而不是所谓的杳无音信。

案子最终告破，江老爷子特意赶到岭东，将江峰的骨灰与言月合葬，那是江峰早就表明过的遗愿。

十二年前，江峰身份暴露，言月身亡，他身受重伤，面目尽毁

后被人溺在海里，得救时听觉已经完全受损。

休养许久后，他戴着一张狰狞的面具换了身份，光明正大地继续生活在岭东这一片土地上。

尽管很多人都在寻找他，他也全然不顾。在他心里，那个叫江峰的缉毒警察，早就在他妻子无辜被杀那天陪着她一同离开了人世。

江峰抛弃了自己所有的过往，名字、家人，近乎所有的一切，唯独没有放弃卧底的身份，此后的十几年里他一直在为警方提供线索和帮助。

而他所做的这一切，鲜有人知。

当初言月去世，等案子尘埃落定后，江家二老带着江择言来到岭东，准备把言月的骨灰带回西港安葬，却意外在殡仪馆的骨灰堂里见到了江峰。

江择言十二岁以前，从来没有想象过他们一家五口聚在一起时的场面。

只不过当他们真的聚在一起时，一个人化成灰烬被放在盒子里，一个人换了一张陌生的脸，眼神里满是冰冷。

江择言一时间不知道该如何开口和自己的父亲说出第一句话，而江峰也无法轻易地和自己的父亲说出一句简单的问候。

江爷爷也是绷着脸一言不发。

尴尬半许，最后还是江奶奶打破了僵局："阿峰啊，你既然没事，那我们就带着言月一起回家吧。"

"妈，言月的家不在西港，你们没必要把她带回去。我在这里，她就应该留在这里。"

老太太始终是明事理的人，不会哭哭啼啼无理取闹，语气平静地问道："不回去，你打算怎么办？"

江峰神色坚定地回答："她在这里，我就要留在这里。如果哪天我真的死了，我也会选择把自己安葬在岭东，而不是回西港，因为这里有我的家和我的事业。"

他说着，将目光落在江择言身上，扯了扯嘴角，补充道："择言是江家的孩子，这一点我该庆幸。"

"所以你的意思就是让我们当你真的死了呗？"江爷爷冷言道。

江峰沉默不语。

江老爷子苦笑一声，二话没说，拉着老伴和孙子转身离开。

等到了码头后，江择言趁二老不注意又跑回去找了江峰，那时的他不过是想和父亲问声好，仅此而已。

可是未等他开口，江峰就骑着自行车把他送回了码头。

在江择言上船前，江峰把自己的警徽交到他的手里，并叮嘱："阿择，帮爸爸把这个交给你爷爷，告诉他作为江家人的使命我已经完成了，但我永远不会忘记自己作为警察的使命。"

江择言不记得那天自己到底有没有和江峰说话，印象里是没有的。

而那枚警徽如今被他放在了属于江峰的骨灰盒里。

他用手中的小钥匙打开了那扇玻璃窗，一张藏在角落里和名片差不多大小的硬纸飞落下来，掉在他的脚边。

江择言弯腰拾起，放在眼前才看清那是一张照片，而照片上的人却是他和依偎在他怀里的孟轻依。

他翻看照片背后，上面写着好似在哪儿见过的秀气字迹，满满当当的，像是一封信。

江择言眼眶一紧，在心里一字一句地默读着上面的内容。

【叔叔您好，我是孟轻依，没想到是以这样的方式与您见面，但听说您和阿择已经见过面了，今天能在这里看到您，我想他应该也已经平安回到了西港了吧！不知道为何他没来和我见面，或许他还没有忙完吧。我想他应该还没来得及告诉你我的存在，这张照片是我和阿择在几年前的冬天第一次去岭东时拍摄的。那里真的比西港暖和多了，潮湿的小雨让人觉得有点特殊的小情调。我想您这些年一直坚守那里，大抵除了回忆，更多的是因为某些原因喜欢上了这座城市吧？就像我如此热爱西港一样。但我知道阿择和您一样热爱着我们现在所在的城市，他也喜欢岭东，那个对他来说陌生、提起又会倍感亲切的第二故乡。阿择曾说如果有机会，等到以后的某

个冬季,会把爷爷奶奶也接到岭东,我想那时他真正想的是一家团圆吧。您应该不会猜到,您的儿子会对家庭有着这么渴望的憧憬。奶奶说,阿择离开前说出完任务回来就娶我。我刚听到的时候还挺急迫,希望他赶紧回来,可是现在我才发现,只要他可以回来,我等多久都愿意。不过我们真正举行婚礼那天,您和阿姨无法到场了。就像我的爸爸一样,他也不能陪我走上那条在成为他人妻子前的短暂路程。我写这些话最想说的就是,那条步入婚姻的路,我会一个人坚定地走向阿择,然后把我的手放进他的手中,如誓言所说,永远相伴,共度余生。您要相信我是一个可以信守承诺的人,几年前我提前向阿择走近了几千步,幸而恰巧让他在转过头时看到我,所以自始至终我都是非他不可。最后我想告诉您,在阿择的记忆里,唯一与您父子温馨的画面是在他十二岁那年,他坐在您的单车后面,您载着他一路飞驰到码头,并送他坐上了离开岭东驶向西港的轮渡。或许那天您不知道,他是不愿意下车的。所以如果有来生,希望您不只是一个被誉为英雄的警察,还是一个可以被人称呼为江择言爸爸的普通父亲。】

最后一个字音在心间落下,一滴泪从江择言的眼角滑落,满腔苦涩。

对于孟轻依来说,这样一张三寸的照片,平时只够她洋洋洒洒写上几个字,可是她却刻意缩小了字体,把自己想要吐露的心声全落在笔上。

昨晚他故事讲到一半被她刻意打断,原来并不是未完待续,而是她提前就知道了结局。

他的女孩儿真的什么都知道。

照片应该是孟轻依从缝隙里塞进去的,江择言把它夹在指间,打开玻璃窗,将里面的小木盒拿了出来。

他把江峰的警徽端端正正地摆放在里面,随后它的下面多了一张照片。

江择言低下头,指尖在照片中的女孩脸庞上游走,慢慢地说道:"爸,我今天来本是想告诉你我和依依的事情的,没想到这个小丫头瞒着我提前和你见面了。也不知道她写的字你看没看见,为了让你看清楚,我放在盒子里面了,你也可以顺便拿给我妈看看。

"十二年前你让我把你的警徽转交给爷爷,我没有照做,而是自己偷偷藏了起来,现在也算派上了用场。虽然当年你坚持要留在岭东,但我觉得作为江家的人,你总要给家人留点念想,所以把你安排在了这里,你的警徽也放在这里了。

"如果可以,其实我也想把我的警徽交给你。你真正离开世界的那一刻,我想我作为江家人的使命也完成了,所以我也该去追求我自己所憧憬的未来。

"不过你放心,我始终会护这一方平安,让所爱之人无恙。祝你和妈妈一切安好,有机会我会带依依回岭东看你们的。"

他低沉的嗓音和木盒关闭碰撞的声音一同落下。

把一切归置好,江择言准备离开时,发现不远处的角落里站着一个男人,大夏天的,他穿得严严实实,只一双眼睛露在外面。

那双眼睛像是带着说不出的万种思绪,死死盯着玻璃窗里的瓷坛,久久没有离去。

江择言从对方身后路过时,特意留意了一下,瓷坛上贴着逝者的照片,长相不易记住,只是那双大眼睛,江择言总觉得在哪里见过。他目光向下一扫,看见了寄存者的名字——杨雨。

这个名字我好像听别人说起过……

夏季的雨来得又急又怪,一场突如其来的太阳雨,雨滴又大又密,带着光倾盆而下,把不少人困在七院门口前的雨棚下。

孟轻依和刘洋下班后,聊着天搭乘电梯来到一楼时,看到躲雨的人群,不由得驻足。

刘洋在一旁感叹道:"大晴天下雨看似看个奇观,但你觉不觉得,这一幕对于到医院来的少部分人而言,更像是希望在一点一点被浇灭?"

孟轻依不语,她明白刘洋话中的"少部分"代表着什么,因为曾几何时,她又未尝不是对方口中的少数呢?

雨水在每个时节都寻常无比,只不过对求医问药的人来说,雨永远都来得不合时宜。

看着门廊前的人开始减少,孟轻依淡然地开口问道:"为什么不能是在无望时寻得了一丝光亮?毕竟太阳和雨都分不清它们到底是谁先来谁后到吧?"

有人相信雨过会天晴,也有人会认为人生不过是冒雨前行,很少有人会觉得雨可以和太阳同行。

生活的本质就是暗淡且又充满光亮。

刘洋会心一笑,没有反驳,视线一转看向远处的门外,阳光下,男人伫立在雨中。

他抬手推了推孟轻依,扬扬下巴,问道:"你看,那个男人打着伞站在雨里,你说他要是在等人,那为啥不进来躲躲呢?"

孟轻依抬眼,目光随着刘洋的指引,穿越人群落在了那个男人身上。

他身姿颀长,撑着伞的手臂结实又线条感十足。

明晃晃的光伴随着密密麻麻的雨滴散落在笼罩在他头顶的黑色伞面上,伞檐半遮挡住的英俊脸颊上透着阴郁。

水汽和光晕迷蒙住他的容颜,让人有种雾里看花的朦胧感。

这样的江择言让孟轻依一下子想到了九年前自己第一次见到他那被忧郁遮挡住的侧脸。

在一起这么久,她几乎很少再看到他脸上流露出这样的神情,甚至一度以为她带走了他的阴霾。

原来不是他的阴霾被带走了,而是在她的面前,他把不好的情绪都藏了起来。

而至于刘洋问的他为什么宁愿撑伞也不进来躲雨的原因,孟轻依想大抵是因为他有伞。

有伞的江择言做不到为所有淋雨的人撑伞,那他就做到别占领别人可以躲雨的屋檐。

"他是个偶有温柔的人。"孟轻依说道,脸上带着明媚的笑,目光依旧落在江择言的身上。

刘洋被孟轻依的回答弄得摸不着头脑,但这句话他似乎在哪里听过。

没等他向孟轻依问个清楚,就见她说完话抬腿就跑,边跑边背对着他挥手说道:"男朋友来接我下班了,师兄自求多福吧。"

明黄色的裙摆在欢快跳跃,吸引了很多目光。刘洋看着孟轻依穿过人群,走到门外时,原本伫立在远处的男孩快速来到她的身边。

他挺拔的腰微微弯曲,俯身将她揽进了自己的伞下,深邃的眼眸里满是宠溺。

刘洋突然想起来在哪里听过"他是个偶有温柔的人"这句话了。

当初所有人都知道他们的小师妹有个念念不忘的心上人,后来刘洋回到西港通过孟轻依认识了萧雨,知道了江择言这个人的存在。

刘洋曾经出于好奇问过萧雨:"他是个什么样的男孩儿?"

萧雨告诉他:"一个偶有温柔的男孩儿。"

他那时以为孟轻依喜欢上的是一座不近人情的冰山,现在看来,她喜欢上的人是把偶有的温柔全部留给了她。

眼前的俊男靓女相拥离去,刘洋收回视线,拿起手中的手机,拨出了一串号码。几秒后,听筒里传来迟疑又不耐烦的声音。

"有事?"

"有。"

"说。"

"你的两个得意门生重归于好并在我面前撒了一波狗粮,让我的心很受伤。"

萧雨彻底没了耐心,说:"刘洋,你有话就说。"

刘洋轻轻一笑,说道:"我没带雨伞,你来接我吧。"

沉默片刻,最后萧雨还是问他在哪儿。

刘洋扬扬眉梢,说道:"七院门口躲雨的人群里。"

萧雨一声不吭地挂了电话。

刘洋收起手机,向门廊下走去,一个年轻的女孩站在离他不远的位置,神情焦急,像是期盼这场雨快点离去。

等了一会儿,天公没能称她心意,她蹙着眉犹豫了一会儿,准

.234.

备冲进雨里。

刘洋见状一把拉住她的手臂,从背包里拿出自己的雨伞递到她手里,冲她笑着说道:"不要一个人淋雨。"

女孩感激地接过他的伞,快速跑进雨里,而他顺势占据了她刚刚躲雨的位置。

这个世界上总有人会愿意为你撑伞,也有人会甘心为你让出位置躲雨,此等是世间少有的善意被你幸运地偶遇。

但如果可以,希望你更加幸运,能够找到一个陪你一起淋雨的人,或者是能够冒雨撑伞前来迎接你的人。

车上,孟轻依低头刷着手机,想要挑选一个不错的餐厅作为两个人晚餐的解决地,可是看了半天她都没能选出一家。

那些被写在美食攻略里的打卡盛地,在她眼里都不如小吃街上的路边摊让她觉得有食欲。

在一旁看着的江择言见她纠结的模样,提议道:"天气预报说太阳落山前雨会停,我带你去小镇吧,去吃小食,顺便还能看日落。"

他随口一说的话却让孟轻依有些恍神。多年前江择言对她说,雨是连天气预报都说不准的设定,如今他却告诉她雨什么时候会停。

原来人真的是会改变的,就像二十四岁的江择言就算不是满心欢喜,但也不会像她十五岁初见他时满是愁郁。

孟轻依柔情似水地看着江择言的侧脸,让他忍不住问道:"看着我干什么?"

看他是因为他给她的感觉始终梦幻而又真实,如同那幅早年间被她捐出去的画一般。

其实孟轻依在高考结束后特意去过西港美术慈善展览馆找那幅画,本想着自己买下来,等到江择言结婚那天送给他当礼物,也算是给自己的青春画上圆满的句号。

可令她没想到的是,有人在高考前一天以高价把画拍了下来。因为她的手机一直关机,展览馆的负责人一直联系不上她,所以她没能及时得到消息,而至于买家的信息她到现在都无从得知。

画没了确实可惜,但好在人她得到了。

孟轻依粲然一笑,回答道:"感觉你像是从画里走出来的一样。"

江择言失笑:"你以前说话好听是因为学过美术的浪漫,现在说话这么动听是因为心理学让你变得更有情调了吗?"

孟轻依笑而不语。

雨刷器在前挡风玻璃上一扫而过,带走雾气后终于没有雨水再落下,看来天气预报说得没错,日落前雨真的会停。

小镇坐落于西港的东部,在过往遗留下来的西方风格的建筑群落基础上经过再次开发,将北方城市里的一隅变成了充满欧式风味的浪漫之地。

太阳下落,景色美不胜收,让人移不开双眼。

因为日落的到来,孟轻依和江择言来不及先去享用美食,他们先登上了木质的观光船。

夕阳西下,黄昏微光,天空蓝得清澈,云被阳光穿透而过,粉得诱人,橘得璀璨,红得耀眼。

海天一色的小镇给人一种亲临威尼斯的感觉,又有种置身于巴黎莱茵河畔的错觉,让孟轻依想起了《爱在》,那首歌谣。

她忍不住轻声哼唱起来。

Let me sing you a waltz

out of nowhere

out of my thoughts

Let me sing you a waltz……

江择言安静地听着,手臂揽住她的肩膀。她明艳的发丝随风飘扬,点亮了水面上依偎着的倒影。

等她的歌声停止,余音散去,他侧首满是温柔地说道:"依依,过一段时间带我回南锦见你妈妈吧。"

太阳还在天边下滑,白昼一点一点地落下帷幕,似乎在给人缓冲的机会。

在万丈光芒落下前，人总要学会欣然接受眼下的不易和过往的不堪，然后心无旁骛地追求自己心之所向。

孟轻依的睫毛扇动，水光与她眸间的柔光相映，涟漪片片。她柔声道："好啊！但你要做好我妈妈会打你的准备。"

江择言理了理她的发丝，笑着问道："挨顿打能把你的户口本换来吗？"

他说得轻松，但孟轻依的心跳漏了一秒。来小镇是履行两年前临行时与她的约定，想见她妈妈是要实现他曾经许给过江奶奶的承诺。

为什么非他不可呢？不过是因为浮华万千的世间，诚实的人本就不多，他们都说过很多谎话，但江择言始终都没有忘记信守承诺。

河畔的风宜人，发丝随风跳着舞步。

孟轻依仰起头，勾起江择言左手的小拇指，说道："美术和心理学会让人变得浪漫，日落和画作会让人看了心动，但我浪漫和心动都是因为喜欢的人是你。

"阿择，你要相信，无论如何我都会对你说愿意。"

浪漫也好，情调也罢，都是为你。

江择言揉搓着她细腻的皮肤，无比坚定地说道："孟轻依，你是我的天选，是我心动的起点，也是我心归的终点。"

所以浪漫的本体是过去，是现在，是我想和你有一个未来。

第十章 梦未扬

日子到了八月，盛夏来临，升学工作在如火如荼地进行着，无论是小升初，还是中考高考，成绩出来以后都是几家欢喜几家愁。

江择言和孟轻依也忙了起来。

月初江择言进入了一级勤务模式，休假全无，还要二十四小时待命，回家成了奢望，吃饭睡觉基本上都在队里解决。

刚开始孟轻依还会抱怨他让她独守空房，可没过多久，她也没落得清闲。

吴月香的治疗已经进入了尾声，但随着各种考试的录取结果发布，来七院做心理咨询的人越来越多，其中不仅有孩子，还有不少接受不了打击的家长。

科室上下都忙得脚打后脑勺，孟轻依连休息日都被占用了，解决完自己手里的工作，还要帮刘洋分担一些重任。

因此她和江择言说好的找个时间回南锦看何莉，也就被一拖再拖。

自从孟轻依回西港后，何莉就没再给她打过电话催她相亲。

原因很了然，知女莫若母，何莉就知道自己那一根筋的女儿无论怎么闹，最后都会和江择言那小子旧情复燃。

一直以来，何莉对于江择言和孟轻依的感情都是不赞同也不反

对，她对江择言的为人没有任何挑剔，只是对于他的职业有太多顾虑。

后来两个人真的分手了，何莉也没觉得多高兴，反而陷入了无比的矛盾中。作为长辈，她还是希望江择言能够平安归来。

但她终究是个母亲，她不能任由孟轻依傻傻地苦苦等待，从满心的希望落得伤心欲绝的失望。

这两年来，她催促着孟轻依往前看，可是没有一天不祈祷着江择言可以无灾无难，可以让老人安心，可以让她的女儿有所依靠。

所以当得知他们要回南锦时，何莉猜到了原因，心里是欣喜的，但同时她也准备了满腹的盘问向江择言发难。

毕竟这些年孟轻依吃的苦她看在眼里，疼在心里，总不能让自己女儿那么轻易就被骗走了。

何莉把丈母娘见女婿的情景在内心上演了无数遍，可是日子一天一天过去，与她搭戏的男主角和女配角迟迟没有要回来的迹象。

更可恨的是连一通解释的电话也没有。

何莉的期待落空，最后化成了怨气。

在某天孟轻依好不容易可以休息的午间，何莉的电话不合时宜地响起。她揉了揉前额，疲倦地接通了电话，问道："妈，怎么了？"

"孟安安，我就是想问一下，我是不是要等夏天，等秋天，要等到月亮变全，你和江择言才能回到我身边？"

听到何莉灵活运用歌词，孟轻依不禁失笑道："那倒不用，中秋节太远了，等这个月忙完我们就会回去了。"

何莉听到她的回答也没恼，欣然接受，说："行，既然你们要月底回来，那到时候就让你弟和你们一起回来吧。"

"啥意思？"孟轻依不解。

何莉不紧不慢地解释道："孟未扬说想回西港玩几天，本来想着你们回来时顺便把他带走，现在你们不回来，他就只能自己去，然后到时候你们再把他一起带回来。"

"我哪有时间照顾他啊？"

"他已经长大了，不需要照顾，有饭吃有水喝有地方住就可以了。"何莉说得轻巧。

孟轻依无奈至极地问:"所以妈你现在就让我把我弟当狗养活吗?"

"随你,只是你弟弟的生存状态决定着江择言来南锦时我的态度,你俩看着办。"何莉说完后直接挂断了电话。

孟轻依也终于明白了妈妈打这通电话来的真正目的,除了抱怨,还有对他们没能如愿回家的惩戒。

所以孟未扬肯定是带着任务来的,带着替何莉考查和为难江择言的重任。

次日,孟未扬独自一人乘坐高铁到了西港,只是他没能在车站见到姐姐和准姐夫江择言,而是被老曲直接带回了江家大院。

因为孟轻依和江择言真的没有时间照看他,只好拜托江家二老帮忙看管,实际上二老也没费多少心思。

照顾一个半大小子的饮食起居,无非就是让他吃得好住得好,最重要的就是让他不打扰大人,能够玩好。

因此大部分时间里,孟未扬都是和他的童年好友梭哈一起度过的。

然而今时不同往日,现在的孟未扬已经不再是那个曾经教梭哈玩跷跷板的小屁孩了,九月份开学他就要上初中了,梭哈已然也是只年岁不小的老狗了。

只是狗真的是老狗了,小屁孩还是没完全长大,依旧幼稚又精力充沛。

这一日,孟轻依下班回大院时,正赶上孟未扬拖着梭哈玩植物大战僵尸——他嘴里吐着青豆,狗子边躲避他的射击还要匀速向他靠近,快了不行,慢了也不行。

梭哈觉得自己小的时候参加缉毒犬选拔都没有这么严苛,狗脸上写着生无可恋。当它看到孟轻依时,仿佛看到了救星。

原本就爱黏着她撒娇的大狗,此刻委屈巴巴地趴在她的怀里,像是在学校被人欺负了的孩子见到家长时急忙需要人撑腰。

.240.

孟轻依摸了摸狗头，安抚了一会儿后，冲着自己不懂事的弟弟责备道："孟未扬，已经和你说过很多次了，梭哈的年纪不小了，经不起你这么折腾。你先是毁了它的房子，现在连它的身体也要摧残掉吗？

"还有，你吐得到处都是青豆，浪费食物不说，还把院子弄得这么脏，你就不怕你择言哥回来收拾你？"

她说着抬起手，佯装恨不得给他两巴掌，孟未扬缩着脖子躲避。

江择言恰时推门而入，他连续忙了几日，好不容易能回家吃顿晚饭，看到眼前的一片狼藉和相对而立的姐弟俩，他淡然一笑。

"你别总用武力解决问题。"他对孟轻依说道。

孟未扬在一旁应和着："就是，就是。"

江择言笑着补充道："直接打电话告诉妈妈就好了。"

他的话音刚落，孟未扬连忙自我忏悔："别呀！姐夫，我知道错了，我收拾还不行嘛。"孟未扬边说边灰溜溜地拿起扫帚，仔仔细细地打扫着他的战场。

孟轻依靠在江择言身边，两人相视一笑，要知道在几天前，孟未扬绝对不可能乖乖认错的。

刚到西港时，他一副狗仗人势的嚣张气焰，每次犯了错误江择言要教育他时，他都会瞪着大眼睛，贱兮兮地说道："择言哥这么说我，我可以告诉妈妈吗？"

就这样，他躲过了几次说教，但没过几天他就又开始闯祸，先是把梭哈的狗窝弄塌了，后来又差点把江爷爷的名贵字画泡了。

于是等他再用言语威胁江择言时都会被反将一军："康康这样，我可以问问你妈妈该如何处置你吗？"

即使他嘴甜，一口一个姐夫地叫着，江择言收拾他还是不会手下留情，甚至有时候会很严厉。

因此在不久前，孟未扬就被成功策反，顺利变成了墙头草，江择言往哪儿指，他就往哪儿倒。

晚饭后，一家老小外加一只狗坐在院子里纳凉。

孟未扬在饭前被迫做了体力劳动，因此吃了不少，此刻居然挺着小肚子哼哼唧唧:"姐姐,我想吃西瓜。"

江奶奶闻声回应道:"哎哟,家里的瓜昨天都被你和狗吃完了,奶奶今天忘记买了,我和爷爷现在去给你买吧。"

老太太说完起身就要拉起在摇椅上一脸悠闲的老爷子。

江择言见爷爷的脸一秒阴沉下来,马上拦住了奶奶,说:"我去吧,顺便遛遛狗。"

孟轻依一下子窜到他身边,拉着他的手臂笑着说道:"那我也去!"

老两口看着黏在一起甜甜蜜蜜的小两口,会心一笑,应允了下来。

孟未扬也被拖了出去,原因是他得消消食。

"姐,我想和朋友一起去看画展。"

"你在西港哪有朋友?"

"小时候的朋友。"孟未扬想了想,补充道,"就像你和何婷姐一样,发小。"

"可是最近我和你择言哥都很忙,没空接送你。"

"我可以自己坐车去。"

"你行吗?"

"怎么不行?再说了,我有电话手表,有事我会联系你们的。"

孟未扬因为沉迷于游戏,手机早被江择言没收了,但为了方便联系他,江择言给他买了一块电话手表。他先是抗拒,无果后,妥协得也很快。

"但是如果你俩都忙,接不到我的电话怎么办?"

他的顾虑也不是没有道理。

孟轻依还没想到应对之策,江择言在一旁说道:"你可以给我队里打电话。"

"好啊!"孟未扬兴奋的声音在爬满青藤的巷子里响起。

不远处的巷口,那里依旧还是3路公交车的终点站。

街边俊男靓女牵手的画面总让人艳羡,再加上有孩童与狗狗做伴,欢声笑语不断。

几日后的清晨,孟轻依和江择言早早出门上班离开了大院,江家的爷爷奶奶和老伙伴们相约去公园听戏了。

整个大院只剩下坐在院子里不停哈气的狗和房间里睡得正酣的孟未扬。

梦里,万人雀跃欢呼的场馆,镁光灯下,他与当红组合三小只站在一起,他成了第四小只。

是你,是你,一定是你,
是你,是你,真的是你……

歌声震耳,孟未扬一直在等着他的部分,没想到副歌唱完一遍,又从头来了一遍,脑袋还被震得"嗡嗡"作响。

他睁开眼睛,大梦初醒,歌却还在唱着,电话手表上显示着一串号码。

孟未扬似梦非梦地接通后,咬牙切齿道:"杨博然,你最好是有重要的事,要不然我会让你付出代价。"

杨博然是孟未扬幼儿园时候的伙伴,两个人经常在一起玩耍,就算后来不在一个城市,彼此之间还有联系。

明明是两个男生,却时常煲电话粥。

孟轻依不知道这一点,何莉倒是再清楚不过。

"我又打扰你的美梦了?"杨博然还是了解孟未扬的,笑着问道,"所以这次你加入哪个男团了?"

气恼的孟未扬无言以对,讪讪道:"啥事?说。"

"咱俩今天去看画展吧,明天我要去我奶奶家。"

"啊?我和家里说是明天啊。那你等会儿吧,我得去请示一下。"孟未扬说着挂了电话。

因为想到孟轻依和江择言应该都没有时间理会他,他就给江奶奶打去电话报备。

老太太年纪大了听力本身就不太好,嘈杂的戏曲声中,她更是听不清孟未扬在说什么。

这一老一小声嘶力竭地喊了好久，后来院子里的狗子也加入了三重奏。

许久后，江奶奶终于找了个相对安静的地方，问道："康康啊，你刚刚说什么呀？你要去买保险？买什么保险啊？你是不是接到诈骗电话了？我可告诉你，那都是骗人的，我和你爷爷都不相信的把戏，你怎么能上当受骗呢？"

孟未扬无语至极，内心痛苦，他什么时候说要买保险了？就算他想买，他哪有钱啊？

他扯着沙哑的嗓子说道："奶奶，您听错了，我说我要去看画展。"

"哦，画展啊，那你出门要注意安全啊！电视下面的柜子抽屉里有现金，你带着，出门打车，买东西吃。"老太太叮嘱道。

"好的，奶奶。"

刚要挂断电话，江奶奶又补充道："康康啊，要不行你带着梭哈一起去吧，不管怎么样，遇到事它能保护你。"

"奶奶，展厅不让带狗狗进的。"

"你可以把它拴在门口，反正都是看门，在哪儿不是看啊。"

老太太的提议新奇又让人无法反驳，孟未扬只是敷衍地应付着。

可是当他吃过早饭准备出门时，才发现老太太可以应付，狗却怎么甩都甩不掉，他走一步，梭哈就跟一步。

这狗明明前几天还是一副巴不得逃离自己的嘴脸，此刻却充满警惕，寸步不离。

"老哈兄弟，你是觉得我走了，没人陪你会空虚，还是怕空虚需要我的陪伴啊？"

孟未扬说的话弯弯绕绕，梭哈根本听不懂，它狂吠着，像是护犊子一般围着他转悠。

如果不是亲眼所见，孟未扬都快忘了梭哈有过如此霸气侧漏的模样，好像在他的印象里，它一直都是温顺的，就算第一次见面时它有些防备，但还是友善的。

"你是不是最近有我姐撑腰，长能耐了？"孟未扬边说边试探

.244.

着，想冲出梭哈的包围圈，可他像个猴一样上蹿下跳，也没能逃过梭哈的严防死守。

最后妥协了的孟未扬垂头丧气地牵着气势汹汹的狗走出家门。

一路上，两个人也并不太顺利。

梭哈的牵引绳绊了孟未扬六次，它的四只脚有三次同时踩在他的脚上。他向前赶路，它一步三回首，等两个人到展览馆门口时，杨博然都快被太阳烘成肉干了。

"孟未扬，你怎么这么慢？"杨博然扇动着手抱怨，抬手指了指眼前气宇不凡的狗问道，"这是什么情况？"

孟未扬懒得解释那么多，拍了拍梭哈的头，说道："给你介绍一下，这位战斗之士是我姐夫的爱犬，也是我姐的迷弟，同时也深陷我的人格魅力中，一步也离不开我，所以就跟着一起来了。"

杨博然"噢"了一声表示了然，接着问道："可是馆内不让宠物进入，它怎么办？"

"啧……什么宠物？你没听懂我对它的介绍吗？它可不是你眼中看到的只是只狗那么肤浅，它是我兄弟。"孟未扬边说边露出不怀好意的神情。

"它可以是你兄弟，但是不可否认它也是只狗，所以它就是不能进去。"杨博然一本正经地说道。

孟未扬背过身子偷笑，轻咳一声："老哈兄弟，是他说的你不能进去，所以我只能把你拴在门口了。抱歉，你得忍受一会儿别离之苦了。"

梭哈还来不及反应，孟未扬就把它的牵引绳绑在展览馆门口的小石墩上了，然后拔腿就跑，头都不回，也不顾它急得在原地打转，边转还边哼叫。

临近中午，一抹瘦弱的身影从不远处经过，梭哈的目光突然变得犀利，喉间发出低沉的警告。

江择言出了一上午的外勤，作战服下的皮肤都冒着热气，头盔摘下后，大颗大颗的汗珠从鬓边顺着下颌线滑落。

他英气十足的脸上满是倦容和疲惫,被汗水浸湿的衣物贴在身上让他觉得不舒服,这都是孟轻依传染给他的娇气。

他想着换身衣服后去食堂解决午饭,却不料指挥部又传来任务。

"紧急情况,西港市慈善美术展览馆发生突发事件,一男子持刀冲入馆内,据了解现场有血迹,但无法确定是否有群众受伤,请蓝鲛PTU迅速到达现场。"

江择言的右眼皮忽地一跳,连带着太阳穴处都跟着抽动,他抬手揉着前额。

王志豪穿着脱了一半的衣服朝他跑来,边跑边喊:"择言,队里刚刚接到一个自称是你小舅子的小孩的电话,他说他在美术展览馆,让你快点去救他。"

江择言来不及将头盔戴好,迅速跑出大队,踏上作战车,向展览馆赶去。

"孟未扬,男,十二周岁,患有……先天性分离障碍,生母……杨雨……已故,生父……不祥……养父……孟……孟志东……已故,养母何莉。养父母育有一女,名叫……孟……孟……轻依,现就职于西港七院心理科,儿童心理咨询师……"

明明三十秒就能读完的信息,今日王策足足用了三分钟。

车内的气压低到了冰点,一双小指翘起筋骨突起的大手用力拉开车门,一股热浪瞬间涌进作战车里。

西港市慈善美术展览馆位于市郊与市中心的中间地带,属于江择言所在的特警支队所管辖的区域边缘。

数十名骑警先行到达各自岗位,一条警戒线拉起,分隔的是看热闹熙熙攘攘的人群和一栋欧式建筑风格的二层小楼。

小楼前面是两扇圆形的门,台阶的两侧各摆放着一个石雕,而其中一个上面正挂着一条牵引绳,展览馆负责人寇兰就站在那里,无助之极。

战车还未停稳,装备整齐的特警迅猛地从车上飞跃而下。

江择言冲在最前面,身后是他的数名战友。他深沉的眸子瞥到地面的黑色粗绳,同时也看到了正看着他出神的寇兰。

.246.

寇兰之所以出神，一是被如此大的救援阵仗惊到了，二是因为莫名觉得江择言那被作战帽半遮半掩的脸庞很熟悉，总觉得在哪里见过，却又不能马上唤起记忆。

江择言带着一群人先行进入了馆内，王策被留下来了解情况："您好，我是蓝鲛PTU特警王策，请问里面现在什么情况？"

"啊？哦。"寇兰把视线收回，缓了缓神，磕磕巴巴地说道，"里……里面现在，现在……"

见她语无伦次，王策只好问道："里面现在还有多少人？"

寇兰思索着说道："除了工作人员，还有几名没能被撤离出来的看展人，还有……那个……那个坏蛋。"

"指挥部说现场有血迹，什么情况？"

"啊，还有一只大狗，我们尝试过把它带出来，但是它完全不受控，冲到场馆里就和坏人扭咬在一起，像头狼扑了上去，一口咬住坏人的手臂。但坏人手里有刀，所以不知道血到底是狗的还是人的。"

王策颔首表示了然。

他准备进入馆内与大部队会合，脚刚踩到大理石的地砖上，血腥味马上进入他的鼻腔。

空旷的密闭空间里，还回荡着王志豪的叫喊和身体倒地的闷响。

"江择言！"

孟轻依赶到展览馆时，连白大褂都没来得及换掉，梳成马尾的长发松松垮垮地偏垂在脑后。

警戒线外的人群议论纷纷，她一个字都听不进去，只向展览馆的门口望去。

一副担架被抬出，能看出上面躺着的人并不魁梧，蒙盖的白布被血液一点一点洇染，笼罩出的人形显得单薄又充满骨感。

担架经过的地方留下暗红血迹，然后血迹被一枚枚脚印覆盖掉。

严阵以待的特警陆续从圆门中走出，双手落在胸脯之下，左手托起枪底，右手扶住枪体，枪口抵在肩胛之上。

队伍的最后是三位特警，他们其中一人端着三支枪，一人牵着一个受惊的男孩，走在最后的那位英气十足，周身散发着清冷和阴郁。

他站定在台阶上，怀里抱着一只没了生息的牧羊犬，另一个同样受了惊吓双眼红肿的男孩站在他的身侧，手紧紧拽着男人作战服的衣角。

王志豪和王策走下最后一级阶梯后，所有的蓝鲛PTU队员放下手中的装备，肃穆而立，整齐划一地向躺在江择言怀里的"英雄"致敬。

刚刚在一片混乱中，嫌疑人持刀扑向孟未扬，腾跃至半空时，两道黑色的身影跃起。

梭哈将坏人扑倒，用尖利的犬牙刺穿他的颈部大动脉，使其当场死亡。

江择言把孟未扬护在身下，冰冷的刀锋没有落在他的身上，倒是他落在地面上的手臂被微热的液体包裹着。

那是血，是人血，还有从梭哈的身体中流出的血液。

门前的人渐渐散去，孟轻依不知道她是怎么穿过人群走到江择言和孟未扬身边的。她甚至不知道她现在满脸泪痕、头发凌乱的样子比在场的任何人都要狼狈。

江择言侧头贴了贴她的额头，声音低沉带着沙哑，但是又不失柔意地安抚道："没事，别哭了。你把康康带走吧，他吓坏了。我要等下班才能回去，回家里等我，好不好？"

泪眼婆娑的孟轻依茫然地点头答应着，有无数句话堵在她的喉间让她一时无法出声。良久后，她才哽咽道："那……梭哈……怎么办？"

江择言低头看着怀里的毛孩子，没来得及回答，孟未扬扯了扯他的衣襟，说："哥哥，对不起，都是我……都是因为我梭哈才……"

孟未扬的手颤抖着抚在梭哈的头上，它的双眼紧闭，面容安详，像是熟睡了一般，可是无论如何它都没能被唤醒。

江择言苦涩地抬了抬嘴角，平静地说道："康康，你不要多想，

.248.

你要知道,是你让梭哈实现了它的英雄梦想,那是曾经因为我而破灭了的梦想。"

十几年前缉毒犬训练营基地里,还是幼犬的梭哈每天都要经过严苛的训练和层层的考核筛选,只为了有朝一日可以成为缉毒队的一分子。

在终极考核的那一天,江择言跟着爷爷一起来到训练场,酷暑难耐的夏天,年纪还小坐不住板凳的江择言想爬到树上看热闹。

高大粗壮的老槐树被种植在红绿交替的彩砖之间,江择言一步一步向上攀爬得起劲。突然,他脚底打滑,人立即向后仰去。

当时所有人的注意力都在场地里表现近乎完美的被考核者身上,根本没有人发现江择言的危机。

他快速下落,万念俱灰之际,承接住他的是从场地里飞奔而来的参赛选手,那就是梭哈。

那次意外,江择言毫发无损,梭哈却折了好几条肋骨,其中一根刺破了它的肺部,让它失去了成为缉毒犬的机会。

后来,它成了江择言最亲密的伙伴,在短短十几年时间里,它将江择言视为全部,守护他,忠于他,陪伴他。

看他从青涩到成熟,看他从孤身一人到寻得一伴,也因此获得了自己最合拍的好友。

不管孟未扬多少岁,在梭哈眼里,他一直都是几年前拉着自己玩跷跷板的幼稚且长不大的小男孩儿。

所以它要保护他。

"齐尚会帮我把梭哈安顿妥当,等明天我们再一起送它最后一程吧。"江择言淡淡一笑,可是他的眼底透着红意。

深蓝的作战服胸襟被血液和汗水染得颜色更加深沉,孟轻依和孟未扬从背后抱住江择言,他们的泪水打湿了他的背,无声的拥抱,那却是最大的安慰。

在齐尚赶来前,江择言跟着机动队先离开了。不管发生什么状况,他都要把自己的本职工作放在首位。

等到梭哈被接走后,孟轻依带着孟未扬和同样受了惊吓的杨博然到了七院做了检查。

好在两个小孩都没有什么大碍。

杨博然被家里人接走后,孟未扬和孟轻依坐在咨询室内,哭成兔眼的两姐弟缄默相对,不知如何开口。

窗外的麻雀三三两两落在窗台上,叽叽喳喳聊着世俗间的种种八卦闲谈。

"姐姐,你认识胡志南和杨雨吗?"

孟轻依怔住半晌,沉声问道:"你从哪儿听到这两个名字的?"

"那个坏蛋说他叫胡志南,他说是杨雨和我害他落得今天这般田地的,可是我并不认识他,也不知道杨雨是谁。姐姐知道他们吗?"孟未扬怯生生的,他也不知道自己在害怕什么。

或许是因为孟轻依那双平日里满是柔情的眼睛此刻变得冷如寒冰让他忐忑不安。

"不认识。"孟轻依目光下垂,抬手搭在孟未扬的手背上,声音轻柔,"康康,你不要想太多,你忘了你择言哥说的话了吗?那是个精神失常的病人,只能对你和杨博然这样手无缚鸡之力的小孩子下手,所以今天就是个意外。"

停顿半分,她又重复道:"真的只是个意外。"

孟未扬抬头,眼底闪着亮光。迟疑半分,他还是点了点头。但是他心里明白姐姐没有说实话,或许是怕他接受不了。

这个世界上善意的谎言存在,就是因为被精心包装的真相不仅苦涩不堪,更多是残酷和黑暗。

事实上,孟轻依未能轻易说出口的实情是一个尘封了多年的秘密。

夜幕降临后,孟轻依和江择言在孟未扬的房间里待了好久,小孩子白天受了惊吓,睡梦里呓语不断。

江择言抬手拭去孟未扬额间的汗水,看着孟轻依熟练地用手抚摸着他瘦弱而又单薄的颈背,耐心又温柔。

"依依,康康说梦话不是遗传吧?"

"是后遗症。"孟轻依低声回应着,"他四岁那年发病后,经过一年的治疗后就这样了。"

"他的病是指分离性障碍吗?"江择言问道。

"嗯。"

分离性障碍,医学上的标准叫法是分离障碍,旧称歇斯底里症或癔症,是一种复杂的精神类疾病。

患者表现为不自主地、间断地失去部分或全部心理 - 生理功能的整合能力,在感知觉、记忆、情感、行为、自我(身份)意识及环境意识等方面无法统一,及所谓的分离状态。

江择言能说出孟未扬的病,孟轻依就知道他已经知道实情了。说话间,两个人从房间里走了出来,来到院子里,倚靠在梭哈窝边的摇椅上,看着月亮,聊着那段故事。

"康康的病是遗传的,遗传于他的生母杨雨。杨雨曾经生活在栀子孤儿院,而现在她的骨灰被存放在远郊的一家殡仪馆里。"

准确地说,是那个存放着江峰警徽的骨灰堂里。

杨雨是孟志东故友的女儿,她所有的亲人在她十五岁那年死于一场意外,而那场意外的真正凶手也是杨雨。

十七年前,西港市发生了一起严重的燃气爆炸事故,造成整栋楼被炸毁,死伤数十人,其中爆炸点的那户居民家里十几口人全部丧生。

后来警方通过走访和调取监控录像发现,引发爆炸的罪人却是这个家中唯一幸存的杨雨。

可最后她被判定无罪,因为当时她处于发病期。

杨雨的病情很严重,她在发病时处于人格分裂的状态,那天全家人聚在一起正是为了庆祝她通过艺术特长考上了启航中学。

案子发生后,杨雨被送到了相关机构接受治疗。两年以后她的病痊愈,但记忆严重受损,同时也成了孤儿。

当时因为她的特殊情况,全西港没有一家福利机构愿意接受她。孟志东因为不符合条件无法收养她,就在那时,一成立就声名鹊起的栀子孤儿院接纳了杨雨。

因为杨雨的画画天赋和还算不错的学习成绩，一位小有成就的企业家向她提供资助让她重新回到了校园。

那个小有成就的企业家叫胡志南。

杨雨上高中的前两年，孟家与她的来往非常密切。可是从她上高三开始，孤儿院的院长就以她要冲刺高考，学业繁重为由，不再允许外界打扰她。

直到一年以后，高考成绩下发的那天，孟家三口再见到杨雨时，是从河里被打捞上来的她尸体和还在襁褓里的孟未扬，以及一封遗书。

杨雨在遗书里写道，胡志南在她高三那年的十一假期带她出去游玩，晚上醉酒强行玷污了她。

当时杨雨想要报警，但是胡志南威胁她，如果敢报警，就会让所有人知道她被亵渎了的事情。如果她选择默不作声，他会一直资助她到大学毕业，甚至供她读研究生。

杨雨那年十九岁，原本就比同班同学大两岁的她比任何人都渴望走进大学的校门。

在孤儿院的她无依无靠，就算孟家待她好，但是也无力承担她上学的费用，如果没有胡志南的帮助，她的大学梦就会破碎，所以她忍了下来。

可是慢慢地，杨雨发现自己的身体在发生变化，她原本以为是高三压力大，加上饮食和睡眠不规律带来的不良反应。

直到第二年三月，学校安排高考前体检，杨雨被查出怀有身孕，当时已经五个月之久。

从那以后，她便再也没能去学校，而是被关在孤儿院的小黑屋里。当时的院长想过带她去医院处理，但是月份过大，条件不允许。

最后杨雨在那年的6月24日生下了一个男婴，一个月后，患有严重产后抑郁的她选择跳河自尽。

杨雨在遗书的最后说希望胡志南和孤儿院的院长受到应有的惩罚，除此之外，她还希望孟家能够收养她的孩子。

尽管这可能会是个不健康的孩子，但是身为母亲，她还是希望他可以生活在一个正常的家庭里，而不是孤儿院那种地方。

后来孟志东凭借着杨雨的遗书，把胡志南和当时的孤儿院院长送进牢狱，他和何莉思忖再三，还是决定完成杨雨的遗愿。

"或许是冥冥之中的一种缘分，我和康康的出生日期相同，这更坚定了我父母收养他的想法。"孟轻依神色间流露出些许感伤。

"爸爸给他起名叫孟未扬，是期望他在未来可以扬帆远航，而不是像杨雨一样梦未扬。"

梦被摧毁，未能远扬。

因为孟未扬的事情，何莉没有继续在南锦等待孟轻依他们三个人回来，第二天一早她就到了西港。

郊区外，一片绿地上种着一棵老槐树，根粗叶茂，遮天蔽日，郁郁葱葱，树下正在举行一场特殊的葬礼。

这一片草坪曾经属于西港市缉毒犬培训基地，梭哈在这里出生，在这里训练，也是在这里认识了江择言。

电影《一条狗的使命》里有这样一句台词：每一只狗从它被第一任主人认领后，它的一生就注定了。

梭哈在没认识江择言以前，它的使命是成为一条优秀的缉毒犬。

认识江择言以后，它的使命变得平庸了许多，不过是守护主人一生幸福。

而梭哈庆幸的是它守护的主人并不平庸，江择言是一个从出生起就要肩负起不寻常职责的英雄后代。

能够作为江家的一分子，它并非只是一只普普通通的毛孩子那么简单。

江爷爷苍老的面颊上，此刻流露出的神情比以往更加肃穆，江奶奶在他身旁默默流泪。

梭哈虽然是一只狗，但在他们心里，梭哈是曾经救过小江择言的勇士，如今更是救了孟未扬的英雄。

一只普普通通的毛孩子对于大部分家庭来说，只是可以用作陪伴的另一种寄托，但对于江家人来说，它们是并肩作战的战友，也是守护者。

江择言半跪在大树前的墓碑旁，手里捏着潮湿的泥土，泥土下埋着的是梭哈的遗体。他相信，不久后，这片土壤会滋养着槐树日渐繁茂。

孟未扬跪在江择言的旁边，他的小手慢慢地摩挲着那块小木板上由孟轻依画的梭哈的遗像，早就哭得泣不成声，他把所有的话都藏在了心里：如果一只狗真的有使命，我希望你的使命是次次轮回都能找到我，然后让我做守护你的终生挚友。

何莉看着自己儿子的模样，内心五味杂陈。

胡志南的一场闹剧，害死了梭哈，同时也搭上了自己的性命。

他的死，何莉并不觉得惋惜，反而是梭哈的离开更让她痛心，只是胡志南的离开代表着蒙尘在孟未扬身上的那层雾纱可以再覆盖得久一些。

孟未扬第一次发病是在他五岁那年，从小就有人说他长得不像父母，本是玩笑话，可是时间长了就谣传为人人默认的事实，最后却变成了引发孟未扬癔症发作的元凶。

言语的力量永远不像张唇吐舌间那么轻巧简单，大多数时候，一句看似不经意的话都可以演变成伤人心的剧毒。

发病的孟未扬会变得歇斯底里、暴怒，他似乎要毁掉所有的一切事物和人，却唯独对孟轻依始终乖巧温顺。

原因很简单，人人都说他长得像姐姐，因为他们有一双相似的鹿眼。

尽管孟轻依自始至终都知道孟未扬和她没有血缘关系，可他是她的弟弟，就永远是，无人可以改变。

后来孟未扬被送到医院治疗，那时候孟轻依次次陪同，一年后孟未扬痊愈，孟志东却被查出患有癌症。

从此孟轻依基本都是医院、家、学校三点一线。第一次高考前，她决定要学习心理学，何莉和孟志东一开始以为她是为了孟未扬，后来才知道她也是为了自己的父亲。

孟志东去世后,孟轻依专攻儿童心理学,因为从小就在孤儿院,接触过很多孩子,她知道一个人的心理状态会对其今后的成长造成多大的影响。

孟未扬虽然从出生起就成了孤儿,但他是幸运的,从小在孟家健康地长大,尽管在成长过程中有过一次发病的经历,但他的记忆里没有那段过往。

这次的意外,孟轻依和何莉都很担心他会因为受到刺激而再次失控,好在并没有。

似乎像某句话说的一样:我们因为爱心拯救的小孩,到最后却拯救了我们的心。

而这一切正因为孟轻依认识了江择言。

何莉侧头看着眼圈通红、双眼迷蒙的孟轻依,发现她尽管眼底都是泪水,但也无法掩盖她看向江择言时含情的目光。

何莉想,终究是该成全一段良缘了。

梭哈的葬礼结束,众人离去,江爷爷拉着孟未扬走在前面,江奶奶拽着孟轻依也走得飞快。

只剩下何莉和江择言悄悄落后。

所有人都知道他们有话要谈。

孟轻依尽管知道母亲的打算,但她还是有些担心,三步一回头,五步一回首。

江奶奶看到后,打趣道:"放心吧,阿择会过了你妈妈那关,然后把你从她身边正大光明地偷走的。"

"奶奶,您怎么能用偷啊?"

江奶奶抬手碰了碰孟轻依的腰侧,笑着说道:"行,不用偷,你这小丫头片子,心早就丢在阿择那小子那儿了吧?你以为老太太我看不出来啊?"

"奶奶……"孟轻依脸上多了一丝红晕,"您还是别说了。"

老太太见好就收,牵住她的手,宽慰道:"走吧,你妈妈不会为难那个臭小子的。"

孟轻依还是回头望了江择言一眼,他深邃的眼眸含着宠溺的笑,旁边的何莉一脸嗔怪。

两个人看着孟轻依离开,边慢走边缓缓开口聊了起来。

"阿姨,抱歉,之前说好了回南锦拜访您,却一直忙于工作迟迟没能履约,还让康康出了意外,害您担心特意跑这么一趟。"

何莉淡然一笑,平和道:"没能回南锦确实应该道歉,但是我没有担心。择言,你应该一直都知道,我对你从来没有任何不满意,只是你的职业太过于特殊,作为安安的妈妈,我不得不担心。我深知一个人的日子不好过,我不希望有一天她会和我一样,只能在心里怀念着自己的爱人。"

"阿姨,我明白您的担心,但身为警察,我有我的职责和使命,同样也是我的理想和崇尚,我没有办法放弃和改变我的职业。"江择言说这话时,神情坚定,语气也是毫不含糊。

何莉摆了摆手,说:"择言,我没有让你放弃你的事业,因为在爱里可以有成全,唯独不能有不甘和妥协。我和安安的爸爸唯一的希冀就是能让她得一人依靠,如果幸运点,这个男孩儿能将康康视为自己的亲弟弟,就是安安难得的福气。"

江择言站定,声音里透着沉着和稳重:"阿姨,对于我来说,保护国家和人民的安全是任务,而安安的一切在我眼里却也重要,所以我会尽我所能护她周全。就算我也有无能为力之时,但江家人都会替我保护她,让她背后永远有靠山,希望您能相信我。"

何莉欣慰之极,低头从挂在臂弯间的手提包里掏出了一个枣红色封面的本子,慈柔一笑,说:"我替她爸爸做主了,阿姨相信你的未来一片鸿光,也相信你会说到做到。"

计划中丈母娘见女婿剑拔弩张的桥段被意外闯入的戏中戏打乱,江择言顺利地从何莉手里拿到了写有孟轻依名字的户口本。

第十一章 回到那年盛夏

何莉怕孟未扬的情绪没有完全稳定,觉得他在孟轻依身边稳妥一些,母子俩便没有马上回南锦,而是多在西港停留了一段时间。

孟轻依的工作慢慢恢复了平稳的状态,江择言还是很忙,大部分时间里他依旧住在队里。

为了不独守空房,孟轻依和母亲、弟弟一起住在孟家老房子里,但三人基本上每顿餐食都是在江家大院解决的。

江择言偶尔也能回家和大家一起吃顿晚饭。

十天半个月过后,两家人来往越发密切,完全像是一家人一样,相处得自然又和谐。

虽然江择言和孟轻依的婚事已经是板上钉钉的事情,但是两个人始终还在原地踏步,没能加快进行。

直到八月下旬,机动队的工作高峰期终于算是过去了,江择言得以稍稍喘歇,打算趁着何莉和孟未扬都在西港,准备给孟轻依一个特别的惊喜。

一来算是弥补这么长时间以来自己忙于工作对她陪伴的不足;二来他是男人,迈出那一步的事终究是要他做的。

所以近来一段时间江择言一直都在忙着策划,他想给孟轻依的惊喜不只是一种仪式,而是要配得上她的回馈。

在单位时，他拉着王策和王志豪给他出主意，但是那两个单身狗根本没有什么值得被采纳的点子。

想着找郎昆那个过来人取取经，但是郎昆最近一直都忙着何婷和她肚子里要出生的孩子转，满脑子都是育儿经，根本装不下恋爱秘籍。

一筹莫展的江择言突然很想他的钢铁好兄弟梭哈，如果它在的话，虽然想不出什么建议，起码还能陪他一起发发愁。

就在江择言苦思两天后，他收到了一份神秘的快递，寄件人用的是化名，就连手机号都是假的。

他倒不觉得这是什么恶作剧之类的小把戏，毫不存疑地拆开包裹后，看到里面斜放着一个木制框架。

拿出来才看清那是一幅人物肖像画，而画上的人正是他自己。

灿烂而绚丽的橘红背景，男人神态悠然，手掌半遮挡着嘴唇。

熟悉江择言的人会一眼看出原型是他，但只有他清楚地知道画中自己的模样可能要追溯到九年以前。

心因为欣赏完一幅画作而变得悸动，像是突发了司汤达综合征一般，让他呼吸急促，神思迷幻。

直觉告诉了他这幅画的作者，只是送画的人他无从得知。

装画的盒子底层还躺着一张卡片，上面写着一句话：【她爱与你挽手看日落霞光，却忘了落日的本体是盛夏骄阳。】

当晚孟轻侬下班以后没有去江家大院，因为下午时孟未扬给她打电话说何莉让她回家吃晚饭。

上了年岁的防盗门变得十分执拗，钥匙逼迫它张开了嘴，它便"咿咿呀呀"地发出声音反抗，这还不够，它偏要怂恿锁孔让钥匙卡在里面几分钟，似乎是要惩罚开门的人。

"我回来了。"孟轻侬一边说着，一边用身子抵着门板，手臂向外用力。

屋子里没有回声，更没有熟悉的饭菜香。

好不容易把钥匙拔了出来，脚刚落在门口的地毯上，身后的门愤然合上了嘴，震得门框嗡嗡作响。

她换了拖鞋在客厅里转了一圈，没找到何莉和孟未扬的影子。厨房里是清锅冷灶，丝毫看不出这是要她回家吃饭的意思。

室内还在回荡着嗡嗡的声音，越靠近她的房间越是明显，然后还有男音的粤语在浅唱。

从此只需要凌晨来抱你入睡，
睡到很安稳内心会醉，
趁你熟睡还可偷亲你的嘴。
看你眉头还皱有点累，
用我手指重新抚去你疲累，
喜欢你做我的爱侣……

这是江择言前不久新换的手机铃声，爱已不迟，爱人相伴。

孟轻依带着满心的疑惑和欣喜，想要推门而入给他一个惊喜。

她纤细的手指搭在门把手上，刚要用力下压时，隔着木制的门板听见了男人略带困倦的声音。

"喂，康康。"

"是吗？那她一会儿就该到家了。"

"是，你功不可没，等姐夫奖励你。"

"嗯，再见，小舅子。"

尽管只听见江择言一人的言语，孟轻依也能猜到，今晚让她回家这件事是他和孟未扬串通好的。

孟未扬现在可听江择言的话了，如果不出所料的话，孟未扬和何莉今晚还会在江家大院留宿一晚。

就在孟轻依准备推门而入的前一秒，门从内侧被打开，她的身子顺势向前倾去。

她整个人撞到江择言坚硬的胸膛上，鼻子磕到了他的锁骨，酸爽感刺激着鼻腔，淡淡的烟草味也瞬间侵蚀着嗅觉。

孟轻依吃痛，揉着鼻子。

江择言看着她忍俊不禁："你这是想出其不意吓我一跳，还是只是单纯地想投怀送抱?"

"你怎么在这儿?"她捏着鼻子,喃喃地问道。

江择言没有回答她,而是弯下腰,抬手拿开她的手指,仔细地检查着她的鼻子。

好在磕得并不重,只是有点红。

他用指尖轻轻地抚摸着她的鼻梁骨,接着她刚刚的话茬,故弄玄虚地回答道:"为了给你惊喜。"

孟轻依睁了睁眼睛,一头雾水地问道:"什么?"

江择言笑着捏了捏她的鼻尖,牵着她的手,重新回到了她的房间。

此刻,日落西山,满天的霞光,明净的窗户挡不住那绚烂而又晃眼的光芒,一片亮黄落在孟轻依的床铺上。

淡暖色的床单被光照得熠熠生辉,就连上面摆放着的物品都泛起光晕。

其实并不是什么贵重的东西,不过是一个红桃稞的钥匙扣、两根棒棒糖、一截粉笔、写着两种笔迹的生物卷子和一张四人合影,那包拆封过的纸巾已经泛黄。

除此之外,还有被放在正中心的一幅画作。

十五岁的江择言侧身伫立,身段笔直,棱角分明的侧脸透着俊逸,整个人清冷又忧郁。

如今晚霞真的成了这幅画的背景,柔和的碎光笼罩他的脸,模糊了他的容颜,同样也模糊了孟轻依的视线。

那些曾经被她藏在箱子里的秘密早在几年前就被江择言无意间发现了,当时的他除了感动,还无比确信地默认孟轻依果然从十七岁那年就喜欢上了他。

江择言曾以为,孟轻依喜欢他从以前到现在只是过了整整七年,直到他看到这幅画才知道,事实上原来她喜欢他不止七年。

"你第一次见我到底是在什么时候?"他问她。

"你高一报到那天。"

十五岁那年,在没有阳光的一天,她看见了清冷恣意的他,只

是一眼，他就成了她一生中抹不掉的光线。

江择言的喉间像是被无数的话语堵住了一般，一时间他除了饱含深情地看着孟轻依，竟然说不出一个字。

最后还是孟轻依轻柔的声音里带着哭意，问他："你是从哪里找到这幅画的？"

"一个人送的，不知道是谁。"江择言说得淡漠。

江择言当然知道这幅画是谁送给他的，"盛夏骄阳"四个字代表的含义，不言而喻。

只是在他收到画的下一秒，也收到了雷雪发给他的一条消息，说夏阳因为心脏手术并不顺利，几天前就离开了人世，画和卡片是夏阳做手术前拜托雷雪送给他的。

其实在来见孟轻依前，江择言先去了趟墓园悼念夏阳。

可是他没想到的是，夏阳所在的墓园就是孟志东所在的墓园，而他的墓碑就在孟志东墓碑的右下方。

江择言无法揣测夏阳这样做的想法，就好比他不愿意告诉孟轻依这幅画是夏阳送给他的一样。

这些年已经有太多人太多事夹杂在他们中间了，江择言没办法接受孟轻依在听到夏阳名字的那一刻分神。

就算是惋惜、感激，甚至同情，都不可以。

夏阳早就因为孟轻依而变得不可理喻。

在感情的世界里，没有正人君子，不过都是为达目的而变得阴险卑劣的小人。

然而好在孟轻依并不知道实情，她也没有继续追问。尽管她正在思忖着当初到底是谁买下了这幅画，而又在如今把画物归原主，替她送给了他。

或许是某个曾经参与过他们过往的人吧？

在孟轻依想得失神间，江择言从背后把她紧紧地拥在怀里，唇峰厮磨着她的耳尖，问："依依，你应该没有秘密瞒着我了吧？"

他以为这幅画已经是她最后的隐藏了，说话间，手探进她的衣服，开始捏她身上并不多的嫩肉。

没想到过了几秒,她轻声说道:"有。"

"还有?"江择言扳过她的身子,直视着她的眼眸问道,"还有什么?"

"嗯。"孟轻依不敢直视他的眼睛,怯懦又犹豫,许久后才开口说道,"高三那年你生物笔记里掉出来的面巾纸……"她越说越心虚,低下了头,声音小到不能再小,"是我写的。"

她轻柔的声音如同缭绕缠绵的烟雾,让江择言的心瞬间被麻醉。

"为什么不早点告诉我?"江择言的声音像是沉到了海里。

孟轻依扇了扇睫毛,眼眸闪着微光,说:"因为喜欢你是我自己的事。"

多年前的某个午间,一家超市里,一个男生留给她一包纸巾。

偏偏巧的是这个男生叫江择言。

孟德尔的豌豆永远不会相同,所以我会一直喜欢你。

不论哪种形式,因为是你,我才心仪。

孟轻依说得平淡似水,但她的言语就如同要汇入大海里的小溪,温暖又缓慢,可在被海浪吞并的那一刻,她注定也要随着波涛汹涌。

太阳还悬垂在天边,夜色渐渐显现,江择言粗糙的手指在她丝滑的皮肤上游走。

梳妆镜前,孟轻依费力地用手臂支撑着身体,双腿发软,橙色的秀发垂在胸前,欲盖弥彰。

江择言在背后亲吻着她的脖颈,哑着嗓子在她耳畔说着:"依依,等我把手指里的钢钉取出来,我们就结婚吧。"

孟轻依哼哼唧唧地说不出一句完整的话,最后只能无声地点着头,应了下来。

八月末的一天,孟轻依陪着江择言去医院取出了他左手小拇指里的六根钢钉,留下了一条长疤,但好在手指没有什么大碍,只要经过复健很快就会和以前一样。

孟轻依很开心,江择言也松了一口气,他们勾着手指从医院出来时已经是下午。

在医院折腾了大半天，孟轻依早就饿得前胸贴后背了。江择言找了一家小饭馆，两个人吃了一顿不按时的午餐。

最后孟轻依吃了不少，等她放下筷子时，江择言还在不紧不慢地夹着面前的花生米。

"阿择，你还没吃饱吗？"她问。

江择言神色淡然地回道："嗯，再坐一会儿吧，等我吃完，咱俩去个地方。"

孟轻依耸了耸肩，没有在意，她以为只是稍微再等一会儿，于是便低头玩着手机。

可是直到太阳不再灼热，两个人才从饭馆走了出来。

江择言说不想开车，要走走路消消食，孟轻依便陪着他，他们牵着手走在树荫下的马路上。

饭店离家并不远，回家的路上会先路过启航中学。今天是周末，校园里静悄悄的，只有门卫大爷在收发室里听着收音机打瞌睡。

江择言突发奇想拉着孟轻依悄悄从校门溜了进去，然后光明正大地走在校园里。

孟轻依以为学校就是他要带她来的地方，没有多言，静静地陪他走在操场上。

绿茵上摆放着空荡荡的足球门，再远处是篮球场，曾经无数个放学的傍晚，孟轻依都会刻意路过这里，然后看一眼在球场上肆意挥洒汗水的江择言，听郎昆和他插科打诨。

篮球场的侧面是被太阳晒得泛光的沙坑，曾经每次运动会孟轻依都坐在旁边，见证着江择言一次又一次再一次的腾飞。

似乎他次次打破的都不只是校纪录，还有她的心防。

两个人在主校区转了一圈就离开了，在孟轻依狐疑之间，江择言拉着她向高三校区走去。

那才是他真正想带她去的地方。

郁郁葱葱的桂花树上，小鸟叽叽喳喳，绿叶被风吹得沙沙作响，淡淡的花香飘荡在静谧的小路上。

这次江择言没有带着她偷偷摸摸地溜进校门，他和门卫大爷打了招呼，两个人还得到允许可以进入教学楼。

高三（10）班还是在多年前的那间教室里，两面朝阳，处处是光，背后是马路，大树垂荫，斑斑点点都落在暗色的地面上。

孟轻依被江择言拉到了那个风喜欢的角落里，两个人坐在书桌前，各自陷入了回忆和沉思。

不久后，孟轻依转过头，看向她的右手旁。

江择言也正在看着她。他的右手抵着头，左手放在桌面上，手心向下，手掌半握，看着她漫不经心地说道："这个小仙女，不知道曾经在哪儿见过，但总觉得你和我好般配啊！"

他说着抬起左手，空心的拳头里握着一枚校牌，正面被他的手掌遮挡着，不知道上面写着谁的姓名。

银色的别针从他的指间露出来，上面悬垂着一枚钻戒，摇摇晃晃的，闪着光芒。

孟轻依还来不及反应，就听江择言那如泉水般清冽的嗓音再次响起："所以你愿不愿意成为我的妻子，然后把你的名字落在我的房本和户口本上？"

江择言深邃的眼眸中是宠溺和温柔的蜜意。

孟轻依那张甜美的面颊依旧温柔恬静，鹿眼亮晶晶的，随后她露出粲然一笑，说："心之所向。"

银色的别针被弹开，指环从其上转移到了细腻的指节间。

泛旧的胸牌被平铺在掌心，上面写着两种字体：【高三（10）班孟轻依。】

"怎么会想到来这里求婚？"

"为了让你如愿。"

过去的过去来不及知晓，不知怎么弥补，那如果可以，想回到十七岁那年的盛夏末的相见之时，让她得偿所愿。

夏天永远都是万物迅速生长的季节，蝉鸣蛙叫，绿叶作响，香花芬芳，秋迟迟不愿登场。

但这个时节里，太阳依旧耀眼，或许是少年的风华正茂借给了烈日熠熠奇芒。

番外一 成为太阳

明天我就要进手术室了,不知道为什么,我始终有种预感,以防这种预感真的应验,我只能凭借残喘的气息,费力地写下一些文字来回忆过往,顺便再想一想她。

2014年的五一小长假,当时十二岁的雷雪吵着嚷着要去美术展览馆看画展,我为了安抚她,便陪着一起去了。

那是我第一次看到江择言的那幅肖像画。

仅仅看了一眼,我就知道画上的人是他。

作品简介里有这样一句话:【我喜欢的少年是遗憾,也是值得,不求窥见天光,只愿别来无恙。】

作者的署名是"All in",可是我知道画他的人是孟轻依。

我一开始并不理解她画中的含义,她明明是不喜欢画人的,却把江择言画得既隐晦又传神——那种难以靠近的清冷感,那份捉摸不透的朦胧美。

多年后我才知道,原来在她眼里,他是如此可遇而不可求的存在,所以她才要做他身边的第三种女生。

想到这儿,我原本就不好的心脏突然开始有种失控的下坠感,我想那种感觉就是人们口中常说的没落。

当时的我想必也失落过吧,所以才会沉浸在自己的情绪里,没能注意到旁边的雪儿睁着圆溜溜的眼睛看着那幅画出神。

她是被精湛的画作艺术所吸引了,同时她也把情窦初开的芳心丢在画上的人身上了。

因为这幅画,我俩都被折磨了很久。

后来雪儿知道了我与江择言的关系,就开始每天想方设法地要见他一面,以她的说法是,画中人太美,看到真人可能就会心碎。

于是在某一天放学的晚上,她偷偷跑到了启航中学的高三校区门口,那一天萧姐因为交代高考事宜,我们放学的时间比平时晚了许久。

夏季周末的傍晚,阵雨说来就来,雪儿已经做好了被浇成落汤鸡的准备,可偏偏那天江择言比所有人下楼都早,是他把伞撑到了她的头顶。

雪儿说,如果那一天为她撑伞的人不是江择言,如果那一天她没有在他为她撑伞时多看他那一眼,或许就不会把那份不该有的喜欢坚持好多年。

所以说,人到底就是个视觉动物,而往往驱动情愫的不是理想,而是眼光。

可江择言既是孟轻依的眼光,也是理想。

而孟轻依却是我的理想和眼光。

我第一次见孟轻依,并不是在她作为复读生转到十班的那一天,而是在我高一报到的那一天。

盛夏末,天气阴暗,启航中学的树林里,一棵粗壮的枫杨树下,她坐在那里,头侧靠在支起的膝盖上,冷茶色的头发绾在颈后,一只手臂穿过膝窝下方抱住自己的大腿,另一只手纤柔曼妙地在空中勾勒着线条。

比起她那时的慵懒感,我更忘不了她望向远处时,那双如星月点缀过的鹿眼。

孟轻依的眼睛真的好好看,胜过我在世上见过的无数双眼眸,清澈明朗又不失温柔。

尽管当初她看的并不是我,我却也体会到了什么叫一眼万年。

我当然知道她那时望向的是江择言。

在命运的捉弄下，于同一天、同一个场景下，我喜欢上了她，而她喜欢上了他，并都各自坚持了好多年。

后来我买下了那幅画，无数次试图幻想着把自己代入画中的场景里，并将此作为我和她唯一的联系。

毕竟在多年前的那个午后，我没能说出口的真心被孟轻依轻易地识破了，她委婉地拒绝，导致我从此成了她身边被视如空气的陌生人。

在处理感情的事情上，我有时候觉得孟轻依和江择言一样冷血，她甚至比他还要决绝。她可以凭借我的只言片语猜透我的心思，却忘了她在江择言眼里和我在她眼里一样，无处遁形。

单从这一点来看，她为人又太感情用事，不够理智，所以感知和认知都不够清晰。

在她和所有人断了联系离开西港不久后，我便也知道了她身在南锦。

江择言总会在周六晚上提前放学，去赶那列从西港到南锦时间最短的高铁，那时我才知道在他心里她已然如此不同。

同为暗恋者，她又何其幸运。

正是那份不同，成了我不得不把那幅画买下来的另一原因。

人人皆说我太冲动，付出的代价太高，可惜他们所知的不过是九牛一毛。

画的价钱比不上我这些年一直治病花费的零头，我连画的内容都不在乎，怎么会在乎钱呢？何况还是做了一件善事。

因为我的拍卖款成了一笔福利基金。

为此，我决定把那笔钱投入到西港市的心理学研究和治疗中，并把基金命名为"夏梦"。

然而我为她做的又何止如此。

高考成绩出来后，我没有选择报考省内的大学，以我的成绩其实可以上一所不错的重点，但是最后我报考了北宁一所很普通的大学。

学校却离师院很远，以北宁的交通，我想在闲暇时见她一面很难。

但好在我是个病人，好在离师院三千米左右就是我接受治疗的医院。

错开晚高峰花十五分钟的车程就可以提前在她常路过的林荫小道上等她下课，然后还可以偶尔陪她看几次日落。

尽管我已经如此处心积虑，可令我没想到的是，孟轻依军训回来以后就和江择言在一起了。

如果要问孟轻依是怎么熬过那段异地恋的，我想我是知道的。

师院里有一面花墙是无数小女孩觉得浪漫的地方，可是在多少个夜里，没有人排队照相时，她会一个人躲在那里默默流泪。

某段时间她的室友们不能和她一起吃饭，她的三餐不会按时，整个人很快就瘦了一圈。

她甚至也不那么喜欢看日落了，总是匆匆地瞥过天边一眼，赶上哪天晚霞尤其美的话，她会举起手机拍下来，然后再分享出去。

在原地等待回应时，她都是低下头盯着手机。

原来她喜欢的是有他陪伴一起欣赏的日落，而不是日落本身是否美丽。

在学校除了学习和做实验，她基本上不会有其他的休闲娱乐，如果哪天她突然变得兴奋活跃就代表着她要和江择言见面了。

江择言离开的那两年里，追求她的人不少，我也会在她的实验室楼下等她。傍晚黄昏后，她形单影只地走在我前面，我默默地跟在她的后面。

她却从来没有回头看过我，也从来没有为谁驻足。

直到她研究生毕业那天，我还特意去参加了她的毕业典礼。看着她穿着硕士服和每一个熟识的人合影留念，我好羡慕。

我连一张与她的合照都没有。

哦，不对，或许应该是有的吧。

高三那年运动会结束后，郎昆拉着她和何婷还有江择言照了一张合照，如果那张相纸够大，可能我也会出现在上面。

几个月前她还是回到了西港，我知道她是为了江择言。

只是她不知道的是，在她和他见面以前，是我先见到的她。

那天我闲来无事去到了一家墓园，我的身体在一天一天向我传递着倒计时的信号，我已经无力反抗了，我只想离开后可以舒心一点，所以自己去挑选喜欢的风水宝地。

不知道是不是人之将死激发了上天的怜悯之心，我难得幸运地在六年后听到她又对我说了那句话。

她说："抱歉，借过一下。"

原来我只是她眼中挡路的过客。

可是还没等我阻拦，她已经和江择言和好了。

知道这件事以后，我莫名有了反抗心理，我想活下去，想看看他们到底会如何，想知道她了然了我这么多年的付出以后会不会有所心动。

所以我想接受手术，尽管我知道是白白挨一刀还有可能死在手术台上。

假如我真的死了呢？我死了，该让孟轻依如何想起我和怀念我呢？

我想把墓地买在她爸爸所在的墓园，起码这样就算我真的被埋在土里，也能在每年清明让她路过我的墓碑前。

我还能做些什么呢？

好像所有的事情在我不在这人间以后都显得没有任何意义了。

所以当雪儿问我，除了把画和那张卡片交给江择言，要不要把这封信转交给孟轻依。

我想了想，最后觉得还是没有必要了。这篇类似于自述的文字或许可以让很多人看到，但我唯独不希望让她知道。

更何况江择言不会告诉孟轻依画是我送的，所以最后就连我是谁也让他猜测一下好了。

但是如果真的可以，我希望她以另外一种方式想起我。

我曾经在 2013 年的最后一天，送给过孟轻依一颗带有她属相的红豆。

因为"红豆不堪看,满眼相思泪"。

世人常说,人死了以后会变成星星或云朵,可是我不想成为星星和云,我想成为太阳。

不一定是盛夏里的骄阳,却是一年四季都会挂在天边的一轮明日。

让她抬头就能看见光。

希望她追光而去,我们在夏梦里重逢。

番外二 比你爱我更爱你

江择言求婚成功的第二天,孟轻依就被他拉着去领了结婚证。

因为是工作日,两个人前一天就和单位请好了假,一大早就带着全家老小去到了民政局。

本来领证只是两个人的事,但是家里的爷爷奶奶、妈妈弟弟都太爱凑热闹,连曲叔和曲婶也是盛装出席,顺便还叫上了曲琳琳和齐尚两口子。

两年前他们从岭东回来后,曲琳琳在本地找了一家幼儿园工作,齐尚去了戒毒所接受了治疗,痊愈后被安排到派出所工作。

二人在前不久也终于修成了正果,只是听说目前还没有孕育下一代的打算。在齐尚看来,两个人在一起的目的并不是为了有一个基因上的遗传,幸福就好。

况且就曲琳琳的工作性质而言,他们的身边可以围绕着很多个孩子。

尽管实际的原因大家都了然,不多言,就期待着顺其自然吧。

一行人开了三台车才能一个不落地来到目的地。

按照流程,孟轻依和江择言提交证明资料填了表格后,在亲朋好友的闪光灯下,来到了宣誓台前宣誓。

孟轻依站定,眼前的字迹让她的喉间泛着酸涩。

"我们自愿结为夫妻,从今天开始,我们将共同肩负起婚姻赋予我们的责任和义务:上孝父母,下教子女,互敬互爱,互信互勉,互谅互让,相濡以沫,钟爱一生!"

誓词读到一半,她忍不住哽咽起来。

何莉和江奶奶也跟着抹了抹眼角,不知道为什么心里感觉胀胀的。

江择言的手放在孟轻依的后背上,温柔地安抚着她。

他清冽的嗓音不疾不徐地念着誓词,念完后,他说:"我们要坚守今天的誓言,我们一定能够坚守今天的誓言!"

孟轻依还在流眼泪。

江择言转身把她抱在怀里,头抵在她的颈间。他棉质的T恤被她的泪水打湿,而她的肩膀上感受到了一片温热。

江择言想到当初他入警宣誓时满怀着一腔热血和豪情壮志,但那种感觉与当下是不同的。

所以到底是怎样一种难以描述的心情才能在真正宣布结为夫妻的那一刻让人忍不住落泪?

大抵是庆幸。

从民政局出来后,亲友团结伴先行离开,孟轻依和江择言持证享受了一天的约会。

两个人在西港转悠了一天,到傍晚回江家大院吃饭时,孟轻依提出想和江择言一起坐一次3路公交车。

他们牵着手坐在公交车的最后一排,一路从高楼林立向夏末秋初剩余的最后一抹盎然的绿驶去,欣赏了这难得可以到达终点的美景。

下车后,孟轻依突然在站牌处停下了脚步,望着某处说道:"阿择,你还记得你曾经说过我是被江家罩着的吗?"

江择言顺着她的视线看去,勾了勾嘴角,回应道:"记得。"

多年前,孟轻依被困在那个狭窄的小巷间,江择言赶到时说她是江老夫人的学生,所以罩着她的是江家。

如今,江家的一切名正言顺地成了她的靠山,江家也从此多了

个小夫人。

每年全国扎堆结婚的日子一般就是五一和国庆假期。

江择言特意把他和孟轻依的婚礼日期定在了九月中旬的某个周日。

当然，他这么做并不是为了错开高峰，而是就他的工作性质而言，长假就是他忙得脚打后脑勺的日子。

趁着难得可以清闲的月份，他想给孟轻依一个准备充分的婚礼。

最后婚礼的举办地定在了西港市的某个海边，一切都是江择言操办的，孟轻依从始至终都被隔离在距离婚礼现场的五千米以外。

江择言说她不能出现破坏他的惊喜，所以直到婚礼前彩排的那天，她才知道所谓的惊喜的真正含义。

他直接包了她眼前的整片场地，从海景到沙滩，除此之外，他给来参加婚礼的宾客订了半栋楼房间。

何婷现在进入了孕晚期，考虑到她的身体，孟轻依让她在家安心待着，等到婚礼当天再来，因此伴娘的重任就落到了王雪身上。

王雪尽管是个城里人，但她也没见过如此场面。她收了收都要惊掉了的下巴，怔然地用手肘推了推孟轻依的腰，问道："你家江择言是中彩票了吗？"

孟轻依无言以对，她也想知道已经把所有银行卡都上交给她的江择言到底是从哪里弄到的挥霍资本。

她沉不住气，撇下王雪一个人在原地感叹，跑到忙着和工作人员做最后交涉的江择言身边，把他拉到一旁。

"江择言，你是把江家的祖产都骗到手了，还是你本身就是个深藏不露的富二代？"她秀眉蹙起，像是能夹死苍蝇。

江择言抬手揉了揉她的眉心，失笑道："江家的祖产是世世代代的警徽，虽然是无价的，但是不会传到我的手里。而且江家虽然不富，但也不至于给不了你一场这样的婚礼。再说了，除了一些人工费，我也没花什么钱啊。你怎么把我说得跟个败家子似的？"

孟轻依看着他嬉皮笑脸的模样，心中不悦难以舒缓，拍打掉他的手臂,继续保持怀疑:"你少骗我,你不是败家子那这些奢靡之物都是大风刮来的啊?"

"那倒不是。"江择言笑了笑继续打趣道,"是浪送来的。"

江择言的话音刚落,孟轻依软绵绵的拳头就落在了他的肩膀上。

虽然像小猫挠痒痒似的并没有多大力度,但见她皱巴巴的小脸,江择言便不打算再和她"逗"嘴了。

"好了,别气了,你口中的奢靡之物花的真的不是咱家的钱,这都是某人送的贺礼。"

孟轻依还没问他口中的某人是谁,海岸边的平地上,跑车引擎的轰鸣声吸引了不少人的视线。

一辆蓝色的玛莎拉蒂上走下来一个男人,身穿比车体颜色略显沉稳的雾蓝色的绸缎衬衫,长腿黑裤,迈着悠哉的步子,车钥匙在指间转圈,一张如同港风画报里的脸清秀又不失痞气,还略带异域风情的矜贵。

这人是许峙,江择言的发小之一。

原本忙碌纷扰的婚礼会场因为许峙的到来更是掀起了不小的波澜,江择言倒是见怪不怪。

他和许峙算是穿着一条裤子长大的好朋友,初中以前是形影不离,高中后各凭本事升学。

大学时两个人总是对不上见面的时间,只是偶尔用微信联系,但是感情不减。

以前是许峙见江择言难,现在风水轮流转,江择言想见许峙也变得没有那么容易,所以对于许峙的到来,江择言多少还是有些欣喜。

"你怎么过来了?"

许峙往周围扫视一圈后,才不紧不慢地回答道:"正日子来不了,但怎么说我也花了大价钱送二位一份新婚之礼,我总要来看看这钱花得值不值吧?"

江择言笑而不语,这点钱对于许峙来说真的是大海里的一朵浪花。

孟轻依闻言倒是连忙客套道:"你能来我们就很开心了,还让你这么破费,真是不好意思。"

"不用不好意思,"许峙说着抬手搭着江择言的肩膀,"毕竟阿择以后还要为我的聘礼出份力呢,就当我是有求于人,礼下于人吧。"

两个男人的眼眸中带着各有千秋的深邃。

婚礼当日,西港风和日丽,秋高气爽,天空有几朵白云轻飘,像是从某处而来,如约出席这场盛宴的宾朋。

台下何莉和江家二老坐在一起。尽管只有他们几个最亲近的长辈,一对新人也倍感满足。

孟轻依穿着白色的婚纱,手里拿着捧花,一步又一步地独自向江择言走去,坚定又带着满怀的柔情。

直到手指相碰前不经意对视的那一秒,两个人都湿红了眼眶。

何婷靠在郎昆的怀里也在默默擦眼泪,她的好朋友终究还是等到了为她心爱的男孩穿上了婚纱的这一天。

孟未扬作为花童跟在孟轻依身后登场,胸前挂着当初孟轻依送给他的那枚钢印全家福,小西服上还别着梭哈头像的胸牌,他一路小跑过去把婚戒送到他姐姐和姐夫的手里。

在亲朋好友的热烈掌声中,他们说了两句极简的婚礼发言。

"江择言,你要记得,我孟轻依会永远爱你。"

"孟轻依,你要记得,我江择言会永远比你爱我更爱你。"

喧嚣的世间,公主和王子的故事变得老套不那么煽情,可是从此过上幸福生活的人不计其数。

十七岁那年,孟轻依在不幸中幸而见到了自己的心之所向。

十七岁那年,江择言在意外间如注定般遇到了自己的一生首选。

十七岁,是一个听起来就刚刚好的年纪,仿佛一切所念只要付出行动就会得到回响。

十七岁正年少,见到了想见的那个人,然后给了他的背影一个藏不住爱意的微笑。

这一路走来谈不上辛苦,只是有些酸涩和孤独。
好在你对我说过的话都成了已兑现的誓言。
故事里,我是孟轻依,你是江择言。

番外三　初初欲安

婚后，或许是想弥补过去多年没能尽情享受的恋爱时光，孟轻依和江择言蜜月生活持续了很长一段时间。

季节轮换，又是一年夏天。

孟未扬照例被送回西港过暑假，依旧住在江家，由二老照顾他的饮食起居。

可与以往不同，如今大院没有了梭哈，江奶奶怕孟未扬会无聊，便让江爷爷托人从新一批的落选警犬里领养了一只送给他作伴。

新来的毛孩子和梭哈很像，善解人意又不失霸气。

二老给它取名叫"松子"，说是寓意福气多多。

但孟未扬又不傻，他当然知道老人家是不好意思像何莉一样直接催孟轻依要小孩，不过是利用个谐音梗在变相催生罢了。

奈何哪种方式方法都没有用，现如今他姐姐和姐夫是最忙的时候，连人影都见不着。

随着"赤云"正式投入使用，孟轻依作为负责人，除了要在七院看诊，还要统筹安排一切和项目相关的大小事宜。

和她相比，江择言的忙碌算是常态。

尽管他们也知道爷爷奶奶着急抱重孙，然而没有空闲的两人，连做"爱做的事"都要挤出时间来做。

比起造娃的结果，他们更期待过程。

如俗话所言，一分耕耘一分收获，播下的种子总有一天会生根、发芽、开花、结果。

后知后觉的孟轻依并不知道，近来她生理上出现的奇怪反应是怀孕的表现。

这天夜里，孟轻依起床上厕所，从卫生间出来后，她的大脑都还处于混沌状态，整个人似梦游般回到床上时，听见江择言在迷迷糊糊地嘟囔。

长期难以缓解的疲劳感让他呓语的情况越来越严重。

往常如果孟轻依睡得酣熟便不会受到打扰，但要是偶尔听到了，她则饶有趣味地和他进行一番对话。

她今天实在太困了，没有心思和江择言"逗"嘴。

孟轻依挪动身子，贴近他的背后，轻柔地拍打着江择言的腰侧，抚慰着他安静下来。慢慢地，她的手没了力气，逐渐也要进入梦乡。

可江择言却越说话越多，声音清晰又洪亮："小兰，你帮你嫂子把包拿过来。"

他的话音刚落，孟轻依一个激灵从床上坐了起来，手腕带着力道向他的侧脸扫去，整个人气愤得直喘粗气。

江择言被打醒，还以为是孟轻依做了噩梦，连忙关切道："怎么了，依依？"

孟轻依情绪波动得厉害，完全忽略了江择言的后半句梦话，怒吼着质问道："小兰是谁？"

"什么小兰？"她莫名其妙突发的脾气搞得江择言一头雾水。

"你在梦里叫的小兰！"

江择言长叹一口气，说："我连做的什么梦都不记得，上哪儿知道梦话里说的是谁？我说了什么？"

孟轻依气鼓鼓地重复了一遍他的梦话。

江择言听过后便笑了："不管小兰是谁，但嫂子一定是你。"

他的声音里都是满腔的倦意，但还在耐着性子哄着生气的孟轻依。

.278.

江择言的疲惫和无奈让孟轻依感觉有些愧疚。

她也不知道自己是怎么了，或许是高强度的工作负荷和长辈有意无意地催促让她倍感焦虑。

"老公，对不起，我可能是最近压力大太焦虑了。"

江择言勾了勾嘴角，把她揽回怀里，原谅了她的无理取闹，说："没事，还有我呢。"

身为丈夫的他也是成年人，当然理解孟轻依被事业和家庭压得喘不过气的感受。

所谓夫妻同体，他又怎么可能好过？

他宽厚的手拍打着孟轻依柔软的背，低声呢喃道："老婆乖，睡吧。"

次日，孟轻依把工作做了交接，并请了几天假，当她从医院走出来的时候，已是傍晚。

盛夏里，骄纵的烈日会偶尔惹恼云朵，然后被对方赏赐一场猝不及防的清凉。

太阳仓皇地逃下山，潮湿的空气吹过肌肤，让孟轻依忍不住浑身发抖。

她抬手揉了揉胀痛又有些发烫的额头，看来再不休息，她的健康真的会亮起红色警报了。

本来江择言说好来接她，但他临时有任务，不能来了，她打算回大院骗口吃的再回自己家。

得知她要回来，江家二老高兴得不得了，忙前忙后准备了很多菜，孟未扬更是牵着小松子早早等在巷子口。

闲来无趣，未成年的他开始踩水坑。

于是下了出租车的孟轻依便看到湿漉漉的一人一狗，来不及苛责，汽车的机油味让她有些反胃，她先干呕起来。

闻声的孟未扬和松子连忙跑了过来。

"姐，你咋了？"

过了变声期的小孩成了少年，可在孟轻依的眼里，他和拖着梭哈玩跷跷板时一样没有长大。

她弯着腰摆了摆手,说:"没事,有点晕车。"

孟未扬皱了一下眉,在他的印象里,孟轻依从来没有晕过车,而且此时她的脸色确实不太好。

他拍了拍孟轻依的后背,想让她舒坦点。

松子则围着孟轻依转圈,被雨水打湿的毛发散发出的腥味飘到她的鼻腔惹得她更加恶心,又吐了出来。

孟未扬彻底慌了,他急得跳脚,松子也不消停。

"姐,你这是怎么了?不会是把身体累坏了吧?都说了让你劳逸结合,你怎么偏不听呢?你说说你这个样子过几天回南锦,我怎么和妈妈交代啊!"

孟轻依被他俩吵得越发烦躁,一把捂住孟未扬的嘴,脑子里盘算着日子。

现在是八月中旬,距离她上一次的经期已经过了月余,再想到昨晚自己的反常,所以她不会是有了吧?

一时难以确定的孟轻依没有声张,她以染了风寒为借口安抚住了孟未扬,并叮嘱他不要告诉爷爷奶奶,以免他们担心。

一顿饭,孟轻依吃得小心翼翼的,生怕不小心露了马脚。

吃完饭,没等江择言下班,她拒绝了二老的挽留,赶忙往家跑,路过药房时顺便买了测孕纸。

怀着激动又忐忑的心情,孟轻依如愿看到了两条杠。

她没有马上通知家里的长辈们,想必他们现在知道了,江爷爷一定会激动到放鞭炮,江奶奶会把松子抱在怀里说它是小福星。至于何莉,她应该会恨不得马上飞到西港。

为了不让爷爷奶奶、妈妈弟弟闹出什么趣事,也为了保险起见,孟轻依还是决定等明天做个检查再说。

书房里,她坐在软榻上看着墙面上挂着的两幅画等着江择言回家。

她十五岁和二十六岁画的江择言紧挨在一起,两幅作品有了各自的名字,连在一起则是:初初欲安。

.280.

就像那句歌词唱的，"初初那天相见放不开，就此带往廿载。初初的景致尽改，初初的感觉亦都未改"。

江择言推门而入时，恰巧歌曲播放到最后一个音符。他轻声来到她的背后，抱她入怀，说："这么晚了你还不睡，在这儿听歌看画，挺有雅致啊，小江夫人？"

孟轻依歪头蹭了蹭他的下颌，"嗯"了一声。

江择言垂下目光，视线里是她橘红的发丝，新月一般的笑眼，他的整颗心得到了满足。

他们相互依偎，听了一首又一首歌曲，良久后，她问："阿择，你喜欢男孩儿还是女孩儿啊？"

江择言蹙眉，思忖了一会儿，回答道："男孩儿。"

"我喜欢女儿。"孟轻依只希望他们的孩子健康平安就好，对江择言的回答有些不满意。

江择言不清楚孟轻依突然讨论孩子这个话题的深意，只是他了然她没说出的想法和顾虑。

江择言收紧了手臂，贴着孟轻依的耳朵问道："在江家受宠的女孩儿就你这么一个，你确定要把爱分出去吗？"

"而且都说女儿像爸爸，儿子像妈妈，比起像我，还是像你更好。"

孩子的诞生犹如画作，凝聚着心血。

孩子的诞生又不像画作，倘若不完美可以修改。

不怕他走我走过的路，只怕因为我让他吃我吃过的苦，这便是江择言的顾虑。

他也希望自己不仅是一个被誉为英雄的警察，同是可以被人称作爸爸的普通父亲。

孟轻依不禁红了眼眶，她转过身，抬头与江择言深情凝望。

他弯腰吻住了她的唇，说不出口的话在厮磨间无声表达。

孟轻依喃喃道："傻瓜，我们的孩子不管像谁，他都会得到很多的爱。"

不管他像你还是像我，都会有很多人爱他。

猛然间，江择言有了某种预感，令他又惊又喜。

孟轻依牵着他的手覆在她小腹上，说："阿择，我好像怀孕了，我们明天去做个检查吧。"

江择言不敢相信，他们爱的结晶正被孕育着，而且还是两个。

二十七岁那年，他有了一个女儿和一个儿子。

女儿叫孟遇初，儿子叫江欲安。

（全书完）

本书由青凪委托长沙大鱼文化传媒有限公司正式授权天津人民出版社，在中国大陆地区独家出版中文简体版本。未经书面同意，本书的任何部分不得以图表、电子、影印、缩拍、录音和其他手段进行复制和转载，违者必究。